L'Été froid

TITRE ORIGINAL : *L'ESTATE FREDDA*

PREMIÈRE ÉDITION ITALIENNE GIULIO EINAUDI EDITORE

SLATKINE & CIE BÉNÉFICIE DU SOUTIEN
DE L'OFFICE FÉDÉRAL DE LA CULTURE
POUR LA PÉRIODE 2021-2024

ISBN 978-2-88944-136-5

Gianrico Carofiglio

L'Été froid

Traduit de l'italien
par Elsa Damien

Slatkine & Cie

Sommaire

Acte I
Les journées de feu 9

Acte II
Società Nostra 99

Acte III
La Horde sauvage 269

Épilogue 451

Note sur le texte 459

ACTE I

Les journées de feu

1

Fenoglio entra dans le Café Bohème avec le journal qu'il venait d'acheter dans la poche de sa veste, et il alla s'asseoir à une table près de la vitre. Il aimait cet établissement parce que le patron était mélomane et choisissait tous les jours comme musique de fond des arias célèbres ou des œuvres orchestrales. Ce matin-là, l'ambiance sonore, c'était l'Intermezzo de *Cavalleria rusticana*, et Fenoglio se demanda s'il s'agissait vraiment d'un hasard, vu ce qui se passait en ville.

Le barman lui prépara son traditionnel cappuccino avec beaucoup de café, qu'il lui apporta avec un *bocconotto* à la crème et à la confiture de griottes.

Tout était comme d'habitude. La musique se répandait dans le café, discrète mais bien audible pour ceux qui souhaitaient l'écouter. Les habitués entraient, sortaient. Lui mangeait sa pâtisserie, dégustait son cappuccino et feuilletait son journal. La rubrique des faits divers était consacrée à la guerre interne à la Mafia qui avait brusquement éclaté dans les quartiers nord de la ville, et au fait – malheureusement véridique – que police, carabiniers et magistrats ne comprenaient pas ce qui se passait.

Il lisait un article dans lequel le directeur du journal en personne expliquait aux enquêteurs, avec moult conseils pratiques, comment affronter et résoudre le problème. Fenoglio, aussi absorbé qu'irrité par cette lecture, ne prit conscience de la présence du jeune à la seringue que lorsque celui-ci, déjà planté devant la caissière, criait: «*Damm' tutt' l' trr's', pttan'!*», «Donne-moi tout le fric, salope!»

La femme resta immobile, comme paralysée. Le garçon avança alors sa main armée presque jusqu'à lui toucher le visage. Dans un dialecte pratiquement incompréhensible, et avec une voix rauque plutôt impressionnante, il dit qu'il avait le sida et lui hurla à nouveau de lui donner le contenu de la caisse. La femme bougea lentement, les yeux exorbités par la terreur. Elle ouvrit le tiroir et commença à prendre l'argent, tandis qu'il lui répétait de se dépêcher.

La main de Fenoglio se referma sur le poignet de l'agresseur au moment où la caissière lui remettait l'argent. Le jeune tenta brusquement de se retourner. Fenoglio effectua un mouvement presque élégant – un demi-tour sur lui-même – qui tordit le bras du gars et le lui coinça derrière le dos. De son autre main, il le saisit par les cheveux et lui tira la tête en arrière : « Jette ta seringue ! » Le garçon étouffa un grognement et chercha à se dégager. Fenoglio accentua légèrement la torsion du bras, et tira un peu plus fort sur la tête. « Je suis carabinier. » La seringue tomba à terre avec un petit bruit sec.

La femme éclata en sanglots. Les autres clients se remirent à bouger, lentement au début, et puis à vitesse normale, comme s'ils se libéraient d'un sortilège. « Nicola, appelle le 112 ! », lança Fenoglio au barman, après avoir écarté la possibilité que la caissière soit en état d'utiliser un téléphone à ce moment-là. « Mets-toi à genoux », dit-il ensuite au jeune. À son ton poli, on aurait cru qu'il allait ajouter : « s'il te plaît ». Le gars s'agenouilla, Fenoglio lui lâcha les cheveux tout en continuant à tenir son bras, mais sans violence, comme si c'était une simple formalité procédurale.

— Maintenant, allonge-toi face contre terre et croise les mains derrière la tête.

— Me frappez pas ! fit l'autre.

— Ne dis pas de bêtises. Allonge-toi, je n'ai pas envie de rester comme ça jusqu'à l'arrivée de la voiture.

Le jeune poussa un long soupir, comme s'il se plaignait de sa malchance, avant de s'exécuter. Il s'allongea, une joue contre le sol, et plaça les mains derrière sa nuque, avec une résignation presque comique.

Pendant ce temps, un petit attroupement s'était formé dehors. Quelques clients étaient sortis et avaient raconté ce qui s'était produit. Les gens avaient l'air surexcité, comme si le moment de la riposte contre la criminalité montante était venu. Quelqu'un criait. Deux jeunes pénétrèrent dans le café et cherchèrent à s'approcher du braqueur.

— Vous allez où, comme ça? leur demanda Fenoglio.

— Donnez-le-nous! lança le plus fébrile des deux, un maigrichon boutonneux à lunettes.

— Volontiers, dit Fenoglio, quelles sont vos intentions?

— On va lui faire passer l'envie de recommencer, dit l'autre en faisant un pas en avant.

— Vous êtes déjà venus chez nous, à la caserne? demanda Fenoglio avec un sourire à l'apparence amicale.

Le jeune, interdit, ne répondit pas immédiatement. Puis:

— Non, pourquoi?

— Parce que je vais vous y faire passer toute la journée, et peut-être même la nuit, si vous ne disparaissez pas immédiatement.

Les deux garçons se regardèrent, et le boutonneux baragouina quelque chose pour se donner une contenance; l'autre haussa les épaules avec une moue de supériorité, lui aussi afin de se donner une contenance. Puis ils sortirent ensemble du café. Le petit attroupement se dispersa spontanément.

Quelques minutes plus tard, les voitures du 112 arrivèrent. Deux adjudants et un brigadier en uniforme entrèrent dans le café, et ils saluèrent Fenoglio avec un mélange de respect et de méfiance inconsciente. Ils menottèrent le jeune et le remirent brusquement debout, en le soulevant de terre. «Je viens avec vous», dit Fenoglio après avoir payé son cappuccino et son *bocconotto* à la caisse, en dépit des tentatives du barman, Nicola, pour l'en empêcher.

2

— Je t'ai déjà vu quelque part, dit Fenoglio, se tournant vers le siège arrière et s'adressant au garçon qu'il venait d'arrêter.

— Je travaillais près du Petruzzelli, le soir, quand il y avait des spectacles. Je gardais les voitures. C'est sûrement là que vous m'avez vu.

Mais oui, bien sûr. Jusqu'à il y a quelques mois de cela, il était le gardien officieux du parking près du théâtre Petruzzelli. Puis il y avait eu l'incendie, le théâtre avait été détruit et lui, il avait perdu son travail. Et c'est exactement ainsi qu'il l'expliqua : « J'ai perdu mon emploi », comme si l'entreprise pour laquelle il travaillait avait fermé ou l'avait licencié. Alors il s'était mis à vendre des cigarettes et à voler quelques autoradios.

— Mais ça ne rapporte presque rien. Les cambriolages, je ne suis pas capable, alors je me suis dit que j'allais faire des braquages avec une seringue.

— Une idée géniale, bravo. Et tu en as fait combien, de braquages ?

— Aucun, mon adjudant. C'est ça, le truc : c'était ma première fois et je suis tombé sur vous. J'ai du cul, hein !

— Ce n'est pas un adjudant, c'est un maréchal, corrigea le carabinier qui conduisait.

— Excusez-moi, maréchal. Sans l'uniforme, je ne pouvais pas savoir. Je vous jure que c'était la première fois.

— Je ne te crois pas, rétorqua Fenoglio.

Et pourtant, ce n'était pas vrai, il le croyait. Ce garçon lui inspirait de la sympathie ; il était plutôt drôle, rythmait son discours de manière presque comique et, dans une autre vie, il aurait pu être acteur ou artiste de cabaret au lieu d'être un petit voyou.

— Je vous le jure. Et puis, je suis pas toxico et j'ai pas le sida, hein ! C'était que des conneries. Les aiguilles, ça me fout les jetons. Si raconter des conneries est un délit, alors il faut me filer perpète, parce que j'en dis un paquet. Mais je suis qu'un crétin. Mettez un truc sympa dans votre rapport, écrivez que je me suis bien comporté.

— En effet, tu t'es bien comporté.

— Et puis la seringue, elle était neuve, j'avais juste mis un peu de teinture d'iode pour faire croire que c'était du sang et faire peur.

— Tu es bavard, hein ?

— Excusez-moi, maréchal. C'est que j'ai vachement la trouille, je suis jamais allé en taule.

Fenoglio eut envie de le laisser partir. Il aurait voulu dire au carabinier derrière le volant : *Arrête-toi et donne-moi les clefs des menottes*. Libérer ce garçon – il ne savait pas encore comment il s'appelait – et le pousser hors de la voiture. Il n'avait jamais aimé arrêter les gens, et ne pouvait s'empêcher d'être troublé par l'idée même de la prison. Quelque chose que l'on n'ébruite pas trop, lorsqu'on est maréchal des carabiniers de profession. Naturellement, il y avait des exceptions pour certains délits, et pour certains individus. Comme pour le type qu'ils avaient arrêté quelque temps auparavant et qui, pendant des mois, avait violé sa petite-fille de neuf ans – la fille de sa fille.

Retenir ses hommes pour qu'ils ne se substituent pas à la justice en distribuant des claques et des coups de poing et de pied, ça lui avait coûté. Parfois, c'est fastidieux, les principes.

Évidemment, il ne pouvait se débarrasser de ce jeune, cela aurait constitué un délit, et même plusieurs délits à la fois. Et pourtant, de telles absurdités lui passaient de plus en plus souvent par la tête. Il eut un geste de la main qui voulait marquer une conclusion, comme s'il avait chassé ainsi des pensées importunes, sortes d'entités voltigeant devant lui.

— Comment tu t'appelles ?

— Albanese Francesco.

— Et tu dis que tu n'es jamais allé en prison?

— Jamais, je vous le jure.

— Alors tu es doué pour ne pas te faire prendre.

Le garçon sourit.

— Mais j'ai jamais rien fait de spécial, hein! Je vous l'ai dit: j'ai fait un peu les cigarettes, un peu les voitures, un peu les pièces détachées.

— Et aussi un peu la fumette, non?

— OK, quelques morceaux, y a pas de mal, non? Vous allez pas m'arrêter aussi pour ce que je suis en train de vous raconter, hein?

Le maréchal se tourna pour regarder la route, sans répondre.

Ils arrivèrent dans les bureaux de la brigade rapide d'intervention et Fenoglio rédigea vite le procès-verbal d'arrestation. Il dit à l'un des deux brigadiers qui étaient intervenus sur le terrain de compléter les actes pour le parquet et la prison, et de prévenir le juge. Puis il s'adressa au jeune homme: «Maintenant, je m'en vais. On va te présenter au juge dès ce matin. Quand tu parleras à ton avocat, dis-lui que tu souhaites une procédure de conciliation. Tu prendras du sursis et tu ne devras même pas passer par la case prison.»

L'autre avait les yeux du chien reconnaissant qui regarde son maître quand celui-ci lui a enlevé une épine de la patte. «Merci, maréchal. Si vous avez besoin de quelque chose, je traîne toujours entre Madonnella et le Petruzzelli, vous pouvez me trouver au Bar del Marinaio. Je suis à votre disposition, pour quoi que ce soit. »

Cette nouvelle allusion au théâtre Petruzzelli mit Fenoglio de mauvaise humeur. Quelques mois auparavant, quelqu'un avait mis le feu au théâtre, et le maréchal ne s'en remettait pas. Comment une idée pareille avait-elle jamais pu germer dans l'esprit de quelqu'un ? Brûler un théâtre. Et puis, ce fait absurde et presque insupportable – était-ce le fruit du hasard, ou bien les incendiaires avaient-ils voulu ajouter une note d'ironie macabre ? –, le Petruzzelli était parti en fumée après une représentation de *Norma*, un opéra qui finit, justement, par un bûcher.

Ce théâtre était une des raisons pour lesquelles il aimait – avait aimé ? – vivre à Bari.

Une salle immense, qui pouvait contenir deux mille personnes, à dix minutes à pied de la caserne. Souvent, quand il y avait un concert ou un opéra, Fenoglio restait au bureau jusqu'au soir pour se rendre ensuite directement au poulailler, près des frises et des stucs. Quand il se trouvait là, il croyait presque à la réincarnation : il entendait la musique de manière tellement intense – celle de certains musiciens, surtout de l'époque baroque, et en premier lieu celle de Haendel – qu'il se disait que, dans une autre vie, il avait peut-être été maître de chapelle dans une province allemande.

Et maintenant que le théâtre n'était plus là ? Qui sait s'il serait reconstruit un jour, et qui sait si les responsables seraient jamais identifiés, jugés et condamnés ? Le parquet avait ouvert une information judiciaire contre X pour incendie volontaire. Une manière de dire qu'ils n'avaient pas la moindre idée de ce qui s'était produit. Fenoglio aurait aimé s'occuper de l'enquête, mais elle avait été confiée à d'autres, et il ne pouvait rien y faire.

« Ça va comme ça, Albanese. Ne fais pas de bêtises. Pas trop, en tout cas », dit-il en lui donnant une tape sur l'épaule, après quoi il s'éloigna vers son propre bureau.

Il trouva sur le pas de la porte un jeune carabinier qui l'attendait. « Le capitaine veut vous parler. Il vous attend dans son bureau. »

Le capitaine Valente était le nouveau commandant de la Division des affaires criminelles. Fenoglio ne savait pas encore si cet homme lui plaisait ou le mettait mal à l'aise. Peut-être les deux. À l'évidence, il différait des autres officiers avec lesquels le maréchal avait eu affaire lors de ses vingt années de vie chez les carabiniers.

Il n'était arrivé que depuis quelques jours, au beau milieu de cette guerre criminelle dont personne n'arrivait encore à saisir le sens. Il venait de la Direction générale, à Rome, et personne ne savait pour quelle raison il avait été envoyé à Bari. « Entrez, maréchal Fenoglio », dit l'officier dès qu'il le vit sur le pas de la porte.

Une des pratiques qui laissait Fenoglio perplexe, c'était justement celle-là: le capitaine Valente vouvoyait tout le monde, en faisant toujours précéder le patronyme du grade. La règle de conduite tacite, pour les officiers, c'est de vouvoyer les supérieurs et de tutoyer les subalternes, en les appelant par leur patronyme, voire par leur prénom. Et, naturellement, le tutoiement est de rigueur entre collègues de même rang. Entre sous-officiers et gradés, les choses sont moins nettes mais, quoi qu'il en soit, un commandant de la Division des affaires criminelles qui vouvoie tous ses hommes, c'est plutôt chose rare.

Pourquoi agissait-il ainsi? Préférait-il garder ses distances avec les subordonnés? Était-ce un homme particulièrement solennel? Ou bien particulièrement timide?

— Bonjour, mon capitaine, salua Fenoglio.

— Prenez un siège, dit Valente en indiquant une chaise de la main.

Ce mélange de protocole et de courtoisie était difficile à déchiffrer. Et puis, il y avait l'ameublement de son bureau: aucun écusson, aucune distinction, aucun calendrier de gendarmerie, rien qui vienne rappeler qu'il s'agissait du bureau d'un capitaine des carabiniers. Il y avait un téléviseur, une chaîne stéréo de bonne qualité, un petit canapé, des fauteuils, un petit réfrigérateur et quelques tableaux d'inspiration expressionniste, un peu à la Egon Schiele. Une légère odeur flottait dans l'air, provenant sans doute de bâtonnets de bois diffuseurs de parfum : pas vraiment un accessoire martial.

— Voilà déjà deux jours que je veux vous parler. Je suis arrivé à Bari dans une sale période, on dirait.

— En effet, mon capitaine. En plus, avec l'accident du lieutenant, je n'ai même plus d'officier de soutien.

Le lieutenant s'était cassé la jambe en jouant au football, il en aurait pour trois mois. Ainsi, la Division des affaires criminelles s'était retrouvée d'un coup avec un nouveau capitaine qui n'avait aucune connaissance de la ville et de sa géographie criminelle, privée de son deuxième officier, et au beau milieu d'une guerre interne à la Mafia. « Vous m'expliquez un peu ce qui se passe en ville ? », demanda Valente.

3

— Tout a commencé le 12 avril, avec l'homicide de D'Agostino Gaetano, dit le Petit. Il a été tué à coups de pistolet dans le quartier Libertà, où il était allé voir sa mère. Lui, il habitait à Enziteto – un quartier plutôt compliqué, pour employer un euphémisme – et il appartenait au clan de Grimaldi Nicola, dit le Blond, ou Trois Cylindres.

— Pourquoi Trois Cylindres ?

— Grimaldi a une forme d'insuffisance cardiaque, une arythmie. Je ne connais pas précisément les termes médicaux de son diagnostic. Mais l'idée, c'est que son cœur fonctionne avec trois cylindres au lieu de quatre. Toutefois, personne n'aurait le courage d'utiliser ce surnom en sa présence.

— Il n'apprécie pas ?

— Non, il n'apprécie pas.

— Donc, vous disiez : D'Agostino est un homme de Grimaldi. L'homicide est donc à mettre sur le compte d'un clan ennemi ?

— Malheureusement, ce n'est pas aussi simple. Avant toute chose, je précise que c'est la police qui enquête sur ce meurtre, car elle est arrivée sur place en premier, même si nous aussi, nous avons ouvert un dossier. Le problème, pour les investigations, c'est qu'il n'y a aucun conflit connu entre Grimaldi et d'autres groupes criminels de la ville ou des environs. Si c'était le cas, nous devrions compter des pertes aussi de l'autre côté, avec des morts dans les clans du quartier San Paolo, Bitonto ou Giovinazzo, par exemple. Mais rien, toutes les victimes appartenaient à Trois Cylindres, le reste de la ville est tranquille.

— Et alors ?

— Une des hypothèses est qu'un conflit interne au clan serait en cours. Depuis le 23 avril, on est sans nouvelles de Capocchiani Michele, dit 'u Puerc', le Porc, un des lieutenants de Grimaldi. Un repris de justice très dangereux. Sa femme a signalé sa disparition et, quelques jours plus tard, nous avons retrouvé sa voiture brûlée, mais sans cadavre à bord. Le 29 avril, il y a eu l'homicide de Carbone Gennaro, dit la Queue.

— La Queue ?

— Il paraît que Carbone jouait très bien au billard. Il a été assassiné devant la salle de jeux qu'il gérait pour le compte de Grimaldi, à Santo Spirito. Une action particulièrement violente, avec utilisation d'armes automatiques. Les tueurs avaient une mitraillette et un revolver calibre .44 Magnum – même déformées, les douilles ne laissent aucune place au doute. Une balle de mitraillette a également blessé un passant, par ricochet. Il y a quelques jours, le 9 mai, on a tiré avec un mode opératoire semblable sur un certain Andriani, dont le prénom m'échappe actuellement, mais qui, en tout cas, est un affilié de Grimaldi. Il en a réchappé par miracle. Un dernier élément, qui a émergé à la suite d'informations confidentielles que nous avons vérifiées, concerne la disparition de Losurdo Simone, dit le Moustique. Personne n'a rien signalé, mais il faisait l'objet d'une surveillance spéciale, et c'est depuis le 21 avril, c'est-à-dire deux jours avant le signalement de la disparition de Capocchiani, qu'il ne s'est plus présenté au commissariat pour émarger.

— Que disent ses proches ?

— La femme de Losurdo vient d'une vieille famille de mafieux, des gens habitués à ne pas ouvrir la bouche devant nous. On lui a demandé où était son mari et elle a répondu qu'il ne lui racontait jamais ce qu'il fait. Il va et vient à son bon plaisir. Mais elle était très troublée : selon moi, Losurdo est mort. Toutefois, l'élément le plus significatif, dans ce tableau, c'est la disparition de Lopez Vito, dit le Boucher.

— Pourquoi le Boucher ?

Fenoglio sourit en secouant la tête.

— Son surnom n'a rien à voir avec les meurtres qu'il a certainement commis. Son père avait une boucherie qui marchait bien. Lopez, il n'avait pas besoin de se tourner vers la criminalité.

— Vous dites que sa disparition est l'élément le plus significatif?

— Lopez, comme Capocchiani, est un des lieutenants de Grimaldi. C'est sans doute le plus respecté d'entre eux, et certainement le plus intelligent. Depuis quelques jours, on a perdu toute trace de lui. La différence, par rapport aux autres, c'est que l'on ne connaît pas la date précise de sa disparition – nous savons juste que, depuis fin avril, plus personne ne l'a vu. Et en plus, sa femme et son fils ont également disparu. C'est pourquoi je ne pense pas que Lopez soit mort, mais plutôt qu'il a fui avec sa famille. D'ailleurs, c'est aussi dans ce sens que convergent les informations de nos indics, qui parlent d'une rupture à l'intérieur du groupe de Grimaldi. Les meurtres et les *lupare bianche** seraient des conséquences de cette scission.

Le capitaine posa la main sur son bureau et la fit glisser, comme pour vérifier la consistance du bois. Il ouvrit un tiroir, d'où il prit un porte-cigarettes en argent, qu'il tendit à Fenoglio.

— Vous fumez, maréchal?

* Terme de la Mafia indiquant un meurtre avec disparition du corps (NDT).

— Non merci, mon capitaine.

— Cela vous dérange, si je fume ?

— Non, bien sûr.

— Ouvrons tout de même la fenêtre.

Fenoglio fit un geste pour se lever mais le capitaine le devança. Il ouvrit grand la fenêtre, avant de regagner son siège et d'allumer une cigarette.

— Et qu'a-t-on fait, pour le moment ?

— Nous avons entendu un tas de gens, sans résultat. Nous avons mis sur écoute pas mal de téléphones, mais ça ne donne rien. Maintenant, ils communiquent surtout avec leurs portables qui, comme vous le savez, sont durs à intercepter. Nous devrions faire une sonorisation de l'appartement de Grimaldi, mais entrer chez lui est très difficile. Une idée serait de demander sa collaboration à la SIP*: on pourrait simuler un problème technique dans tout l'immeuble et, quand les Grimaldi appelleront les services de maintenance, leur envoyer nos hommes en bleu de travail. Sous prétexte d'identifier la nature du problème, nos gars pourraient ainsi placer quelques micros. Si vous êtes d'accord, dans les jours qui viennent, nous pourrions déposer une demande d'autorisation auprès du parquet.

Le capitaine eut un ample geste des bras, un mouvement emphatique qui semblait dire : *Naturellement,*

* Société de téléphonie italienne, future Telecom Italia (NDT).

cela va sans dire, faites tout ce qu'il faudra. Un geste plutôt excessif, comme un essai infructueux de correspondre à un personnage.

— C'est qui, le juge ?

— Il y a plusieurs dossiers : ce qui est absurde, c'est que les enquêtes sont morcelées. L'homicide Carbone, dont nous nous occupons, a été confié à la *dottoressa* D'Angelo. D'après moi, c'est la meilleure, même si parfois, il n'est pas facile de traiter avec elle. Pour une question de caractère, je veux dire. Mais c'est quelqu'un d'extrêmement sérieux, qui prépare à fond ses dossiers, et qui s'occupe depuis longtemps de ce genre d'affaires. Je crois que son poste précédent était en Calabre.

Fenoglio s'interrompit : il avait l'impression que le capitaine était sur le point de dire quelque chose. Quand il se rendit compte que ce n'était pas le cas, il reprit le fil de son discours.

— Si vous voulez, un de ces jours nous pourrons aller la voir, je ferai les présentations.

— Bien sûr, bien sûr, nous irons ensemble.

Valente avait l'expression de celui qui simule l'intérêt pour une conversation alors qu'en réalité il voudrait être ailleurs.

— Je peux aussi rédiger une note dans laquelle je résumerai ce que je vous ai dit aujourd'hui, ajouta Fenoglio.

— Ça suffit comme ça, merci. Vous avez été complet et très clair. Dans quelques jours, nous irons chez la *dottoressa* pour discuter de la sonorisation et de tout le reste.

Il prononça ces dernières paroles en se levant, avec un sourire à peine esquissé, comme s'il s'excusait de quelque chose.

4

À treize heures trente, Fenoglio referma le dossier qu'il examinait, replia son bloc-notes, prit un livre dans la petite bibliothèque qu'il avait dans son bureau et alla déjeuner.

Le restaurant se trouvait sur le corso Sonnino, à cinq minutes de la caserne. Cet endroit était surtout fréquenté le soir, et c'était justement ce qui plaisait à Fenoglio : en général, à l'heure du déjeuner, il n'y avait pas grand monde, ainsi, il pouvait toujours s'asseoir à la même table, rester aussi longtemps qu'il le voulait, lire et écouter de la musique sur son walkman.

Il allait déjeuner dans ce petit restaurant presque quotidiennement depuis que Serena était partie – cela faisait deux mois, maintenant. J'ai besoin de faire une pause, lui avait-elle dit, s'excusant aussitôt d'avoir employé une expression aussi banale. Ils avaient tenu trop de choses pour acquises, ce qui n'est jamais une bonne idée, et à un moment donné, elle avait soudain pris conscience de sa propre rancœur, comme d'une tache sur la peau : on a l'impression que la veille elle n'y était pas, alors qu'elle n'a pas pu se former en une seule nuit. Elle se sentait coupable de cette rancœur, en avait honte, et elle avait tenté d'être rationnelle et de s'expliquer à elle-même que sa réaction était injuste. Mais dans ce genre de cas, rationaliser les choses ne sert jamais à rien. Quant à lui, il ne l'avait pas interrogée sur les motifs de ce sentiment, qu'il avait ressenti au cours des mois précédents en tentant de ne pas y prêter attention, en cherchant à l'ignorer. Très mauvaise stratégie. Il ne l'avait pas interrogée sur ces motifs parce qu'il les devinait et, en même temps, il avait peur de les entendre. Le travail, bien sûr. Le fait qu'il ne soit jamais à la maison, jour et nuit, dimanches et jours fériés, ne facilitait pas la vie commune. Et pourtant, le travail n'était pas la question principale, le point douloureux, le tourment insoluble.

Le problème principal était simple et cruel, et tout le reste n'était qu'accessoire : il ne pouvait pas avoir d'enfants, elle si. Les médecins avaient été clairs et unanimes à ce sujet. C'était cette possibilité biologique inexprimée, qui se réduisait d'année en année et allait bientôt disparaître, qui était le nœud de l'angoisse, la source de la colère, la raison d'une décision dont le caractère temporaire déclaré semblait déjà prendre la forme d'une condamnation irrévocable.

Tandis qu'elle parlait, Fenoglio avait violemment désiré la prendre dans ses bras et lui dire combien il l'aimait, lui faire des promesses et la prier de ne pas partir, mais il n'en avait pas eu le courage, il n'avait pas su quoi promettre, et il n'avait pas trouvé les mots. Il n'avait jamais été capable de manifester ses sentiments – c'était un mutisme douloureux, une retenue qui pouvait passer pour de la froideur. À la réflexion, le problème était peut-être plus grave encore, et c'était plus que l'impossibilité d'avoir des enfants. D'ailleurs, elle venait de le dire : il ne faut jamais rien tenir pour acquis. Ce qu'elle voulait dire par là, c'était : il ne faut pas tenir les émotions et les sentiments pour acquis, il faut les partager, les décrire et les rendre tangibles. Il ne faut pas tenir l'amour pour acquis.

Ainsi avait-il simplement dit d'accord, ils feraient ce qu'elle voulait, et il quitterait le domicile au plus vite. Serena avait répondu, sur un ton où se mêlaient culpabilité, douceur triste et soulagement inconscient, que c'était elle qui devait s'en aller. C'était son problème, c'était elle qui l'avait créé, et c'était elle qui devait le résoudre, y compris du point de vue pratique. Elle allait habiter chez une amie qui déménageait à Rome pour le travail. En juillet, il y aurait les épreuves du baccalauréat, et elle serait présidente de jury quelque part en Italie centrale. L'été allait s'écouler, quelques mois, c'était le temps qu'il fallait pour comprendre, pour déchiffrer et, éventuellement, pour décider.

Tu as quelqu'un d'autre ? Tu vas faire un enfant avec un autre et moi, je deviendrai fou de douleur ?

Les paroles qui avaient jailli dans sa tête, comme le carton d'un film muet, cet après-midi-là, chez lui avec Serena, lui arrivèrent à nouveau au bord des lèvres, à la table du restaurant, au moment culminant de cette éruption de souvenirs.

Le serveur apparut devant lui : le plat du jour, c'était riz, pommes de terre et moules. Fenoglio ne l'avait pas vu arriver, ainsi répondit-il gêné, sans écouter le reste du menu, que riz, pommes de terre et moules, ça allait très bien. Avait-il parlé tout seul et le serveur s'en était-il aperçu ? L'avait-on pris pour un malade mental en permission ?

Une anecdote survenue quelques années auparavant lui revint à l'esprit. Il se trouvait dans une librairie, il n'y avait pas beaucoup de monde et, à un moment donné, il avait remarqué une femme d'une cinquantaine d'années. Elle était seule et elle parlait, sa voix était basse mais parfaitement audible à une faible distance.

« Alors comme ça, ce serait moi, la connasse ? Non, le connard, c'est toi. Si je te fais les poches, c'est que j'ai de bonnes raisons. Tu ne veux pas me dire pourquoi tu as ce reçu de restaurant ? C'est moi qui ai rompu notre pacte de respect réciproque ? Ce n'est pas plutôt toi qui t'es tapé une étudiante ? Merde ! Et maintenant, tu ne peux pas me dire que tu t'en vas, un point c'est tout ! Ah non, c'est trop facile, après m'avoir volé presque dix ans de ma vie, foutus en l'air. Tu te rends compte comme c'est dégueulasse, ce que tu es en train de dire ? Un homme a des besoins qu'une femme ne peut pas comprendre ? Je devrais être heureuse de t'attendre à la maison pendant que tu baises collègues et étudiantes sous prétexte que tu as des *exigences* ? La vie, l'amour, le dévouement, le désir de beauté, tout ça n'est qu'affaire d'urologues. C'est dégueulasse, dégueulasse ! »

Elle continua comme ça quelques minutes, avec ce mot « dégueulasse » qui devenait de plus en plus fréquent. Fenoglio avait été hypnotisé par ce monologue – un aperçu inattendu et saisissant sur une âme désolée. Il était allé prendre un café et, au comptoir, il avait réfléchi à ce qu'il avait vu et entendu. Commentant mentalement la scène, il avait cherché des interprétations et des alternatives, une habitude qui était chez lui presque une névrose. L'homme n'était peut-être pas réellement un connard. Ce reçu correspondait peut-être à un déjeuner de travail : le type s'était simplement rebellé contre une intrusion dans sa sphère privée, et avait jugé indigne de répondre à de telles accusations. Peut-être aussi qu'elle était folle – d'ailleurs, ne parlait-elle pas toute seule ? Qui sait quelle pouvait être la vérité, en admettant qu'il n'y en ait qu'une.

Au beau milieu de ces réflexions, qui prenaient la forme d'un véritable discours, ordonné, ponctué et organisé en questions-réponses, Fenoglio fut soudain frappé par une idée, comme si une pierre brisait une vitre. Lui aussi parlait tout seul, et cela lui arrivait même souvent. En cette occasion spécifique, il n'était pas sûr d'avoir bougé les lèvres pour accompagner son dialogue intérieur, mais en d'autres occasions, il était certain de l'avoir fait. Serena le lui faisait remarquer : « Tu parles tout seul. — Ah bon ? — Mais oui ! tu changes même d'expression, et tu gesticules. »

Comme la femme de la librairie, justement.

La frontière séparant les fous des gens normaux nous semble nette, solide et difficile à franchir. Or elle est très mince, et à certains endroits – à certains moments –, elle s'estompe sans que nous nous en apercevions. Nous nous retrouvons dans le territoire des fous sans comprendre comment cela s'est produit – du reste, les fous savent-ils qu'ils sont de ce côté-là ?

Il se dit qu'il allait lire quelques pages de son livre, mais le serveur arriva avec l'assiette de riz, pommes de terre et moules et, comme d'habitude, avec une bière. La nourriture le ramena à une dimension matérielle rassurante et, quand il sortit du restaurant, son malaise s'était atténué, presque jusqu'à sa disparition.

Naturellement, cela n'avait été qu'une situation momentanée. Mais ne le sont-elles pas toutes ?

5

Regagnant son bureau, il découvrit devant sa porte, dans une parfaite reproduction de la scène qui avait eu lieu quelques heures plus tôt, le même jeune carabinier, qui lui adressa à peu près les mêmes mots. Le capitaine voulait lui parler, il le priait de le rejoindre dans son bureau.

— Vous connaissez le maréchal Fornaro ? lui demanda Valente.

— Le commandant du poste de Santo Spirito ?

— Oui.

— Bien sûr.

— Que pensez-vous de lui ?

— Un brave homme, et aussi un bon sous-officier. Un peu à l'ancienne, mais il a toujours fait son travail correctement.

— Il m'a appelé tout à l'heure pour me raconter une drôle d'histoire.

— Laquelle ?

— Un de ses indics lui a rapporté que quelqu'un aurait enlevé le fils de Grimaldi. Il y aurait une demande de rançon pour rendre l'enfant.

Fenoglio secoua la tête, un geste instinctif d'incrédulité.

— Franchement, cela me semble une information improbable. Qui ferait une folie pareille, même avec une guerre en cours ? Fornaro est sûr de son coup ?

— Il dit que sa source est très fiable.

— On aurait peut-être intérêt à aller à Santo Spirito pour qu'il nous raconte ça en détail.

Dix minutes plus tard ils étaient en route, dans l'Alfa Romeo Alfetta du capitaine.

L'aspirant Montemurro était au volant ; près de lui, à la place du plus gradé, se trouvait le capitaine ; Fenoglio était assis à l'arrière.

— Qui pourrait avoir fait une action de ce genre ? demanda le capitaine en se retournant vers le siège arrière, tandis qu'ils sortaient de la ville et s'engageaient sur la bretelle de la rocade nord.

— Avant de partir du présupposé qu'il y a eu enlèvement, je voudrais parler avec Fornaro et vérifier la fiabilité de cette information. Car, je vous le répète, elle me semble invraisemblable. Enlever l'enfant de quelqu'un comme Grimaldi serait une folie, cela signifierait déclencher une guerre totale.

Il n'y avait pas de circulation sur la rocade et ils arrivèrent à Santo Spirito en dix minutes. Ils longèrent le front de mer, avec ses immeubles à un étage du début du siècle, et s'arrêtèrent pour prendre un café près du petit port des pêcheurs et des plaisanciers. C'était un bel après-midi, lumineux mais incertain, avec un ciel sillonné de grands cumulus blancs et un air frais et sec.

Ils remontaient de la mer vers la caserne lorsqu'ils durent stopper net à cause de trois voitures figées les unes derrière les autres. La première, celle qui bloquait la voie, était une BMW noire, arrêtée au beau milieu de la rue. Le conducteur discutait avec un gars debout près de la vitre. Il n'y avait pas de véhicules devant lui.

Montemurro laissa passer une dizaine de secondes avant de klaxonner, sans produire le moindre effet. D'habitude, en cas de bouchon, quand quelqu'un finit par se lasser et par appuyer sur son klaxon, les autres l'imitent. Mais là, rien. Les conducteurs des deux autres véhicules semblaient très patients et aucunement pressés.

Montemurro klaxonna à nouveau, plus longuement. L'homme à côté de la BMW cessa de parler et se dirigea vers la deuxième voiture immobilisée. Il y eut un rapide échange verbal. Le conducteur leva les bras en montrant la paume des mains : ce n'était pas lui qui avait perturbé la conversation avec un emploi indu de son avertisseur sonore.

— Je mets un coup de sirène? demanda Montemurro tandis que l'homme – une quarantaine d'années, chauve et sans cou – se dirigeait vers eux.

— Non, répondit Fenoglio.

Il ouvrit sa portière, descendit de voiture et se dirigea vers le chauve. Ce mouvement en déclencha d'autres, en cascade, dans une séquence presque rythmique. Le conducteur de la BMW en sortit; le capitaine et Montemurro descendirent de l'Alfetta; le chauve ralentit le pas et sa physionomie – jusqu'alors résolue et franchement agressive – sembla changer. Le conducteur de la BMW le rejoignit à la hâte et l'écarta. Il était en veste et cravate, portait des lunettes et avait des lèvres fines; il s'adressa à Fenoglio sur un ton oscillant entre nervosité et déférence.

— Bonjour maréchal, veuillez nous excuser, nous ne vous avions pas reconnu. Nous partons tout de suite.

— Vous deviez partir *avant* tout de suite. Maintenant, il est trop tard. Dégagez le passage et garez-vous au coin de la rue.

L'autre prit une expression dépitée et implorante.

— Vous ne pouvez pas laisser tomber l'affaire? Rendez-nous ce service, c'est embêtant pour nous, nous ne vous avions pas vu.

— Je croyais que tu étais un malin, Cavallo. Apparemment, je me trompais. Dis à ton ami de dégager la rue et de rester dans la voiture, et toi, va le rejoindre. Ne m'oblige pas à répéter.

Le chauve parut sur le point de protester, mais Cavallo lui adressa un regard qui disait de ne pas faire empirer la situation.

— C'est qui, ces types ? demanda le capitaine à Fenoglio lorsque les deux hommes se furent éloignés.

— Le chauve sans cou, je ne le connais pas. L'autre, il s'appelle Cavallo. Il travaille pour Grimaldi sans être affilié, autant que je sache. Il fait le lien avec les entrepreneurs et les hommes politiques, et il paraît qu'il s'occupe du blanchiment par l'intermédiaire de l'usure. Son surnom, c'est le Comptable.

— En effet, il a la tête de l'emploi.

— Et je crois qu'il a véritablement un diplôme de comptabilité. Tant que nous y sommes, essayons de voir s'il sait quelque chose. Cavallo, viens là !

Le Comptable s'approcha, l'air contrit.

— Je suis vraiment étonné. De ta part, je ne m'attendais pas à un cirque pareil : bloquer la circulation pour une fanfaronnade...

— Vous avez raison, maréchal, c'était une connerie. Nous discutions d'un truc important et je n'ai pas fait attention. Vous me connaissez, d'habitude je ne fais pas ce genre de bêtises.

Fenoglio ne répondit rien. Il jeta un œil vers la BMW.

— C'est qui, celui qui n'a pas de cou ?

— Un brave garçon, seulement il n'est pas très intelligent. Il est brancardier à la Villa Bianca.

— Et qui l'a fait embaucher à la clinique ?

— Vous savez, maréchal, j'ai des connaissances, alors si je peux donner un coup de main...

— C'est sûr. Alors c'est quoi, cette histoire du fils Grimaldi ?

Cavallo eut l'air d'avaler involontairement une bouchée qu'il n'avait pas encore fini de mâcher.

— Que... quelle histoire ?

— J'avais raison. Tu n'es pas aussi intelligent que je le pensais. Allez, maintenant on va tous à la caserne.

— Pourquoi à la caserne, maréchal ?

— Parce qu'il faut que je dresse un procès-verbal à votre encontre pour entrave volontaire à la circulation, ce qui entre dans le cadre des entraves à la liberté d'aller et venir. Or, pour ton information, ce délit est puni d'un maximum de quatre années d'emprisonnement. Nous devons aussi évaluer s'il y a lieu de procéder à une arrestation en flagrant délit. Et vu tes antécédents, je crains fort que ça s'impose.

— Ne plaisantez pas, maréchal !

— J'ai l'air d'un plaisantin ?

D'un geste machinal, Cavallo ajusta le nœud de sa cravate, en réalité parfaitement en place. Il sortit un paquet de Dunhill et un briquet en or qui avait tout l'air d'un Dupont. Il plaça la cigarette au milieu de ses lèvres, pour la suçoter plus que pour aspirer la fumée. « Qu'est-ce qui se passe, Cavallo ? »

Le Comptable balaya les alentours du regard, comme pour s'assurer que personne ne les observait.

— Maréchal, vous me mettez dans une situation difficile. Les ordres sont de ne pas dire un mot.

— Explique-moi ce qui se passe. Après, je ne suis pas obligé de placarder ce que tu m'as raconté sur tous les murs.

— Maréchal... – à présent, la voix de Cavallo semblait presque une plainte.

— Depuis quand l'enfant a-t-il disparu ?

Cavallo jeta sa cigarette consumée à moitié. Il écrasa le mégot sous la pointe de sa chaussure. Il portait des mocassins à glands, neufs et brillants.

— Depuis avant-hier matin. Il est parti pour l'école, mais il n'y est jamais arrivé.

— C'est vrai qu'il y a eu une demande de rançon ?

L'autre hocha la tête.

— Et elle a été payée ?

— Je ne sais pas. J'ai entendu dire qu'ils rassemblaient l'argent. Maintenant, laissez-moi partir, je vous en prie. On est au milieu de la rue, tout le monde nous voit. Si Grimaldi apprend que je vous ai parlé, il me fait casser les jambes.

— Tu peux y aller, dit Fenoglio.

Cavallo eut un instant d'hésitation, comme s'il n'était pas sûr d'avoir bien compris. Puis il fit demi-tour et s'en alla à la hâte.

6

— Alors c'est bien vrai, dit le capitaine lorsqu'ils furent remontés en voiture.

— On a un énorme problème. Allons écouter ce que Fornaro a à dire.

Fornaro les attendait debout devant l'entrée de la caserne. On aurait dit un second rôle interprétant un maréchal des carabiniers dans une comédie des années cinquante : grosses moustaches poivre et sel, uniforme arrondi par un ventre proéminent, fond débonnaire malgré une expression sévère. Il fit un salut militaire au capitaine, serra la main de Fenoglio et adressa un signe de tête à Montemurro.

Une odeur désagréable flottait dans son bureau, mélange de renfermé, de poussière et de nourriture mal conservée. Comme si on ne faisait ici que de mauvais repas, comme si les fenêtres munies de barreaux restaient toujours fermées, et que seul le couloir permettait un renouvellement de l'air.

— Je peux vous offrir quelque chose, mon capitaine ? Un café, une boisson fraîche ?

— Non merci, maréchal, c'est déjà fait. Pouvez-vous nous répéter ce que vous m'avez raconté au téléphone ?

— Oui, mon capitaine. Une source confidentielle qui, dans le passé, s'est révélée digne de confiance, proche du milieu de Grimaldi Nicola *alias* Nico le Blond, m'a rapporté ce matin que le fils de Grimaldi, un mineur, aurait été enlevé par des inconnus, et qu'une somme considérable aurait été demandée pour sa libération.

Il y eut un instant de silence. Fornaro parlait comme s'il lisait un rapport ou une note de service. « Et quand aurait eu lieu l'enlèvement ? », demanda Fenoglio. Fornaro tarda quelques secondes à répondre, peut-être agacé de ne pas être interrogé par le capitaine mais par son collègue du même grade. Puis il répondit, et cette fois d'une manière moins bureaucratique :

— Avant-hier, mais je n'ai parlé avec ma source qu'aujourd'hui.

— Il t'a dit si la rançon avait été payée ?

Fornaro secoua la tête.

— Il ne savait pas. Il avait l'impression que les kidnappeurs avaient demandé une somme très élevée et que la famille devait rassembler l'argent.

— Vous avez fait des vérifications, après avoir reçu cette information ? demanda le capitaine.

— Oui, mon capitaine. Aussitôt après avoir reçu l'information, je me suis rendu, accompagné de membres de mon équipe, à l'établissement scolaire fréquenté par l'enfant où, ayant interrogé la direction de l'école, nous avons appris que, à la date d'avant-hier, le mineur ne s'était pas présenté. Au cours de la même matinée, la mère de l'enfant s'était manifestée auprès de la direction dudit établissement, demandant à voir son fils et apprenant à ce moment-là que, justement, le mineur n'était pas venu en classe.

— Vous avez parlé à la famille ?

— Non, mon capitaine. Après avoir procédé à une première vérification de la fiabilité de la note confidentielle, j'ai estimé opportun de vous informer sans mettre en œuvre d'autres actions investigatrices.

Fenoglio réfléchit. L'enlèvement avait donc bien eu lieu, aucun doute là-dessus. Deux sources confidentielles convergentes et les déclarations du directeur de l'école de l'enfant ne pouvaient pas être pure coïncidence. C'était un événement sans précédent, qui échappait aux habituels schémas interprétatifs des faits criminels.

— Ton indic a une idée de qui a pu faire le coup ? Des pistes circulent ? On soupçonne quelqu'un ?

— Il n'a rien dit. Mais le bruit court que tout viendrait d'une rupture entre Grimaldi et Lopez Vito.

— Pourquoi ?

— Parce que, s'il y a une guerre entre les fidèles de Grimaldi et un groupe de rebelles liés à Lopez, il est possible que l'enfant ait été kidnappé par les hommes de Lopez. Mais ceci n'est qu'une hypothèse de ma part.

Fenoglio remarqua à nouveau que Fornaro parlait différemment, selon qu'il s'adressait à lui ou au capitaine.

— Et tu penses que ta source pourrait te fournir d'autres informations ?

— Je ne pense pas, il n'a pas un rôle important dans le groupe. Il m'a répété ce que tout le monde sait dans leur milieu, mais Grimaldi ne lui fait certainement pas de confidences.

Le capitaine sortit son porte-cigarettes, demanda la permission de fumer, alluma une cigarette et parut réfléchir.

— Et maintenant, que faisons-nous ?

— Convoquons les parents de l'enfant ici, à la caserne. Ils ne seront certainement pas enclins à collaborer, mais ils devront bien nous dire quelque chose pour justifier l'absence de leur fils, suggéra Fenoglio.

— Très juste. Maréchal Fornaro, envoyez un véhicule chercher Grimaldi et sa femme. Nous attendons ici.

Une étrange expression se dessina sur le visage de Fornaro. C'était comme une gêne, on aurait dit quelqu'un qui veut émettre une objection mais ne trouve pas les mots justes pour faire comprendre à son interlocuteur la nature du problème. Quand on commande un poste de carabiniers en banlieue, on doit chercher le point d'équilibre entre incarnation de l'autorité et prudence vis-à-vis de gens prêts à tout. Quand on vit et travaille dans ce type de quartier, à quelques pas de la demeure et du royaume de criminels très dangereux, il faut trouver un modèle de cohabitation, accepter de ne pas dépasser des limites et des frontières difficiles à cerner pour ceux qui ne sont pas du coin. Grimaldi n'était pas le genre d'homme qu'on pouvait aller cueillir chez lui et traîner à la caserne avec sa femme, comme n'importe quel voleur à la tire. Il fallait trouver la *manière* de le faire. Fornaro ne dit pas un mot de tout cela mais pour Fenoglio, c'était comme s'il avait émis ces considérations à haute voix. Du coup, Fenoglio s'apprêtait à dire : *C'est Montemurro et moi qui irons chercher Grimaldi et sa femme, éventuellement accompagnés de deux carabiniers de ton poste dans un simple rôle de soutien*. Ainsi, tout le monde verra qui dirige la manœuvre, et comprendra que l'ordre vient de plus haut. Mais c'est alors qu'un brigadier en uniforme fit irruption dans la pièce. Essoufflé, il avait l'expression fébrile de celui qui a une information urgente à annoncer.

— Je vous demande pardon, mais un appel téléphonique vient de nous parvenir. Il y a une fusillade en cours dans la rue, à Enziteto, entre les occupants de deux voitures.

— Il nous faut combien de temps pour y arriver? demanda le capitaine avec une promptitude et une détermination inattendues.

— Si on fait vite, cinq minutes, répondit Fernaro.

— On prend les M12 et les gilets pare-balles, et on part immédiatement.

7

Les deux véhicules démarrèrent à grand renfort de sirènes, gyrophares et crissements de pneus sur le goudron. Fenoglio regarda l'heure et mit une balle dans la chambre de son pistolet. Le capitaine tenait en main sa mitraillette déjà chargée, Montemurro conduisait avec son Beretta 92 entre les jambes. Personne ne parlait. Devant eux, la voiture de service ouvrait la route, le maréchal Fornaro et deux adjudants à bord, franchissant carrefours et feux rouges avec des écarts brusques. Ils traversèrent Santo Spirito en direction du sud et s'engagèrent sur la route provinciale.

Tandis qu'ils dévoraient à 150 à l'heure les deux kilomètres qui les séparaient de la bretelle menant à Enziteto, Fenoglio pensait – c'était inévitable – à une situation très semblable advenue de nombreuses années auparavant, à Milan. Ils se trouvaient en voiture, deux collègues et lui, lorsqu'on leur avait signalé un vol à main armée en cours, à quelques centaines de mètres de là. Ils arrivèrent au moment même où les braqueurs, armes au poing, sortaient du bureau de poste. Il y eut une fusillade, à l'issue de laquelle un des braqueurs – un jeune homme de vingt et un ans – était mort, et un des carabiniers fut sérieusement blessé. Quelques semaines plus tard, il ressortit des analyses balistiques que les coups mortels n'étaient pas partis du pistolet de Fenoglio. Techniquement, ce n'était pas lui qui avait causé la mort de ce jeune, et la nouvelle avait provoqué en lui un sentiment de libération. Cela n'avait pas duré longtemps. Il s'était demandé s'il y avait vraiment une différence entre lui-même et le collègue dont le pistolet avait tiré le coup fatal. Si ce carabinier avait été là, seul avec son arme, est-ce que l'issue aurait été la même ? Des dizaines de balles – après, on avait compté au sol trente et une douilles – étaient parties presque simultanément contre les braqueurs, dans un déluge de pointes métalliques mortelles. C'était une nasse dans laquelle il était pratiquement inévitable de rester pris. La question n'était pas de savoir qui avait tiré le coup ayant touché la cible ; la question, c'était de savoir qui avait participé à la confection de cette nasse. Cela n'avait rien à voir avec la légitimité du comportement des carabiniers ce jour-là. Tirer sur ces braqueurs était inévitable et permis, et la mort de ce jeune avait été le résultat inévitable et permis d'une action collective. Fenoglio s'était demandé ce qu'il aurait répondu si on lui avait demandé s'il avait déjà tué quelqu'un.

Il aurait dit oui.

Lorsqu'ils arrivèrent sur les lieux de la fusillade, à Enziteto, il n'y avait plus personne. Fenoglio regarda sa montre avant de descendre de voiture : cinq minutes et une poignée de secondes s'étaient écoulées. Être conscient du temps, dans les cas d'urgence, c'est important. Cela aide à lutter contre l'inévitable distorsion de la mémoire, la perte de consistance des souvenirs, la contamination apportée par l'imaginaire.

Ils coupèrent sirènes et gyrophares. La rue était déserte, les fenêtres closes comme si le quartier était inhabité. Il y avait de nombreuses douilles, concentrées à deux endroits, à une vingtaine de mètres de distance l'un de l'autre. Deux groupes avaient ouvert le feu à coups de fusils et de pistolets et, s'il y avait eu des blessés, ceux-ci n'avaient laissé aucune trace de sang visible lors d'un examen sommaire.

Il régnait un silence inquiétant, ce qui contribuait aussi à l'impression que cet endroit était abandonné. D'ailleurs, dans un certain sens, c'était le cas, se dit Fenoglio. Enziteto était une partie de la ville abandonnée de tous, à moins de trois kilomètres de la mer, des restaurants, des établissements balnéaires et de l'aéroport. Il suffit d'emprunter la petite bretelle qui relie la route nationale à ce quartier et, en un instant, on se retrouve plongé dans un ailleurs indéchiffrable. Abstrait. Voilà, c'était l'adjectif adéquat : abstrait.

Enziteto, comme tant de périphéries démentes du monde, était un lieu abstrait. Une formule de son compatriote, le peintre Casorati, lui revint en mémoire, elle l'avait frappé, car elle semblait contenir une vérité fondamentale : « La peinture est *toujours* abstraite. »

Qui sait qui avait composé le 112 ? Il n'y avait vraiment personne – pas une voiture de passage, pas un gosse tombé par là par erreur, pas une mobylette, pas un vélo.

Un chien souffreteux traversa lentement la rue – comme pour souligner le concept. Puis le silence fut rompu par les sirènes. D'autres voitures de carabiniers déboulèrent, ainsi que des patrouilles de police, et le patron du commissariat arriva. L'univers reprit un minimum de concrétude, quoique précaire.

On fit le tour des immeubles à la recherche de quelqu'un qui ait vu quelque chose. De nombreuses portes restèrent fermées ; quelques personnes ouvrirent pour dire qu'elles n'avaient rien vu ; d'autres, sous garantie d'anonymat, décrivirent un échange de coups de feu entre les occupants de deux voitures, armés jusqu'aux dents de pistolets, fusils et mitraillettes.

Ils quittèrent Enziteto deux heures plus tard. Entretemps, l'ensemble du personnel de la Division avait été mobilisé. Certains furent envoyés faire le tour des hôpitaux ; d'autres s'occupèrent de perquisitionner systématiquement le domicile de tous les repris de justice du quartier ; parmi ces derniers, trois furent conduits à la caserne pour être soumis à une analyse MEB-EDX, les tests permettant de détecter sur le corps des résidus de tir.

On emmena également à la caserne de Bari Grimaldi et sa femme, afin de les interroger sur la disparition de leur fils. Le rapport rédigé le lendemain pour le ministère public, dans lequel ils étaient accusés de complicité, décrivait ainsi leur audition : « Les deux conjoints ont nié l'existence de tout problème, et en particulier l'enlèvement de leur enfant. Priés d'indiquer où se trouvait le garçon, ils ont répondu qu'il était chez son oncle et sa tante maternels, résidants en Lombardie, pour quelques jours de vacances. Ils ont refusé de fournir les coordonnées téléphoniques desdits parents et n'ont su fournir aucun élément justifiant la présence de l'enfant, en période scolaire normale, chez lesdits parents. Grimaldi et son épouse ont été invités à collaborer, l'importance de leur collaboration dans les démarches pour retrouver l'enfant leur ayant été signifiée. Les individus susmentionnés ont pourtant refusé toute collaboration, niant l'évidence, s'enfermant dans un mutisme hostile et refusant de signer le procès-verbal. »

En fin d'après-midi, dans la campagne près de San Ferdinando di Puglia, à environ soixante-dix kilomètres au nord du lieu de la fusillade, on retrouva une

Peugeot 205 brûlée, mais sur laquelle on reconnaissait aisément des traces de coups de feu. Le véhicule ayant été volé à Pescara, on étendit également les recherches à cette zone.

Plus ou moins à la même heure, trois hommes cagoulés débarquèrent chez la belle-sœur de Lopez Vito, cassèrent tout et rouèrent de coups son mari, qui n'avait aucun lien avec des milieux criminels. Ils voulaient savoir où était Lopez. Pour finir, ils tirèrent dans les jambes du mari, avant de s'en aller en lui disant que s'il restait estropié il pourrait remercier ce merdeux de Boucher.

Fenoglio alla se coucher à trois heures du matin. Il ne put s'endormir avant l'aube et, à sept heures, il était déjà réveillé.

8

En milieu de matinée, l'adjudant Pellecchia entra dans le bureau de Fenoglio en traînant les pieds.

— Eh bien, chef, tu as vu un fantôme ?

— Pourquoi ?

— Tu as une sale tête.

— La journée d'hier a été un peu rude.

— Ça oui, un peu rude.

— Tu es allé où, hier soir ?

— On m'a envoyé faire des perquisitions inutiles. Du temps perdu.

— Qu'est-ce que tu en penses, de l'histoire du fils Grimaldi ?

— Ce que j'en pense, c'est que Lopez me paraissait un gars intelligent – un gros salaud, mais intelligent. À l'évidence, je me trompais. Un type qui fait un coup pareil, c'est un fou.

— Tu es sûr que c'est lui ?

— Et qui ça pourrait être d'autre ?

Fenoglio ne répondit rien. En effet, qui ça pourrait être d'autre ?

— Ce matin, avant de venir ici, j'ai parlé avec un ami, poursuivit Pellecchia en reniflant – c'était chez lui un tic, conséquence d'un coup de tête reçu pendant une arrestation –, et j'ai un peu de neuf.

— À savoir ?

— La femme de Grimaldi a rendez-vous avec une voyante.

— Comment ça ?

— Tu ne sais pas ce que c'est ? Une voyante, une sorcière, une femme qui parle avec les morts. C'est pour savoir où est l'enfant.

— Tu sais quand elle y va ?

— Cet après-midi, aux manèges du largo Due Giugno. La voyante reçoit dans sa roulotte. Elle raconte qu'elle a le pouvoir de sortir de son corps et de retrouver les personnes disparues, entre autres conneries. Je ne sais pas si cette info peut être utile.

Fenoglio claqua des doigts, se leva, prit sa veste et se dirigea vers la porte.

— Allons-y ! Il faut arriver avant la femme de Grimaldi. Appelle Montemurro, il nous conduira.

La circulation était décourageante et la voiture n'avançait que de quelques mètres à la fois, entre de longues pauses. Il leur fallut presque une demi-heure pour effectuer un trajet qui, normalement, aurait dû prendre moins de dix minutes. Ils s'arrêtèrent à deux pâtés de maison de la fête foraine, et Fenoglio dit à Montemurro de les attendre dans le véhicule.

Il faisait gris, l'air était très frais et semblait annoncer la pluie. On ne se serait pas cru en mai, et pas uniquement à cause de la température. Il y avait aussi une électricité désagréable dans l'air, comme un mauvais présage ou une menace.

— Elle s'appelle comment ?

— *Madame** Urania.

— Urania ?

— Oui, Urania. Ces charlatans ont toujours des surnoms pourris. Qu'est-ce qu'on lui dit ?

— Je ne sais pas encore. Il faut trouver le moyen pour qu'elle nous aide.

Comme toutes les fêtes foraines pendant la journée, cet endroit avait un air désolé et triste, avec les manèges fermés et les rideaux de fer des baraques baissés. Quelques silhouettes grises et solitaires circulaient entre les vieilles roulottes. Fenoglio se souvint avoir lu quelque part que se promener dans une fête foraine fermée était une métaphore parfaite de l'absence de sens. Sur le coup, il n'avait pas bien compris cette phrase, mais à présent, elle lui semblait claire et pénétrante.

---

* En français dans le texte.

Ils croisèrent sur leur chemin une femme très maigre au regard fébrile. « Excusez-moi, madame, sauriez-vous nous indiquer la roulotte de *madame* Urania ? », demanda Fenoglio.

Elle les dévisagea l'un après l'autre. Elle dut se dire que la politesse de la question contrastait avec l'aspect de ces deux hommes. Elle dut se dire qu'ils ne ressemblaient guère aux clients habituels d'Urania. Elle décida que cela ne la regardait pas. « Dernière roulotte, au fond à gauche. Mais je ne sais pas si elle est là. »

La roulotte d'Urania avait une grande chouette peinte sur la porte. Fenoglio jeta un coup d'œil alentour avant de frapper sur le bec de la chouette. Une dizaine de secondes plus tard, une voix résonna à l'intérieur, demandant qui c'était. « Bonjour, nous aimerions parler avec *madame* Urania. »

La porte s'ouvrit avec un grincement qui semblait factice, comme un effet spécial pour créer une ambiance. « Qui êtes-vous ? » La femme avait un aspect quelconque, le genre de visage dont on a du mal à se souvenir au bout de quelques heures. L'intérieur était sombre et une légère odeur d'encens y flottait.

— On est carabiniers. On peut entrer ?

— Je n'ai rien fait.

— On sait. On a juste quelques questions à vous poser, dit Fenoglio, poussant lentement la porte et cherchant à habituer ses yeux à la pénombre.

— J'attends des clients, lança-t-elle, mais les deux carabiniers étaient déjà à l'intérieur.

Fenoglio s'assit sur une chaise, Pellecchia s'appuya contre une petite table au centre de laquelle était posée une boule de cristal. Une chouette empaillée les fixait depuis une étagère.

— Nous savons qu'aujourd'hui vous avez un rendez-vous un peu particulier, dit Fenoglio en s'éclaircissant la gorge, évitant les préambules inutiles.

— Qu'est-ce que ça veut dire ?

— Ça veut dire qu'une femme va venir, car elle cherche son fils, qui a disparu, intervint Pellecchia, accélérant brusquement le rythme de l'échange, selon ses habitudes. Ne nous fais pas perdre de temps : je m'énerve vite quand je perds mon temps.

La femme s'assit, jambes jointes et mains sur les genoux, dans une position qui reflétait une maîtrise de soi inattendue.

— Que voulez-vous ?

— Qui t'a appelée pour prendre rendez-vous ? demanda Fenoglio en passant lui aussi au tutoiement.

C'était un truc qu'il n'aimait pas, cette familiarité autoritaire des flics, mais dans bien des cas, le vouvoiement ne faisait que compliquer le travail.

— Une femme que je connais est venue me voir. Elle m'a dit qu'un enfant avait disparu et que je devais les aider à le retrouver.

— C'est quoi, ton vrai nom ?

— Rita.

— D'accord, Rita. Maintenant, tu vas bien m'écouter. Il est fondamental que nous sachions ce que te dira la femme qui va venir aujourd'hui. Quelqu'un a kidnappé son fils. La famille ne collabore pas et on est inquiets pour l'enfant. Il faut te faire raconter toute l'histoire par la mère et lui poser aussi quelques questions, en lui expliquant que pour *voir* l'enfant tu as besoin de plus de détails. Ensuite, tu fais semblant de te concentrer et tu lui dis que tu n'arrives pas à le voir, que tu dois faire d'autres tentatives toute seule. Tu lui dis que tu la rappelleras. Ensuite, nous on revient et tu nous racontes tout.

Fenoglio n'avait pas même fini de parler que la femme secouait déjà la tête pour dire non.

— Vous voulez ma mort. Ce sont des gens dangereux, s'ils découvrent que je me suis moquée d'eux pour vous aider...

— Tu te moquerais d'eux de toute façon, tu le sais mieux que moi. Nous on n'écrira rien, et eux, ils ne sauront jamais que tu nous as aidés.

— Vous ne pouvez pas m'obliger.

Fenoglio laissa retomber ses épaules, dans un mouvement de lassitude.

— Peut-être pas. Mais tu as une idée de tous les délits que tu commets chaque jour, ici ? Arnaque, escroquerie, abus de confiance. Si je veux te casser les pieds, je n'ai qu'à poster une patrouille devant ta roulotte. Chaque fois que quelqu'un entre, les carabiniers entrent à leur tour, ils te contrôlent, et puis ils ramènent ton client avec eux pour entendre sa déposition et lui demander s'il veut porter plainte. Tu crois qu'il faudra combien de temps pour que ça se sache et que les gens commencent à s'adresser à une autre voyante ? Et puis, il est fort probable qu'il faudra aussi mettre ta roulotte sous séquestre en tant que corps du délit. Je continue ?

Deux minutes de silence s'ensuivirent.

— Vous me jurez qu'ils ne le sauront jamais ? finit-elle par dire.

— Bien sûr, répondit Fenoglio.

— Vous n'écrirez mon nom nulle part ?

— Tu as ma parole.

Elle soupira, résignée.

— Qu'est-ce que je dois demander ?

— On a besoin de savoir s'ils ont payé une rançon, s'ils ont des soupçons sur qui a fait le coup et, surtout, comment ils sont en contact avec les kidnappeurs : est-ce qu'ils se parlent au téléphone, est-ce qu'il y a un intermédiaire... ?

— Et si elle se doute de quelque chose ?

— Je suis sûr que tu n'as aucun mal à poser des questions sans que ton interlocuteur se doute de quoi que ce soit.

Urania ne répliqua rien.

— Récapitule ce qu'on veut savoir.

— Quand l'enfant a disparu, comment ils contactent les kidnappeurs, s'ils ont payé, et s'ils ont des soupçons. Après lui avoir parlé, qu'est-ce que je fais ?

— Rien. Nous on revient ici, tu nous racontes tout, et c'est fini. Ton nom n'apparaîtra dans aucun document.

Elle sembla méditer sur les derniers propos de Fenoglio, comme si ceux-ci contenaient une signification cachée. Enfin, elle prit une profonde inspiration: «D'accord. Maintenant partez, il faut que je me prépare.»

9

En sortant, ils croisèrent un type gigantesque, avec de grosses moustaches en forme de guidon et des mains grandes comme des poêles. Il devait avoir dans les soixante-dix ans, mais il avait l'air de pouvoir facilement remettre à leur place trois ou quatre jeunes de vingt ans avec quelques claques. Il adressa un signe de salut à Pellecchia, qui lui répondit de la même manière.

— Tu te souviens de lui ? demanda l'adjudant lorsqu'ils furent sortis de l'enceinte de la fête foraine.

— Qui ça ?

— Moustachu. Tu ne te souviens pas ?

— Qui c'est ?

Pellecchia se frotta le visage.

— Ah oui, c'est vrai, je débloque. C'était il y a une dizaine d'années, tu n'étais pas encore arrivé à Bari. On l'a arrêté après un combat fou.

Il continua à parler, mais Fenoglio ne l'écoutait plus. C'était il y a une dizaine d'années... Il allait bientôt être muté à Bari parce qu'il avait rencontré Serena et, quelques mois plus tard, ils se marieraient. La période la plus heureuse de sa vie allait commencer ; et maintenant, elle était sans doute finie.

— Hé ! ça va ? demanda Pellecchia.

— Tout va bien, pourquoi ?

La question le surprit, Pellecchia n'était pas du genre à remarquer certaines nuances.

— Je ne sais pas, tu as l'air bizarre.

— Ça se voit ?

— Ben oui, ça se voit.

— Je vis une période difficile. Ma femme est partie et, de temps en temps, ça me travaille.

Avant même d'avoir fini sa phrase, il s'étonna de l'avoir prononcée. Il n'avait jamais été enclin aux confidences avec qui que ce soit, et la dernière personne à laquelle il aurait pensé révéler ses problèmes était bien l'adjudant Pellecchia Antonio, dit Tonino. Difficile d'imaginer deux personnes plus différentes qu'eux. Ils travaillaient ensemble depuis des années et n'avaient jamais eu la moindre conversation qui ne porte pas sur des questions de travail.

— Alors comme ça, ces trucs arrivent aussi aux super-héros.

— Quoi ?

— Tu sais comment les gars t'appellent ?

— Quels gars ?

— Les gars de la Division.

— Mister Perfect. D'autres aussi : Mister Cul-bordé-de-nouilles. Ne le prends pas mal, hein. Je crois que ça se passe de commentaires.

En effet, ce n'était pas indispensable, et Fenoglio ne dit mot. Ils marchèrent un instant en silence, tous deux le regard rivé devant eux.

— On va prendre un café, chef?

— D'accord, ce ne sera que le sixième de la journée.

Ils entrèrent dans un bar quelconque. Derrière le comptoir se tenait une fille maigre au visage allongé évoquant la tête d'un cheval, avec un regard tranquillement désespéré. Pellecchia lui dit bonjour en l'appelant par son prénom – Liliana –, ce à quoi elle répondit par un infime mouvement de tête. « On se met à une table du fond. On prend deux cafés. »

Fenoglio éprouva un inexplicable sentiment de soulagement en s'asseyant dans cette arrière-salle dépouillée. Il n'y avait qu'eux, et c'était comme un abri. Pellecchia ralluma un bout de cigare et tira deux fois dessus avant de le poser dans le cendrier pour le laisser s'éteindre, comme d'habitude.

— Vous vous êtes séparés ?

— Je ne sais pas.

Après une hésitation :

— Elle m'a dit qu'elle devait mettre ses idées au clair. Elle a ajouté que c'était une expression très banale et s'est excusée pour cette banalité mais a affirmé que, malheureusement, c'était exactement ça.

— Elle a quelqu'un d'autre ?

— Elle ne l'a pas dit. Mais c'est possible.

Liliana arriva avec deux cafés, deux viennoiseries et deux petits chocolats. Pellecchia attendit qu'elle pose le tout et retourne derrière le comptoir.

« Ma femme m'a quitté il y a dix ans. Ce n'est pas dur d'imaginer pourquoi une femme veut quitter un mec comme moi. Sur le coup, ça m'a mis vachement en pétard, pourtant, même si ça me gonfle de le reconnaître, elle avait toutes les raisons au monde de le faire. Mais pourquoi une femme voudrait quitter un gars comme toi ? D'après moi, la seule raison, c'est qu'elle en a un autre. Excuse-moi d'être aussi franc. »

Fenoglio mangea la viennoiserie et le chocolat. Pellecchia fit de même. Puis ils burent leur café. La scène semblait un rituel aux règles précises, presque une cérémonie du thé.

« Tu es surpris de m'avoir fait une confidence, pas vrai ? » Fenoglio fut tenté de nier – non, je ne suis pas surpris, tu plaisantes –, mais il se rendit compte que cela aurait été un manque de respect. « C'est vrai. »

Pellecchia renifla. S'il est possible d'avoir des expressions différentes lorsqu'on renifle, eh bien, l'expression de Pellecchia n'était pas l'habituelle. D'ordinaire, elle traduisait agacement, arrogance, ennui ou mépris. Cette fois, Fenoglio eut l'impression qu'elle comportait un soupçon de mélancolie.

« Tu ne m'aimes pas, je le sais. D'ailleurs, moi non plus je ne m'aime pas, et ça fait longtemps que ça dure. Alors je ne peux pas te donner tort. » À nouveau, Fenoglio eut envie de mentir, mais il se retint.

— Si ça se trouve, tu ne m'as jamais tellement aimé non plus.

— Ce n'est pas exactement ça. Soyons clairs : tu m'as souvent cassé les couilles, pour les motifs déjà cités. C'est vraiment chiant d'avoir pour supérieur direct un mec qui ne sort jamais des clous. Mais en même temps… – Pellecchia semblait gêné. – Bref, je t'ai toujours admiré, sans avoir le courage de me l'avouer à moi-même, et pour une raison que tu ne pourrais même pas imaginer.

— C'est-à-dire ?

— Il y a une scène, dans ce film avec De Niro, *New York, New York*… comment elle s'appelle, déjà, l'actrice, celle qui chante aussi ?

— Liza Minnelli.

— Ah oui, c'est ça. Bref, Liza Minnelli, elle n'a rien à voir avec ce que je voulais te dire. Quand j'étais plus jeune, un connard m'a dit que je ressemblais vachement à De Niro. Comme j'étais couillon, je me suis mis à regarder tous ses films, encore et encore, pour vérifier si je lui ressemblais vraiment, et pour en tirer satisfaction. Un vrai truc de couillon, quoi.

— Tu veux une info ?

— Vas-y.

— Moi, je me sens presque constamment couillon. En temps normal, je veux dire. Alors en ce moment, tu imagines.

— Il y a une demi-heure, ça m'aurait semblé une info absurde. Pas maintenant. Putain ! la vie est super bizarre. Bref, dans une scène, quand De Niro est déjà célèbre, il y a un type qui lui demande un conseil. Et lui, il répond un truc du genre : « Ah bon, tu veux un conseil ? Alors voilà : reste loin de la merde. »

Il s'interrompit et sembla méditer quelques instants.

— J'ai toujours pensé que c'était le meilleur conseil que j'aie jamais entendu. Rester loin de la merde. C'est ce que j'aurais dû faire, moi, dans ma vie. Mais je n'y suis jamais arrivé.

— C'est difficile, vu notre travail.

— C'est vrai, c'est difficile. On passe trop près. Moi, je me suis sali tellement de fois qu'à un moment donné je n'ai même plus eu l'envie de me laver. Je n'ai plus voulu y penser. – Il renifla et, sans le vouloir, Fenoglio renifla à son tour. – Toi aussi tu passes près de la merde, comme nous tous. Mais les éclaboussures ne t'atteignent jamais. Je ne sais pas comment l'exprimer d'une autre manière. On dirait que tu as une espèce de super-pouvoir, tu sais, justement comme ces putains de super-héros. Ça me fait chier, et en même temps c'est quelque chose que j'admire. Peut-être que ça me fait chier parce que c'est un truc que j'admire, ou *vice versa*. C'est le bordel, ce que je dis ?

— Non, c'est très clair.

— Clair, mon cul. Mais bon, ça va. Pendant toutes ces années où on a travaillé ensemble, je ne t'ai jamais vu filer une baffe à une personne menottée, je ne t'ai jamais vu écrire une connerie dans un rapport, et je ne t'ai jamais vu te faire marcher dessus par un quelconque connard d'officier ou de juge. Tu veux savoir un truc que je n'oublierai jamais ?

— Quoi ?

— C'était il y a cinq ou six ans. On avait embarqué à la caserne un gosse qui vendait du shit sur la piazza Umberto. On était en train de le secouer un peu pour qu'il nous dise où il l'avait trouvé. Il y avait ce couillon de lieutenant, là, toujours bronzé et bodybuildé.

— Je me rappelle.

— Il adorait tabasser les mecs. Après avoir filé deux gifles au gosse, il a pris un torchon et s'est enveloppé la main : il avait l'intention de le cogner en plein visage. Il n'en avait rien à foutre de rien, hein, il voulait juste s'éclater un peu. Tu sais bien que moi, filer quelques gnons à des enfoirés, ça ne m'a jamais posé de problème. Mais pas pour le plaisir, seulement s'il y a une bonne raison. Alors toi, tu lui as dit un truc du genre : « Mon lieutenant, je peux vous parler une minute ? », et vous avez quitté la pièce tous les deux. Cinq minutes après, tu es revenu, et lui il a disparu. Comme ça, tout simplement. Tu as beau casser les couilles, ce jour-là, tu as vraiment été fort. J'aurais bien aimé savoir ce que tu lui as dit, à celui-là, pour qu'il débarrasse le plancher.

Fenoglio haussa les épaules, sans pouvoir réfréner un sourire. Ce lieutenant était un lâche : le menacer de dénonciation pour violence volontaire et coups et blessures sur un individu en état d'arrestation avait été un vrai plaisir.

Pellecchia poursuivit. «J'ai fait tellement de trucs que j'en ai honte. Pendant longtemps, je me suis justifié en me répétant qu'il n'y avait pas d'autre manière de faire ce boulot. Si tu veux coffrer ces fumiers, il faut être plus fumier qu'eux. Je me suis toujours dit qu'il n'y avait pas le choix, si on voulait aider un peu cette société de merde. Et puis, pour toutes sortes de raisons, j'ai eu l'impression de perdre le contrôle.»

Fenoglio comprenait très bien. Il avait entendu ce genre de discours pendant toute sa vie de carabinier, et il s'était entendu dire qu'il n'y avait pas le choix. Les règles sont importantes, mais on ne peut pas toujours les respecter. Parfois on peut – et parfois on *doit* – les violer au nom d'un intérêt supérieur. Au nom de cet intérêt supérieur, il avait vu des choses qui le dégoûtaient, et il avait décidé que cet intérêt supérieur ne le concernait pas.

— Je suis désolé, pour ta femme. Peut-être que c'est vrai, qu'elle a simplement besoin de se mettre les idées au clair, conclut Pellecchia.

— C'est possible. Maintenant allons-y, Montemurro nous attend.

10

Ils déplacèrent le véhicule à une centaine de mètres de l'entrée de la fête foraine, de façon à pouvoir surveiller qui entrait et sortait. L'épouse Grimaldi arriva environ une heure plus tard, accompagnée d'une femme large d'épaules, aux cheveux courts et à l'expression déterminée.

Elles ressortirent après une quarantaine de minutes.

« Vous deux, suivez-les et essayez de savoir qui est l'autre femme », dit Fenoglio en descendant de voiture.

Dans la roulotte, l'odeur d'encens était maintenant beaucoup plus forte. Sur la table, il y avait un jeu de tarot, un œuf en tissu dans lequel étaient fichées de nombreuses épingles, un livre avec des symboles ésotériques, la boule de cristal, et la chouette empaillée auparavant sur l'étagère.

— Pourquoi une chouette ? demanda Fenoglio.

— C'est le symbole de la clairvoyance.

Ils demeurèrent quelques secondes silencieux. Puis Rita Urania ne put réprimer un petit sourire, presque complice : « Ça fait partie de la mise en scène, pour les clients. C'est de la poudre aux yeux. Comme le reste, ajouta-t-elle en indiquant les autres objets sur la table. Vous voulez un café ? »

Fenoglio s'apprêtait à refuser – *non merci, sans façon, j'en ai déjà trop bu aujourd'hui*, etc. Puis il se dit que, étant donné les circonstances, vu la façon dont ils s'étaient immiscés dans la vie de cette femme et l'avaient obligée à collaborer, cela aurait été discourtois. Aussi accepta-t-il. Elle lui dit de s'asseoir, alla dans la partie cuisine de la roulotte et mit la cafetière sur le feu.

« Comment ça s'est passé, Rita ? », demanda Fenoglio après avoir bu sa tasse. La voyante ouvrit deux fenêtres de la roulotte et alluma une MS, qu'elle aspira avec force.

— L'enfant est mort, n'est-ce pas ?

— C'est probable.

Urania tira encore deux bouffées. Fenoglio attendait.

— Au début, elle ne voulait rien dire. Elle a apporté des affaires de son fils – et là elle fit un geste vers le canapé-lit, sur lequel était posée une tenue de football aux couleurs de l'équipe de Bari –, elle voulait que je devine où il se trouve en les touchant.

— Et toi ?

— Je lui ai répondu que j'avais besoin de tout savoir pour être certaine de voir l'enfant, que toucher ces objets était insuffisant. Alors elle a regardé l'autre, qui lui a dit que j'avais raison.

— C'était qui, l'autre ?

— Je ne sais pas. Elle ne s'est pas présentée, même quand je lui ai serré la main.

— D'accord, continue.

— Elle a expliqué qu'elle était seule à la maison et que l'enfant était parti à l'école depuis une heure environ, quand elle a reçu un coup de téléphone. Elle a répondu : c'était un homme, il voulait qu'elle lui passe son mari, mais celui-ci n'était pas là.

— Elle a dit quelque chose sur la voix de cet homme ? Si elle l'avait déjà entendue avant, s'il avait un accent...

— Je ne lui ai posé aucune question sur sa voix, cela aurait pu sembler bizarre. C'est une chose de demander...

— Oui oui, tu as raison, l'interrompit Fenoglio, tu as bien fait.

— L'homme a dit qu'il était un ami et qu'il voulait les aider à retrouver leur fils. Elle a pris peur. Il a répété : je suis un ami de ton mari, il vaudrait mieux que tu le trouves si tu veux revoir le gosse vivant. Il a dit qu'il rappellerait dans une heure et puis il a raccroché. Là, prise de panique, elle a appelé son mari sur son portable. Lui, il a piqué une crise en disant qu'elle était bête et qu'au lieu de lui téléphoner elle ferait mieux de filer tout de suite à l'école pour vérifier que l'enfant était bien là.

— Ce qu'elle a fait.

Urania hocha la tête et alluma une autre cigarette. Fenoglio se demanda quel âge elle pouvait avoir. Son visage et son corps soufflaient des réponses différentes. Son visage suggérait une cinquantaine d'années, alors que son corps paraissait celui d'une femme beaucoup plus jeune.

— Elle s'est rendue à l'école et a demandé à la surveillante si elle pouvait voir son fils. La femme est allée le chercher en classe et ils ont découvert qu'il n'était pas là. Du coup, la mère a rappelé son mari, qui était sorti pour le travail. Il est rentré à la maison et a fait appel à des hommes qui bossent pour lui, des gars du milieu, à ce que j'ai compris. Il les a fait descendre dans la rue pour poser des questions et comprendre ce qui s'était produit. Et puis, ils ont téléphoné à nouveau.

— Pourquoi « ils ont » ? Ils étaient plus d'un ? La voix du deuxième coup de fil était celle d'un autre ?

— Non, enfin elle ne savait pas. C'est le mari qui a répondu, mais elle, elle disait toujours « ceux qui ont pris Damiano » – c'est le nom de l'enfant.

— D'accord, j'ai compris. Qu'est-ce qu'ils ont dit au mari ?

— Qu'ils avaient kidnappé son fils et que s'il voulait le revoir il devait préparer l'argent...

— Elle t'a dit combien ?

Urania hésita quelques secondes, comme si elle craignait de ne pas être crue.

— Deux cents millions.

Fenoglio s'aperçut qu'il avait rejeté la tête en arrière, dans un mouvement de stupeur incontrôlé.

— L'argent devait être prêt le soir même, poursuivit-elle.

— Et Grimaldi ?

— Il voulait parler avec l'enfant, et le gars au téléphone a répondu que s'il demandait ça encore une fois il retrouverait son môme en petits morceaux dans un sac poubelle.

— Continue.

— Ils ont commencé à rassembler l'argent, parce qu'ils ne les avaient pas, les deux cents millions. Ils en avaient beaucoup, mais pas autant.

— Et comment ils ont fait, pour trouver la somme manquante ?

— Ils ont cherché auprès des amis du mari et, bref, quand les gars ont rappelé, ils avaient tout. L'homme au téléphone a expliqué que l'argent devait être remis par une femme, seule. S'ils voyaient qui que ce soit dans les parages, ils repartiraient aussitôt et l'enfant serait mort. Si Grimaldi faisait tout ce qu'il fallait, deux heures après, l'enfant serait rendu.

— Qui a remis l'argent ?

— L'autre femme, celle qui accompagnait la mère.

— Où ça ?

— Je ne sais pas.

— Et après, qu'est-ce qui s'est passé ?

— Deux heures se sont écoulées, la nuit est tombée, et l'enfant n'est pas revenu. Alors le mari a de nouveau lâché ses hommes dans les rues, sans résultat.

— Elle t'a dit s'ils avaient des soupçons ?

— Elle affirme que c'est un certain Lopez qui a fait le coup, avec d'autres types qui au départ étaient des amis du mari, mais qui ensuite l'ont trahi.

Elle fit une pause de quelques secondes, puis ajouta : « Elle a dit que ces merdeux allaient tous crever. Que lorsque les hommes de son mari les trouveraient ils les écorcheraient vifs. »

— Comment ça s'est passé ? demanda Pellecchia au bureau, une heure plus tard.

— Mieux qu'avec un dispositif de sonorisation. Elle s'est tout fait raconter et au moins, maintenant, on sait ce qui s'est passé le jour de l'enlèvement.

Fenoglio lui rapporta son entretien avec Urania, avant de demander :

— Qu'ont fait l'épouse et la femme qui était avec elle ? Vous l'avez identifiée ?

— Elles sont rentrées ensemble chez Grimaldi. L'autre est repartie tout de suite. On l'a suivie jusqu'à la polyclinique. Elle s'appelle Maria Pia Scaringella et elle est infirmière au service d'orthopédie. Nous avons vérifié, elle travaille cette nuit.

— Elle fait partie d'une famille de repris de justice ?

— Non, et elle n'a aucun antécédent non plus. C'est juste une amie de l'épouse Grimaldi.

Fenoglio se gratta la tête. Il était très fatigué, et Pellecchia semblait l'être plus encore.

— D'accord, arrange-toi pour que quelqu'un aille la chercher demain, à la fin de son service. On l'amène ici et on espère qu'elle se laissera convaincre de collaborer. Peut-être qu'il en sortira quelque chose d'utile sur les modalités de paiement de la rançon.

— De toute façon, c'est ce connard de Lopez avec ses copains. Ça ne fait aucun doute.

— C'est probable. Mais quand on les trouvera – si on arrive à les trouver vivants –, on aura aussi besoin de quelques preuves afin qu'ils paient pour ce qu'ils ont fait. Savoir que c'est eux sans pouvoir le démontrer, cela ne servira pas à grand-chose.

11

Quand Fenoglio arriva à la caserne le lendemain matin, l'infirmière était déjà là. Ils l'avaient fait attendre dans une petite salle réservée aux interrogatoires.

— Elle est du genre nerveux, fit observer Pellecchia. Au début, elle a refusé de suivre les militaires en uniforme que j'avais envoyés. Elle a haussé le ton et elle a même filé quelques bourrades. Si ça avait été un homme, elle se serait pris une raclée. Elle voulait un avocat. Il a fallu une demi-heure pour la convaincre. Ils ont dû la menacer de l'arrêter pour rébellion. Maintenant elle est là, et elle tire une sacrée gueule.

— La matinée commence bien.

— Tu peux le dire. On y va ?

— On y va.

Ils pénétrèrent dans la pièce, où il n'y avait qu'un vieux bureau et de vieilles chaises. Aucune fenêtre, aucune lumière naturelle. Mme Scaringella s'était retournée brusquement en entendant la porte s'ouvrir. De près, elle semblait encore plus costaud. Elle avait un visage large et écrasé – comme une *focaccia*, aurait dit Serena –, un petit nez et un regard agressif plein d'hostilité.

— Bonjour madame, je suis le maréchal Fenoglio, dit-il en lui tendant la main, qu'elle serra après un instant d'hésitation, en essayant de ne pas se départir de son attitude farouche. Nous sommes désolés de vous avoir fait venir juste après votre service, mais malheureusement il s'agit d'une affaire urgente, qu'il était impossible de remettre. Vous savez pourquoi nous vous avons convoquée à la caserne, n'est-ce pas ?

— Je ne sais rien. Je sais juste que j'ai fait la nuit, que je suis épuisée et que vous me retenez ici. Je veux un avocat.

— Pourquoi voulez-vous un avocat, madame ? Nous ne vous accusons de rien du tout.

— Vous m'avez arrêtée.

— Non, madame. Vous n'avez pas été arrêtée et vous n'êtes accusée de rien. Il y a peut-être eu un malentendu. Nous voulons juste vous poser quelques questions en tant que simple témoin.

— Témoin de quoi ? Je ne suis témoin de rien.

— Vous connaissez Mme Grimaldi ?

— Oui, je la connais, ce n'est quand même pas un crime !

— Vous connaissez son mari ?

— Non.

— Vous connaissez son fils, Damiano ?

— Vu que je connais Mme Grimaldi, il est normal que je connaisse aussi son fils.

— Vous savez qu'il a disparu, n'est-ce pas ?

— Qu'est-ce que j'en sais, moi ? Ce n'est pas à moi qu'ils vont venir raconter ces trucs-là.

— Quels trucs ?

— Ceux que vous racontez, là, vos histoires d'enfants disparus et tout ça. C'est votre boulot, de savoir si un enfant a disparu.

Chaque fois, on se dit qu'on a l'habitude, chaque fois, on se dit que rien ne parviendra plus à nous toucher et nous surprendre, et pourtant chaque fois, on tombe sur quelqu'un qui nous tape encore plus sur les nerfs, pensa Fenoglio. Cette femme avait une expression désagréable et des manières insupportables.

— Tu t'appelles Maria Pia ? demanda Pellecchia.

— Mme Scaringella Maria Pia, rétorqua l'autre.

— Alors, écoute-moi, madame Scaringella Maria Pia de mes deux. Écoute-moi bien : joue pas avec nous et te fous pas de notre gueule. Parce que, quand quelqu'un se fout de notre gueule, ça nous met vachement en pétard. Maintenant, je vais te poser quelques questions, et tu vas me répondre en me disant la vérité. Si tu ne le fais pas, je te jure qu'on déboule chez toi et qu'on fait une belle perquisition. On casse tout, et après on t'arrête pour complicité. Comme ça, tu pourras parler avec un avocat avant d'aller au trou. Tu as pigé ?

Elle ne répondit rien. L'expression de son visage avait changé, toute trace de confiance en soi avait disparu. « Tu as pigé ? », répéta Pellecchia presque en criant, et il asséna un violent coup dans le dossier de la chaise de l'infirmière. Elle sursauta et hocha lentement la tête.

— Madame, ne nous obligez pas à vous maltraiter, dit Fenoglio. Nous savons que le fils Grimaldi a été enlevé et qu'une rançon a été payée. La famille ne collabore pas avec nous. Et nous savons que vous savez tout. Inutile de nier, ça ne sert à rien, à part nous faire perdre du temps. Vous devez nous aider. Les renseignements en votre possession pourraient être déterminants pour identifier les responsables, et peut-être pour sauver l'enfant.

— Je n'ai rien fait de mal, dit Mme Scaringella en regardant autour d'elle, comme à la recherche d'une issue de secours.

— Nous le savons. Vous n'avez fait qu'aider une amie. C'est un acte honorable. Le mieux, cela aurait été que ces crapules rendent l'enfant quand vous avez apporté l'argent. Mais ils ne l'ont pas fait, et nous avons besoin d'aide pour les trouver, et pour trouver le petit.

— Mais je ne peux pas...

— Personne ne le saura.

Elle poussa un soupir. Elle ouvrit son sac et en sortit un mouchoir en papier, avec lequel elle essuya la sueur qui perlait sur son front.

— Je peux vous faire apporter un verre d'eau, un café, autre chose ?

— Un verre d'eau.

— Bien sûr.

Fenoglio se dirigea vers la porte, qu'il ouvrit au moment même où quelqu'un frappait. C'était Montemurro.

— Qu'est-ce qui se passe ?

— Vous pouvez venir une minute ?

Le jeune carabinier avait un ton fébrile. Fenoglio sortit en refermant la porte derrière lui.

— Qu'est-ce qui s'est passé ?

— Un appel téléphonique est arrivé au 112. La personne dit que l'enfant se trouve dans un puits, dans la campagne de Casamassima. Elle a aussi expliqué comment y arriver.

12

Fenoglio savait déjà que l'enfant était mort. Quand on enlève quelqu'un, qu'on demande une rançon, que la rançon est payée et que la personne enlevée ne rentre pas rapidement chez elle, cela ne peut signifier qu'une seule chose : elle est morte.

Il n'existe aucun motif plausible pour lequel un kidnappeur devrait garder l'individu enlevé – un matériau très dangereux à conserver – une fois obtenu ce qu'il demandait.

Il le savait déjà, alors il n'aurait pas dû ressentir ce choc sous le sternum, comme si quelqu'un lui avait asséné un coup de poing ; il n'aurait pas dû être pris de cet insupportable sentiment de colère, de vide et d'inutilité ; il n'aurait pas dû ressentir cette faiblesse inavouable dans les jambes, comme si elles étaient sur le point de céder. Rien de tout cela n'aurait dû se produire, se disait-il, en se pinçant le menton et les joues pendant que la voiture, gyrophare allumé – mais sans la sirène –, traversait la campagne lumineuse et étrangement bleutée. Dans le véhicule, il y avait aussi le capitaine Valente et Pellecchia, et Montemurro conduisait. Personne ne soufflait mot.

Quand ils arrivèrent sur les lieux, quelques autos et un camion des pompiers étaient déjà là. En descendant de voiture, ils furent enveloppés par un silence qui semblait provenir du fond des âges. Il n'y avait aucun bruit de circulation – la route principale était loin –, et nul ne parlait. Une bourrasque s'engouffrait parfois dans le feuillage des oliviers, et ce bruissement paraissait la pénible respiration du temps.

Pour arriver au puits, il fallait suivre un sentier étroit, une bande blanche qui serpentait entre les arbres et les mottes de terre marron, presque rouge. Bien des personnes étaient déjà passées sur ce sentier et sur ces mottes. Toute trace éventuelle de ceux qui avaient amené là l'enfant était irrémédiablement perdue.

Le puits faisait environ un mètre de diamètre, il se trouvait au milieu d'un vieux carré en ciment, et le couvercle de métal était posé à côté. Fenoglio se dit qu'il aurait voulu être ailleurs. Il savait ce qu'il verrait dans quelques minutes, et il n'avait pas envie de le voir. Il savait l'odeur qu'il sentirait, et il n'avait pas envie de la sentir. Il savait que ce serait à lui d'aller trouver les parents de l'enfant, ce dont il n'avait pas envie non plus.

Il s'approcha de l'ouverture et regarda en bas. C'était sombre. Noir. Noir, se répéta-t-il mentalement, comme s'il s'agissait d'une intuition capitale.

Tout noir.

Quelqu'un parla mais Fenoglio n'entendit pas ; on pointa une puissante torche à l'intérieur du puits. Maintenant, on distinguait ce qui avait l'air d'un corps, plié dans une position anormale. Évidemment, que c'était une position anormale. Il était mort. Qu'y a-t-il de plus anormal que la mort ? Malédiction.

Les pompiers étaient prêts à descendre. Ils n'attendaient plus que l'autorisation. « Le magistrat arrive », dit Fenoglio, entendant sa voix comme si cela avait été celle d'un autre.

Juste avant de quitter la caserne, il avait appelé D'Angelo, il l'avait avertie et lui avait demandé si elle voulait être présente. Si elle préférait, ils pouvaient s'occuper de tout. Pour toute réponse, la juge lui avait dit d'envoyer immédiatement une voiture.

Le médecin légiste de service arriva. Il salua tout le monde d'un mouvement de tête, personne ne se serra la main, même lui ne semblait pas enthousiaste à l'idée de participer à cette intervention.

Quelques minutes plus part, D'Angelo arriva. Elle parcourut le sentier blanc encadrée de deux carabiniers très grands en uniforme, une vision qui accentua encore la tonalité tragiquement irréelle de la scène. Elle échangea quelques paroles avec le capitaine, qu'elle rencontrait pour la première fois, et elle dit que l'on pouvait procéder. Le médecin légiste proposa à tous une espèce de baume à la très forte odeur de menthol à mettre sous le nez pour dominer la puanteur de la mort. Fenoglio n'en prit pas. Il savait que ça ne servait à rien. C'était même pire. Car après, pendant des heures, pour ne pas dire des jours, l'odeur obscène que l'on croyait avoir vaincue ne nous quittait pas de toute façon. Elle restait sur les vêtements, sur la peau, dans la tête. Alors mieux valait éviter l'onguent, tout aussi nauséabond.

Un petit pompier maigre à la peau mate descendit dans le puits, un mouchoir lui couvrant la bouche et le nez – comme les bandits dans les westerns, se dit Fenoglio de manière incongrue –, avec un harnais pour le cadavre. Il s'affaira là en bas pendant peut-être deux minutes avant de ressortir. Son visage était gris ; son expression d'effroi disait ce qu'il avait vu au fond du puits. Actionnant le treuil, ses collègues tirèrent le corps à l'extérieur.

L'enfant était recroquevillé. On aurait dit qu'il avait cherché à serrer dans ses bras quelque chose ou quelqu'un.

Ils le posèrent, c'était typiquement le corps d'un être humain mort depuis quelques jours et abandonné dans la nature. Là où il y a des rats et d'autres petits prédateurs, ainsi que des mouches.

« Mon Dieu », murmura D'Angelo. Presque au même instant, on entendit comme le bruit d'un seau d'eau renversé à terre. Un jeune carabinier en uniforme, qui se tenait trop près, avait vomi. Deux autres se retournèrent pour ne pas regarder.

Fenoglio avait déjà vu tellement de morts. Quand on fait certains métiers, c'est inévitable. On s'y habitue, évidemment. On *doit* s'y habituer, c'est une question de survie. Voilà ce que dirait tout enquêteur. Mais tout enquêteur, même le plus endurci d'entre eux, ajouterait qu'il y a toutefois une chose à laquelle on ne s'habitue jamais.

La mort violente des enfants.

13

Ce qu'il y a de pire, ce n'est pas de voir les cadavres. C'est moche, et parfois c'est *très* moche, mais ce n'est pas ce qu'il y a de pire. Le pire, c'est annoncer la nouvelle à la famille des victimes. Surtout si les victimes sont des enfants ou des jeunes, et si les membres de la famille à qui on doit annoncer la nouvelle sont la mère et le père.

Il n'y a rien de plus inacceptable qu'un enfant qui meurt avant ses parents. Quand cela se produit, l'illusion d'un quelconque sens dans ce monde s'écroule comme le plus banal des châteaux de cartes. La mort d'un enfant ouvre un abîme de douleur et de folie dont il est impossible de voir le fond. Fenoglio ne connaissait personne qui se soit vraiment remis d'une telle expérience.

Annoncer cette nouvelle nous fait toucher l'abîme. Et pourtant on doit le faire, aussi parce qu'on a vu comment d'autres le font, et qu'on se dit que ces parents, quels qu'ils soient, méritent un peu mieux que des phrases comme : « Nous avons le regret de vous annoncer qu'à la date d'aujourd'hui nous avons retrouvé le corps sans vie de votre fils mineur… », etc.

Il resta quelques secondes le doigt en l'air devant l'interphone. Il baissa le bras et regarda alentour. Le gros immeuble communiquait une impression de désolation et de menace. Il n'y avait aucune couleur, rien que des tonalités de gris. Les murs étaient décrépis et, à certains endroits, les piliers révélaient leur armature de fer. En levant les yeux, on voyait des fenêtres grillagées et des vérandas en aluminium construites sans autorisation. Quelques gosses jouaient au foot sous les tristes arcades.

« Attends-moi sous le porche », dit-il au carabinier qui l'avait accompagné, un jeune qui venait d'arriver à la Division et dont il ne se rappelait pas le nom. Il appuya sur le bouton de l'interphone. Après une trentaine de secondes, une voix de femme, rauque et chargée de violence, avec un fort accent local, répondit :

— Qui c'est ?

— Carabiniers ! Ouvrez, s'il vous plaît.

— Qu'est-ce que vous voulez ?

— Vous êtes madame Grimaldi ?

— Je suis sa mère.

— Je suis le maréchal Fenoglio, j'ai besoin de parler à votre fille, on nous a dit qu'elle était chez vous. Ouvrez, s'il vous plaît.

Quelques secondes s'écoulèrent, puis la porte de l'immeuble s'ouvrit avec un bourdonnement et un bruit sec, comme quelque chose qui se casse. L'intérieur était aussi triste que l'extérieur, et plein d'odeurs lourdes et désagréables – de la nourriture à la Javel en passant par les désinfectants, les insecticides et l'humidité des murs, qui semblaient faits en mauvais carton et ne dureraient pas longtemps.

La belle-mère de Grimaldi habitait au troisième étage. La porte de son appartement, blanche avec des poignées clinquantes en cuivre doré, tranchait avec les autres. Elle avait quelque chose d'incongru et de funéraire, presque d'obscène. Elle s'ouvrit avant que Fenoglio n'appuie sur la sonnette. Deux femmes apparurent : elles étaient mère et fille mais semblaient être sœurs, et pas parce que la plus âgée avait l'air jeune. L'épouse de Grimaldi avait peut-être trente-cinq ans, mais on aurait dit qu'elle en avait au moins quinze de plus. La peau de son visage était grise, sèche et sans ton. Elle avait des cernes profonds et lugubres.

— Vous l'avez trouvé ?

— Je peux entrer ?

Elles s'écartèrent de mauvais gré et ouvrirent la porte un peu plus grand pour le laisser passer. On avait l'impression de pénétrer dans le cauchemar d'un décorateur fou. Fauteuils, sièges et canapés en faux style Versailles, lustres en faux Murano, table en mosaïque. Un léopard en céramique, un *David* de Michel-Ange en albâtre. Un énorme téléviseur noir, un tableau représentant une chasse à courre. Il flottait une odeur de déodorant bon marché et de cire pour le sol.

— Madame, où est votre mari ?

— Je ne sais pas. Qu'est-ce qui s'est passé ?

Fenoglio prit quelques secondes pour rassembler ses forces. « Malheureusement, j'ai une mauvaise nouvelle. Vous ne voulez pas vous asseoir ? »

Elle resta debout, près de sa mère qui avait le visage figé d'un masque funéraire. « Il est mort ? »

Fenoglio imagina cette femme quand elle avait tenu son nouveau-né dans ses bras. Elle devait être heureuse, alors. Un bonheur normal, innocent. Comment peut-on imaginer, à des moments pareils, que quelqu'un viendra vous annoncer un jour que votre enfant est mort assassiné, qu'il a été retrouvé dans un puits à moitié dévoré par les rats, profané et privé de dignité, comme tous les gens assassinés ? Comment imaginer ça ?

— Oui, madame. Malheureusement, oui. Je suis vraiment désolé...

— Il est où ?

Fenoglio eut l'impression que le souffle lui manquait, comme cela arrive dans certaines apnées nocturnes.

— On l'a emmené à l'institut de médecine légale.

— Il faut que je le voie. Je dois y aller. Tout de suite.

— Parlez d'abord avec votre mari, madame. Malheureusement, votre enfant... enfin, il est resté dehors dans la nature pendant quelques jours...

Il voulait lui dire que le pauvre corps à la morgue n'avait pas grand-chose à voir avec son fils ; il voulait lui dire qu'il valait mieux qu'elle ne le voie pas, et qu'elle garde le souvenir de son visage quand il était vivant, plutôt que de fixer dans sa mémoire ces traits défigurés, terribles. Il voulait lui dire tout ça, mais il se rendit bientôt compte qu'elle avait cessé de l'écouter, et aussi de le regarder. Plus rien n'existait en dehors de sa douleur.

«Je dois le voir. Tout de suite, tout de suite», répéta-t-elle en tremblant. Puis sa bouche se tordit en une grimace, et sa voix se transforma en un gémissement animal.

14

Entre dimanche 17 et lundi 18, beaucoup de choses se produisirent.

L'après-midi du 17, Grimaldi Nicola, *alias* le Blond, *alias* Trois Cylindres, fut convoqué à la caserne. Les carabiniers lui adressèrent leurs condoléances et prirent sa déposition. Il nia avoir payé une rançon ; il nia qu'on lui en ait demandé une ; il nia avoir des soupçons sur qui pouvait avoir enlevé et tué son fils. Au moment de s'en aller, après avoir refusé de signer le procès-verbal, il murmura seulement qu'il lui boufferait le cœur. Personne ne lui demanda de qui il parlait. Tout le monde savait qu'il faisait allusion à Lopez Vito.

Le lendemain, il y eut l'autopsie. Le médecin légiste annonça les conclusions de son futur rapport. L'enfant avait des traces de liens aux poignets et des lésions à la tête. Il avait été frappé, mais la mort ne résultait pas des coups. L'examen clinique avait révélé l'existence d'une malformation congénitale de son septum interauriculaire. Autrement dit, une déficience cardiaque qui n'est parfois diagnostiquée qu'à l'âge adulte, et qui peut se manifester dans une situation de stress. Cette déficience peut provoquer une hypoxie – un manque d'oxygène – et éventuellement un arrêt cardiovasculaire. Le médecin avait expliqué que les coups, l'effroi et la coercition physique étaient autant de déclencheurs possibles de l'arrêt cardiovasculaire et de la mort.

À une question spécifique, le médecin avait répondu que l'autopsie n'avait identifié aucune trace de violence sexuelle.

Dans l'après-midi, quelqu'un mit le feu au petit pavillon construit illégalement qui appartenait à Losurdo Pasquale, un des frères de Losurdo Simone, qui avait sans doute été victime d'une *lupara bianca*. Quelqu'un d'autre saccagea – détruisant les meubles et arrachant portes et fenêtres – les appartements de Lopez Vito et Losurdo Antonio, lui aussi frère de Losurdo Simone. Les trois habitations étaient vides. L'hypothèse des enquêteurs, étayée par des informations confidentielles, était que les deux Losurdo, Antonio et Pasquale, s'étaient éloignés de Bari et unis à Lopez pour faire la guerre au groupe de Grimaldi et venger leur frère Simone. Des sources désignaient en effet Grimaldi Nicola comme responsable du meurtre de Losurdo Simone et de la disparition du cadavre.

Au cours du même après-midi, ils reçurent un signalement de la Division des affaires criminelles de Pescara, ville où avait été volée la voiture utilisée lors de la fusillade d'Enziteto. D'après les carabiniers des Abruzzes, Lopez avait passé ces deux dernières semaines à Pescara, chez des repris de justice locaux. Mais à présent, il semblait avoir quitté les lieux, et on avait perdu sa trace.

On avait le sentiment que des événements encore plus graves allaient se produire. L'avis unanime des enquêteurs comme des criminels était que Lopez et ses amis étaient responsables de l'enlèvement et de la mort du petit Grimaldi.

Le père de l'enfant n'allait évidemment pas s'arrêter à la destruction de quelques armoires ou à l'incendie d'un petit pavillon non déclaré.

Fenoglio refermait ses dossiers et s'apprêtait à rentrer chez lui. Pellecchia entra sans frapper, avec une expression d'excitation qui lui était inhabituelle.

— Désolé, chef, mais tu ne peux pas t'en aller.

— Pourquoi ?

— Lopez.

— Ils l'ont tué ?

— Non. Il se trouve dans un café près d'ici, au coin de la via Dalmazia et de la via Gorizia. Il a appelé le central et a demandé si De Paola était là.

— L'adjudant ?

— Oui, il voulait lui parler, ils se connaissent.

Pellecchia saisit le regard perplexe de Fenoglio.

— De Paola l'a arrêté une fois, il y a plusieurs années. Lopez dit qu'il l'a bien traité et que, depuis, ils sont restés en contact. Je pense que Lopez lui a aussi filé quelques tuyaux. Quoi qu'il en soit, heureusement le collègue se trouvait à la caserne, alors il a pris l'appel.

— Et qu'est-ce qu'il lui veut, à De Paola ?

— On ne sait pas. Il a juste dit qu'il avait besoin de le voir de toute urgence. Il lui a demandé de le retrouver dans ce café sans rien dire à personne.

Fenoglio sentit nettement son rythme cardiaque s'accélérer. Le tournant qu'il attendait était peut-être arrivé.

— Il veut collaborer.

— C'est ce que je pense aussi. Qu'est-ce que je dis à De Paola ?

— De rejoindre Lopez dans dix minutes. Le temps de prévenir le capitaine et d'aller nous poster aux alentours.

ACTE II

La Società Nostra

1

La pièce, au rez-de-chaussée, était vaste et anonyme. Elle donnait sur une cour fermée – semblable à celle où les prisonniers à l'isolement passaient l'heure d'exercice en plein air – et il y avait des barreaux aux fenêtres. Elle puait le renfermé et ne contenait rien d'autre qu'un vieux bureau, quelques chaises et des étagères vides.

Le capitaine balaya les lieux du regard : « Il faudrait peut-être allumer le chauffage, il fait froid là-dedans. On va faire piètre figure devant la *dottoressa.* »

Ce n'était qu'une façon de parler, et Fenoglio haussa les épaules : le mois de mai était déjà bien avancé et, de toute évidence, il était hors de question de remettre le chauffage.

— Lopez Vito dit le Boucher, en référence au métier de son père, si je me souviens bien, dit Valente.

— Oui, c'est exact. En réalité, son surnom est, dans le dialecte de Bari, 'u Viccier'», mais il vaut mieux que ni vous ni moi n'essayions de le prononcer.

Le capitaine sourit. Fenoglio était piémontais, de Turin, et lui venait des Marches. Le dialecte de Bari n'était prononçable ni pour l'un ni pour l'autre.

«En attendant qu'ils arrivent, parlez-moi un peu plus de ce personnage.» Le maréchal n'y alla pas par quatre chemins. Lopez était un criminel extrêmement dangereux. D'après leurs indics, il était responsable de plusieurs meurtres – entre six et neuf, selon les sources –, mais il n'avait été arrêté pour aucun d'entre eux. Sa trajectoire n'était pas celle, classique, du gosse ayant grandi dans les difficultés économiques et sociales. Son père avait donc une boucherie, et aucun problème d'argent. Lopez avait fait des études de géomètre, sans être allé jusqu'au bout : il avait redoublé deux fois pour des problèmes de comportement – dans l'un des cas, pour avoir passé à tabac un professeur – et il avait fini par abandonner ses études. Son casier judiciaire ressemblait à un résumé de droit pénal : on allait du vol à la conduite sans permis, du trafic de stupéfiants aux coups et blessures, et de la contrebande de tabac étranger à l'extorsion. Et ce n'était là que les délits pour lesquels il avait été condamné. La majeure partie d'entre eux n'avait donné lieu à aucun procès.

— Vous l'avez déjà arrêté ? demanda le capitaine.

— Non. Mais une fois, j'étais à la caserne quand des collègues l'ont amené. Je ne me rappelle plus quel était le motif, ce n'était rien de grave, peut-être une rébellion. J'ai bavardé un peu avec lui, et vous savez ce qui m'a frappé ?

— Quoi ?

— Sa normalité. C'était un homme normal. Il parlait tranquillement, d'égal à égal, sans bravade ni soumission. Et il maniait bien la langue. Voilà, disons qu'on remarquait tout de suite qu'il était d'un niveau supérieur à son milieu. S'il collabore vraiment, ce sera intéressant.

Valente s'apprêtait à ajouter quelque chose lorsque la porte s'ouvrit et qu'entrèrent la *dottoressa* D'Angelo et le brigadier Calcaterra, qui lui servait de secrétaire et de factotum. Calcaterra n'avait jamais été un grand enquêteur. En fait, il n'avait jamais été enquêteur du tout. C'était un employé qui s'était retrouvé inopinément sous-officier des carabiniers. Il possédait cependant une qualité hors du commun : c'était un dactylographe extrêmement rapide. Avec les machines à écrire mécaniques d'abord, puis les machines électriques et électroniques, et maintenant avec les ordinateurs, il était pratiquement capable d'écrire au rythme du discours oral. On dictait comme si on parlait normalement, lui il écrivait et à la fin, le procès-verbal était là, bien ficelé.

— Où est Lopez ? demanda D'Angelo au capitaine, après les salutations d'usage.

— Nos hommes l'accompagnent, ils devraient arriver d'un instant à l'autre.

— Pourquoi a-t-il décidé de se livrer? demanda-t-elle en allumant une Chesterfield.

— Nous ne lui avons pas encore parlé non plus, *dottoressa*, répondit Fenoglio. Il y a une heure environ, il a appelé la caserne et a demandé à rencontrer un gradé qu'il connaissait. L'adjudant De Paola l'a rejoint dans un café et là, Lopez lui a dit qu'il avait décidé de collaborer avec la justice, qu'il avait beaucoup de choses à raconter, y compris sur les événements de ces dernières semaines. Il a précisé qu'il ne ferait sa déposition qu'en votre présence.

D'Angelo s'assit sur le rebord du bureau.

— Qui est cet adjudant De Paola?

— Je ne crois pas que vous le connaissiez, c'est un militaire déjà âgé. Avant, il était sur le terrain, mais ça fait longtemps qu'il ne fait plus que du travail de bureau. Il a arrêté Lopez il y a de nombreuses années et, comme cela se produit parfois, un lien s'est créé entre eux. Heureusement, il était à la caserne quand l'individu a téléphoné.

D'Angelo observa sa cigarette consumée à moitié, avec une petite colonne de cendre en équilibre précaire.

— Il n'y a pas de cendrier, ici?

— J'en fais apporter un, dit Fenoglio.

Ils entendirent à ce moment-là, au loin dans le couloir, des pas et des voix indistinctes. Peu à peu, les voix s'éteignirent et les pas devinrent plus sonores.

Quelqu'un frappa à la porte ouverte ; puis, sans attendre la réponse, l'adjudant Pellecchia passa la tête dans la grande pièce, son habituel bout de cigare aux lèvres.

— Entrez, Pellecchia, et seul, pour le moment. Fermez aussi la porte derrière vous, dit le capitaine. L'individu est là ?

— Oui mon capitaine, il est avec De Paola.

— Qu'est-ce que vous en pensez, Pellecchia ? Il veut vraiment collaborer ? demanda la juge.

L'adjudant eut un instant d'hésitation. Sans le vouloir, il lança un regard au capitaine et à Fenoglio, comme pour leur demander l'autorisation de répondre. Il ne s'habituait pas à l'idée que le chef puisse être une femme. Il renifla, comme toujours lorsqu'il était mal à l'aise.

— Je crois que oui. Vu ce qu'il a fait, Lopez est un mort qui marche. Nous sommes son seul espoir.

— Qui est son avocat ?

— Cela a toujours été Romanazzi, autrement dit le même que Grimaldi. Évidemment, il le révoque. Nous avons appelé une avocate de droit civil, la cousine d'un de nos sous-officiers. Elle accepte d'être commise d'office.

— Elle est déjà là ?

— Nous avons envoyé une voiture pour aller la chercher. Si vous voulez, en attendant, on peut faire entrer Lopez.

D'Angelo laissa tomber sa cendre par terre. « D'accord, faites-le entrer. »

Lopez était bien comme Fenoglio l'avait décrit. Normal. Taille moyenne, corpulence moyenne, calvitie précoce. Veste sombre et chemise bleue, comme un employé qui vient de quitter le bureau et d'enlever sa cravate. Il avançait avec circonspection, comme pour vérifier qu'il n'y avait pas de danger dans la salle. Son visage était un peu rouge. Il dit bonsoir et s'adressa immédiatement à la juge :

— C'est vous, la *dottoressa* D'Angelo ?

— Oui.

— Vous devez faire attention, *dottoressa*. Grimaldi a de mauvaises intentions.

— Que veux-tu dire ? demanda Fenoglio.

— Grimaldi disait que Mme la juge cassait les pieds, qu'elle s'agitait trop. Elle avait arrêté plusieurs de ses gars pour une affaire d'extorsion. Et ça l'avait vraiment fait chier, Grimaldi, surtout parce que, d'après les avocats, ils auraient dû sortir rapidement, alors qu'ils n'étaient pas sortis du tout. Il disait qu'il fallait lui donner une leçon, pour lui faire passer l'envie.

— Quelle leçon ? interrogea D'Angelo – et une oreille bien exercée aurait remarqué la légère altération de sa voix.

— Il n'y avait rien d'arrêté. Mais Grimaldi vous avait fait suivre et nous savions que, lorsque vous rentriez chez vous en voiture, vous descendiez dans le garage. Nous en avions discuté, et c'est là que Grimaldi voulait vous faire tirer dessus. Moi, je lui avais dit que c'était une connerie – excusez le vocabulaire –, parce que si on tire sur un juge ou un carabinier, après c'est le bordel, et au total c'est pire qu'avant.

— À quand remonte cette conversation ? demanda Fenoglio.

— Ça fait quelques mois. Rien n'avait été décidé, mais Grimaldi était obsédé par l'idée qu'il fallait donner une leçon à la *dottoressa* ici présente, comme ça, ensuite, tout le monde y penserait à deux fois avant de... avant de casser les pieds.

— Tout le monde, ça veut dire les juges, les carabiniers et la police ? demanda le capitaine.

— Oui. Après cette conversation, qui remonte à plusieurs mois, on a eu un tas d'emmerdes, beaucoup de choses se sont passées, comme je vous le raconterai, et je n'ai plus jamais entendu parler de ce projet contre la *dottoressa*. Mais moi, je le connais bien, Grimaldi, quand il a une idée en tête, il ne la lâche pas, et tôt ou tard il passe à l'action. Alors j'ai pensé qu'il était bon de vous le dire tout de suite.

— Tu as bien fait, dit Fenoglio. Où sont ta femme et ton fils ?

— Je les ai laissés chez des parents de ma femme, près de Piacenza.

— Donne-nous l'adresse exacte. Ensuite, tu les appelles et tu les préviens que demain quelqu'un viendra les chercher pour les conduire en lieu sûr. Tu as d'autres parents proches dont nous devons nous occuper ?

Lopez secoua la tête : « Mon frère a quitté Bari il y a des années de ça. Il disait qu'il ne voulait pas vivre dans la même ville que moi. Ma mère l'a rejoint après la mort de mon père. Ils habitent en Suisse, dans un village dont je ne sais même pas le nom. »

On frappa. « Me Formica est arrivé », annonça un carabinier en uniforme, passant la tête par la porte.

Me Formica était une jeune femme blonde, maigre et menue. Elle jetait des regards perdus autour d'elle. Elle venait du monde chaotique, ennuyeux mais sûr des tribunaux de droit civil. Un monde avec peu d'imprévus et pas de dangers. Et maintenant elle se trouvait là, sur le point d'entrer en territoire totalement inconnu. Fenoglio se dit qu'en ce moment même elle se demandait peut-être si cela avait été une bonne idée d'accepter cet engagement.

2

À la date du 18 mai 1992 à Bari, à vingt et une heures trente, dans les bureaux du Centre d'investigations des carabiniers, devant le ministère public représenté par le substitut du procureur de la République, la *dottoressa* Gemma D'Angelo, assistée pour la rédaction du présent acte par le brigadier Ignazio Calcaterra et en présence, pour les nécessités de l'enquête, du capitaine Alberto Valente, du maréchal Pietro Fenoglio et de l'adjudant Antonio Pellecchia, tous en fonction à la Division des affaires criminelles auprès du Centre d'investigations des carabiniers de Bari, a comparu Lopez Vito, *alias* 'u Viccier' (le Boucher) né à Bari le 7 juillet 1964, résidant via Mayer, individu mis en examen pour les délits décrits par les articles 416 *bis*, 575 et 629 du code pénal et par l'article 73 du code unifié relatif, entre autres, aux stupéfiants. Lopez est assisté par un avocat commis d'office, Marianna Formica, inscrite au barreau de Bari, et il élit domicile au cabinet de son avocate pour servir et valoir ce que de droit.

Le ministère public informe Lopez que :

a) ses déclarations pourront être retenues contre lui,

b) à l'exception de ce qui est prévu par l'article 66 alinéa I du code de procédure, il a le droit de garder le silence ; néanmoins, la procédure suivra son cours.

Lopez Vito déclare : «J'ai l'intention de répondre aux questions et je renonce au préalable à mon droit de préparer ma défense. J'ai demandé spontanément à m'entretenir avec vous, madame la juge, parce que j'ai décidé de collaborer avec la justice, et donc de rapporter tout ce que je sais sur les faits criminels directement commis par moi, ou dont j'ai connaissance de par mon appartenance à un milieu criminel.

Je prends acte que je pourrai bénéficier des avantages prévus par la loi pour les collaborateurs de justice uniquement si mes déclarations sont complètes et exhaustives, sans aucune omission. Je prends acte que lesdits avantages seront révoqués s'il s'avère que j'ai produit des déclarations incomplètes, réticentes, fallacieuses voire calomnieuses.»

Question. — Avant d'entreprendre un récit circonstancié et chronologique de vos activités, je vous demande si vous êtes en mesure de nous fournir des informations relatives à des dépôts d'armes, ou bien relatives à d'imminentes actions criminelles.

Réponse. — Je peux vous permettre de récupérer les armes dont était doté mon groupe en vous conduisant personnellement à notre *cupa*. Dans notre jargon, la *cupa* indique une cache contenant armes, munitions et matériel explosif. Quand je dis « mon groupe », je me réfère en réalité à un groupuscule constitué de trois personnes, à savoir les frères Losurdo, Antonio et Pasquale et moi-même.

Je vous expliquerai plus tard comment et pour quels motifs s'est constitué ledit groupe, qui résulte d'une scission au sein de l'association criminelle qui a l'hégémonie sur la zone de Santo Spirito et d'Enziteto, association ayant pour nom Società Nostra et pour chef Grimaldi Nicola dit le Blond ou encore Trois Cylindres (allusion à une insuffisance cardiaque dont il est atteint), et je vous décrirai le conflit qui a vu mon groupe s'opposer à ladite association. Certaines des armes que je vous aiderai à récupérer sont propres, c'est-à-dire qu'elles n'ont jamais été utilisées dans des actions violentes, alors que d'autres ont servi dans des agressions, des *gambizzazioni*[*] et des homicides.

En plus de la *cupa* contenant nos armes, je peux vous conduire jusqu'à d'autres caches utilisées par Grimaldi et ses affiliés. Je ne suis pas en mesure de vous dire si les armes s'y trouvent encore ou bien, ce qui est le plus probable, si elles ont été déplacées.

---

[*] Acte criminel qui consiste à tirer des balles dans les jambes de la victime.

Un bazooka provenant des territoires de l'ex-Yougoslavie était même conservé dans l'une de ces planques.

Je peux aussi vous indiquer les endroits, tous liés à des individus sans casier judiciaire et non affiliés à l'association criminelle de Grimaldi, où étaient conservées (et le sont peut-être encore aujourd'hui) des quantités considérables de stupéfiants. Je vous expliquerai pour quelles raisons et selon quelles modalités de tels individus sans casier judiciaire étaient conduits, souvent contre leur gré, à collaborer avec l'association mafieuse.

Enfin, je désire attirer votre attention sur le fait que, de longue date, Grimaldi Nicola a examiné la possibilité d'un attentat contre vous, *dottoressa* D'Angelo. Tout le monde savait que vous ne bénéficiiez pas d'une escorte et, d'autre part, votre travail d'investigation était considéré depuis longtemps comme nuisant aux intérêts du groupe susmentionné. En particulier, nous avions étudié la faisabilité d'un guet-apens à l'intérieur du garage de votre domicile, lorsque vous descendiez prendre votre véhicule pour vous rendre au travail. Je précise que mes informations sur un tel projet remontent maintenant à plusieurs mois.

3

Ils partirent bien après la tombée de la nuit, afin de réduire au maximum le risque de croiser l'un des anciens amis de Lopez.

Ils avaient trois voitures. Dans la première se trouvaient la *dottoressa*, le capitaine et son chauffeur ; dans la deuxième, Fenoglio et Pellecchia ; dans la troisième, l'aspirant Montemurro, le brigadier Grandolfo, l'adjudant De Paola et Lopez.

Ils parcoururent le boulevard périphérique jusqu'à la sortie de Palese ; là, ils empruntèrent une route secondaire et, après quelques kilomètres, un chemin de terre dont l'accès était presque invisible. Un itinéraire de contrebandiers, se dit Fenoglio, qui espérait ne tomber sur personne. Ce n'était pas la nuit idéale pour faire un détour.

Il leur fallut un quart d'heure, à travers la campagne éclairée par la lumière spectrale de la lune, pour atteindre une petite clairière où se dressait un minuscule abri recouvert de plâtre, de ceux que les paysans utilisent pour entreposer leurs outils. En descendant de voiture, Fenoglio songea que, bien que l'endroit semble désert, toute cette clarté lunaire le rendait nerveux. Il n'avait jamais aimé les armes et, quand il le pouvait, il évitait de porter son pistolet; pourtant, à ce moment-là, il chercha le contact avec la crosse du Beretta 92 glissé dans sa ceinture. Ce fut un geste machinal, pour conjurer le mauvais sort. Il était peu probable que des hommes de Grimaldi se soient postés là pour tendre un guet-apens à Lopez mais, dans certaines situations, ce sont les choses les plus improbables qui nous font peur.

— Où doit-on aller, Vito? demanda Pellecchia à voix basse, justement comme s'il y avait quelqu'un dans les parages qui ne devait pas entendre.

— La porte est derrière, j'ai la clef, répondit Lopez.

Ils ouvrirent. À l'intérieur il faisait noir comme dans un four, et il y avait une odeur d'humidité, de foin, de terre et de fumier séché. Montemurro et Grandolfo allumèrent deux grosses torches, faisant jaillir de fébriles faisceaux de lumière. Le petit local était presque vide: quelques binettes, plusieurs serpes, deux dames-jeannes et des sacs de jute, le tout entassé dans un coin. «Là», indiqua Lopez.

Sous les sacs, il y avait une trappe en bois carrée et, sous celle-ci, un petit espace en tuf qui faisait moins d'un mètre de côté, et peut-être un mètre cinquante de profondeur. «Je peux descendre?», demanda Lopez.

D'Angelo répondit que oui et il sauta à l'intérieur d'un mouvement souple, comme un athlète. Il s'affaira quelques minutes par terre, déplaça deux grosses briques en tuf et récupéra plusieurs paquets enveloppés dans du tissu. Il les remit aux carabiniers, sans se soucier de rien remettre en place. «De toute façon, ça ne servira plus à personne», commenta-t-il, esquissant un sourire qui avait quelque chose d'étrangement vulnérable. Il n'y eut pas d'objections.

Ils posèrent les paquets sur le sol de l'abri. D'Angelo alluma une cigarette. Lopez demanda la permission de fumer lui aussi. Il était civilisé, se dit Fenoglio. C'était un meurtrier *civilisé*. Il avait même l'air sympathique. Un mot absurde – sympathique – pour qualifier un homme qui avait passé sa vie à voler, faire du trafic, extorquer de l'argent et tuer sans pitié. Ce n'était pas la première fois que Fenoglio se faisait ce genre de réflexion. Il y avait des criminels stupides, brutaux, méchants et odieux. Ils étaient comme doivent être les criminels pour correspondre à une vision simple et rassurante du monde. Vous êtes différents de nous. Vous êtes les méchants, nous sommes les gentils. Tout est clair et déchiffrable.

Pourtant, il y avait aussi – et il en avait rencontré beaucoup – des dealers intelligents, des braqueurs sympathiques, ou des assassins capables de gestes d'humanité, inattendus et gratuits. Ceux-là, ils compliquaient les choses, ils rendaient les classifications moins faciles.

Ils défirent les emballages qui enveloppaient l'arsenal de Lopez. Il y avait des pistolets de tout calibre, d'un 6.35 à un .44 Magnum en passant par divers semi-automatiques ; il y avait des fusils à pompe, un fusil à canon scié, une mitraillette Skorpion, une kalachnikov, des grenades semblables à de petits ananas bruns, et d'innombrables munitions en vrac qui faisaient penser à une armée de cafards assoupis.

La *dottoressa* émit un sifflement. Pellecchia renifla. Fenoglio passa la main sur sa barbe naissante. Les autres aussi firent sans doute quelque geste dans la pénombre.

— Ils sont déchargés, n'est-ce pas Lopez ? demanda Fenoglio.

— Ils sont déchargés, maréchal, et les grenades sont goupillées, ne vous inquiétez pas.

D'Angelo s'accroupit et saisit le fusil d'assaut.

— Ça, c'est une kalachnikov.

— Oui, *dottoressa*, répondit le capitaine.

— C'est la première fois que j'en vois une pour de vrai. En Calabre, j'ai fait arrêter bien du monde pour détention ou port de ces trucs-là, mais c'est la première fois que j'en touche un.

— Cela vous ennuie si on vérifie le canon ? Parfois, il reste un coup..., dit le capitaine.

— Tout est déchargé, ne vous inquiétez pas, répéta Lopez.

— Je pensais que c'était plus lourd que ça, observa la juge en soupesant l'arme dans ses bras, comme si c'était un bébé.

— À vide, ça pèse trois kilos et demi. Avec le chargeur plein, environ quatre, expliqua le brigadier Grandolfo.

La scène avait quelque chose de théâtral. Elle dura quelques secondes, avant que le sens pratique ne l'emporte. « On embarque tout et on s'en va », dit D'Angelo.

Les carabiniers enroulèrent à nouveau les armes dans leur emballage, les transportèrent hors de l'abri et les placèrent dans le coffre des voitures. Avec un geste qui parut une métaphore, ce fut Lopez lui-même qui referma la porte, et il demeura là un moment, clef à la main, dans la clairière baignée par le clair de lune. « Donne-la-moi, tu n'en auras plus besoin », intervint Fenoglio.

Cinq minutes plus tard, le petit cortège de véhicules serpentait à nouveau à travers la campagne, entre les oliviers. Les équipages étaient les mêmes qu'à l'aller.

— Qu'est-ce que tu dis de cette histoire d'attentat ? Ça te semble crédible, ou bien il a raconté ça pour se donner de l'importance auprès de la juge ? demanda Fenoglio à Pellecchia, occupé à rallumer son cigare.

— Je pense que Grimaldi est une merde et un salaud. Il est vraiment capable de faire un truc dans le genre. Et pour autant que je sache, Lopez est un criminel sérieux, pas de ceux qui racontent des conneries.

— Je suis du même avis.

— Qu'est-ce que tu penses de la femme ?

— Quelle femme ?

— La juge.

Fenoglio secoua la tête. La « femme ». Pellecchia était indécrottable.

— Elle est bien, et c'est une dure à cuire. Si j'étais avocat, je ne voudrais pas me retrouver face à elle. Mais il y a en elle quelque chose qui m'échappe, je ne saurais dire quoi. – Il laissa s'écouler quelques secondes. – Ça, c'est un bel exemple de phrase idiote : si ça m'échappe, c'est évident que je ne sais pas ce que c'est.

Pellecchia eut un petit rire rauque.

— Et maintenant, qu'est-ce qu'on fait ?

— On rentre à la caserne, on met les armes sous clefs et on va dormir. Demain, on fera le procès-verbal de mise sous séquestre, et puis je suppose que l'on commencera à prendre la déposition de notre nouvel ami.

— S'il vide vraiment son sac, ça va nous prendre du temps. Il en a des trucs à raconter, l'enfoiré ! Comment on procède ?

— C'est la *dottoressa* qui décidera, mais j'imagine que Lopez devra commencer par ce qu'il a commis de plus grave, afin de prouver qu'il ne se moque pas de nous : homicides, gros trafics, extorsions.

— Et il faudra qu'il nous parle de l'enfant.

Fenoglio ne répondit pas immédiatement ; il se massa le coude, qu'il s'était cassé il y a plusieurs années et qui, de temps à autre et sans raison apparente, l'élançait de façon imprévue et désagréable ; il respira profondément, sentant la fatigue circuler dans tout son corps, comme le ferait un flux d'énergie. « Si c'est lui. »

Pellecchia se retourna pour le regarder, négligeant un instant le chemin de terre. « Qu'est-ce que tu veux dire ? Qui ça pourrait être d'autre ? » Fenoglio haussa les épaules : « Tu as raison, qui ça pourrait être d'autre ? »

4

À la date du 19 mai 1992, à dix heures, à Bari, dans les bureaux du Centre d'investigations des carabiniers, devant le ministère public représenté par le substitut du procureur de la République, la *dottoressa* Gemma D'Angelo, assistée pour la rédaction du présent acte par le brigadier Ignazio Calcaterra et en présence, pour les nécessités de l'enquête, du capitaine Alberto Valente, du maréchal Pietro Fenoglio et de l'adjudant Antonio Pellecchia, tous en fonction à la Division des affaires criminelles auprès du Centre d'investigations des carabiniers de Bari, a comparu Lopez Vito, dont l'identité a déjà été déclinée dans des actes précédents, individu mis en examen pour les délits décrits par les articles 416 *bis*, 575 et 629 du code pénal et par l'article 73 du code unifié relatif, entre autres, aux stupéfiants. Lopez est assisté par un avocat commis d'office, Marianna Formica, inscrite au barreau de Bari, et il a élu officiellement domicile au cabinet de son avocat pour servir et valoir ce que de droit.

Le ministère public informe Lopez que :

a) ses déclarations pourront être retenues contre lui,

b) à l'exception de ce qui est prévu par l'article 66 alinéa I du code de procédure, il a le droit de garder le silence ; néanmoins, la procédure suivra son cours.

Lopez Vito déclare : « J'ai l'intention de répondre aux questions. Au préalable, je déclare vouloir désigner Me Formica ici présente comme mon avocat de la défense, transformant ainsi sa nomination originelle en tant qu'avocat commis d'office. »

Question. — Monsieur Lopez, pour commencer, je vous demande de nous indiquer de manière concise et par ordre chronologique toutes les atteintes aux personnes dans lesquelles vous avez été directement impliqué. Je vous rappelle encore une fois que la concession des avantages que la loi réserve aux collaborateurs de justice dépend de l'exhaustivité et de la totale absence de réticence de vos déclarations. Si des omissions, de fausses déclarations ou des déclarations calomnieuses étaient repérées, celles-ci pourraient conduire à la révocation immédiate des mesures de protection et des avantages légaux dont vous bénéficiez. Êtes-vous conscient de tout cela ?

Réponse. — J'en suis conscient et je confirme avoir l'intention de collaborer de manière détaillée et intégrale, en rapportant tout ce que je sais sur les activités criminelles de mon association – la Società Nostra –, de ses alliés et de ses adversaires. Je parlerai des homicides et des actes de violence en général, de la structure de l'association, de ses règles et du fonctionnement des affiliations, de l'organisation des extorsions et de l'usure, du trafic de stupéfiants et de notre réseau de vente, du système de contrôle du territoire en matière d'activités à la fois licites et illicites, des relations avec les hommes politiques locaux et du soutien apporté à certains candidats en période d'élections.

À votre demande, je commence par les atteintes à l'intégrité physique. Je suis personnellement responsable de sept homicides et d'une tentative d'homicide. Je précise toutefois pouvoir rendre compte des éléments utiles concernant un nombre beaucoup plus élevé de meurtres, si l'on inclut ceux dans lesquels je n'ai pas été impliqué mais dont j'ai connaissance de par mon rôle dans l'association mafieuse.

Question. — Parlez-nous des homicides dont vous êtes responsable. Dans une deuxième phase de votre déposition, nous nous occuperons des autres.

Réponse. — Le premier homicide que j'ai commis remonte à septembre 1987, j'avais donc vingt-trois ans. La victime était un garçon dont je ne me souviens que du surnom, 'u Rizz', le Frisé, à cause de ses cheveux. Je précise que je n'ai jamais été poursuivi, ni même soupçonné, pour cette action. Ce jeune vendait de l'héroïne pour le compte de Grimaldi Nicola, mais de vilaines rumeurs couraient sur lui : on racontait que c'était un indicateur de la police. Il me semble que Grimaldi a procédé à quelques vérifications – peut-être lui a-t-il tendu un piège en lui fournissant une information pour voir si celle-ci arrivait à la police, et que c'est en effet ce qui s'est produit, mais je ne m'en souviens plus précisément. Quoi qu'il en soit, Grimaldi a décidé que ce gars devait mourir et qu'il s'en occuperait en personne, accompagné de moi-même ainsi que d'un autre de ses hommes, Capocchiani Michele, dit 'u Puerc', le Porc.

Question. — Pourquoi Grimaldi vous a-t-il demandé ainsi qu'à Capocchiani de participer ?

Réponse. — Capocchiani était un des plus expérimentés de ses hommes, il lui confiait les missions les plus dangereuses et difficiles. Il conduisait et tirait très bien, était sans pitié et n'avait peur de rien. Grimaldi a demandé que je vienne également parce qu'il voulait vérifier s'il pouvait me faire confiance. J'avais été affilié au début de l'année et Grimaldi avait de la sympathie pour moi. Me faire participer à une action dangereuse et difficile comme celle-là était une étape avant de pouvoir m'attribuer un rôle plus important.

Question. — Pour cette action, Grimaldi vous a-t-il offert de l'argent ?

Réponse. — Non. Je souhaite clarifier ce point : seuls les « killers » – catégorie à laquelle, aussi étrange que cela puisse paraître, je n'ai pas du tout le sentiment d'appartenir – perçoivent une rémunération pour la commande d'un homicide. Si Grimaldi m'avait offert de l'argent, cela aurait été un manque de respect à mon égard ; mais surtout, si je lui en avais demandé, cela aurait été un grave manque de respect envers lui. Dans les milieux d'où je viens, la participation à un homicide est un signe de distinction et de respect. Celui qui confie une mission manifeste sa confiance envers celui qui est chargé de la mission ; ce dernier apprécie la confiance qui lui est accordée et veut prouver qu'il la mérite, afin de renforcer son appartenance à l'association.

Question. — Racontez-nous comment s'est déroulée l'action.

Réponse. — Nous savions que 'u Rizz' dealait toujours devant une salle de billard de Santo Spirito. Alors nous sommes passés par là peu avant l'heure du déjeuner, et nous nous sommes arrêtés pour prendre une bière et bavarder. Puis Capocchiani, comme si l'idée lui était venue seulement à ce moment-là, a proposé d'aller manger des moules crues à Giovinazzo, chez un ami poissonnier. 'U Rizz', friand de fruits de mer, est tombé dans le piège, et il a demandé s'il pouvait venir lui aussi. Naturellement, on lui a dit oui.

'U Rizz' s'est vite rendu compte que nous n'allions pas vers Giovinazzo mais que nous nous dirigions vers la campagne de Bitonto. Il a demandé des explications, et c'est alors que Grimaldi lui a pointé un pistolet sur la tête. Je précise que 'u Rizz' était assis sur le siège avant droit et que Capocchiani conduisait, tandis que Grimaldi et moi étions à l'arrière.

Notre destination était un terrain auquel on ne pouvait accéder que par un chemin de campagne, très éloigné de la route départementale. Il était très improbable que quelqu'un passe là par hasard. Sur ce terrain se trouvait une ferme qu'on utilisait parfois pour cacher des objets volés, des armes ou des stupéfiants. C'est là que nous avons conduit 'u Rizz', après lui avoir attaché les mains avec du ruban adhésif, que nous avions apporté à cet effet. Puis Grimaldi m'a passé le pistolet – Capocchiani en avait un autre – et il a commencé à tabasser 'u Rizz', en lui disant qu'il devait avouer qu'il était une balance, une merde. Il l'a frappé avec un coup-de-poing américain (il en avait un en argent, que lui avait fabriqué un ami bijoutier). Je me rappelle qu'on ne voyait pratiquement plus le visage du jeune, tellement il était couvert de sang.

Question. — 'U Rizz' a-t-il avoué ?

Réponse. — Oui et non. Il a dit qu'il faisait semblant de passer des informations aux flics et qu'il leur racontait des demi-vérités, juste pour avoir la paix.

Question. — Mais il avait compris que vous aviez l'intention de le tuer ?

Réponse. — Non, je ne crois pas. Il pensait que nous allions lui casser la figure mais qu'après on le laisserait partir.

Question. — Que s'est-il passé après cet aveu partiel ?

Réponse. — Grimaldi a dit à 'u Rizz' de s'agenouiller. Alors oui, il a compris et s'est mis à pleurer. Il nous suppliait de ne pas le tuer, il disait qu'il n'avait rien fait de mal, qu'il avait un enfant et ce genre de trucs. Grimaldi lui a répondu qu'il fallait y penser avant, à son gosse, quand il faisait l'indic de merde pour les flics. Puis, comme l'autre ne s'agenouillait pas, il l'a frappé à nouveau avec son coup-de-poing américain et il l'a forcé à se mettre à genoux. Là, il m'a adressé un signe de tête, comme pour dire : « Maintenant, descends-le ». J'ai levé le pistolet, un calibre .38 à six coups, et je me suis rendu compte que ma main n'arrêtait pas de trembler – j'ai dû l'immobiliser avec l'autre. À ce moment-là, 'u Rizz' a réalisé que je le tenais en joue – j'étais sur le côté – et il s'est pissé dessus. Je me suis dit que si je ne tirais pas tout de suite, après je n'en serais plus capable, à cause de ma main qui tremblait, de l'odeur qui me donnait envie de vomir, et de tout le reste. Alors je lui ai tiré dessus, à la tête, au niveau de la tempe.

Question. — Vous avez tiré un seul coup ?

Réponse. — Oui, je n'ai tiré qu'un seul coup. Capocchiani lui a tiré dessus encore deux ou trois fois, quand il était déjà à terre. Il aurait été déçu de ne pas pouvoir le flinguer à son tour. Puis Grimaldi m'a dit d'aller chercher un bidon d'essence dans le coffre de la voiture, que nous avions apporté exprès. Je suis sorti de la ferme et j'ai vomi, en réussissant à ne pas être vu. Puis je suis revenu avec le bidon, j'ai arrosé d'essence 'u Rizz' et, toujours suivant les ordres de Grimaldi, je lui ai mis le feu.

Question. — Pourquoi est-ce à vous qu'il a demandé de tout faire ?

Réponse. — Comme je vous l'ai dit, *dottoressa*, c'était une espèce d'épreuve, pour voir s'ils pouvaient me faire confiance pour des actions plus difficiles. Quand j'étais en train de mettre le feu au corps, j'ai cru saisir un regard d'entente entre Grimaldi et Capocchiani, comme s'ils se disaient : *C'est un gars comme il faut, il a réussi le test.* Lorsque le corps de 'u Rizz' a pris feu, il a bougé pendant quelques secondes, et je me suis demandé s'il était encore vivant, bien que nous lui ayons tiré dessus plusieurs coups de pistolet. Je me suis exclamé : « Qu'est-ce qui se passe ? Il est encore en vie ? » Capocchiani s'est mis à rire et il m'a expliqué qu'il s'agissait de mouvements mécaniques, produits par les flammes. Franchement, je ne saurais pas dire si Capocchiani avait raison ou si 'u Rizz' était encore agonisant.

Question. — Et après, que s'est-il passé ?

Réponse. — Quand on a quitté la ferme, son corps était encore en flammes – je l'avais arrosé de dix litres d'essence. On est remontés en voiture et on est allés cacher les pistolets près d'une casse (une décharge automobile, avec les broyeurs industriels attenants) qui appartenait à un homme de Grimaldi. Nous nous sommes lavés soigneusement dans cette décharge afin d'ôter tout éventuel résidu de poudre, au cas où nous serions soumis à des contrôles. Puis ils m'ont raccompagné chez moi. Pendant le trajet du retour, Grimaldi m'a dit que je m'étais bien comporté et que je méritais d'« aller de l'avant ».

Question. — Que voulait-il dire ?

Réponse. — Que je m'étais montré digne de progresser dans la hiérarchie mafieuse.

Question. — Et cela s'est-il avéré ?

Réponse. — Oui, quelques semaines plus tard.

5

Lopez s'était immédiatement révélé un collaborateur de justice idéal : il comprenait le sens des questions et ses réponses étaient à la hauteur, précises, sans digression, et d'un niveau de langage approprié. Ensuite, évidemment, il y avait la transformation de ses paroles dans la langue un peu surréaliste des procès-verbaux d'audition. Toutefois, il donnait l'impression d'un homme qui saurait donner le change et s'expliquer, même dans un débat contradictoire, sous le feu de l'interrogatoire croisé des avocats.

La *dottoressa* s'était absentée pour deux heures environ – elle devait passer à son bureau pour parapher quelques documents et examiner des dossiers. Le capitaine et les autres étaient allés déjeuner. Fenoglio était resté avec Lopez. On leur avait apporté des sandwichs et des bières, et ils mangeaient en silence.

Dès qu'il eut fini, Lopez demanda s'il pouvait fumer. Fenoglio acquiesça et ouvrit une fenêtre.

— Qu'est-ce qui va se passer, une fois que j'aurai tout raconté ? demanda Lopez après deux bouffées.

— On te conduira auprès de ta famille. Ensuite, on vérifiera ce que tu as dit et, si on découvre quelque foutaise, tu perdras tous tes avantages. Quand je dis « foutaise », je ne veux pas dire des imprécisions. Je parle d'accuser quelqu'un fallacieusement, ou d'omettre volontairement quelque chose d'important. Ça, ne l'oublie jamais.

— D'après vous, maréchal, elle est bien, cette avocate ? Elle n'a pas l'air très sûre d'elle. J'ai voulu la prendre officiellement comme avocate de la défense, mais je me demande comment elle va se comporter au moment des procès.

— C'est une avocate de droit civil. Si on avait appelé un pénaliste, on aurait couru le risque que la nouvelle de ta collaboration ne soit divulguée trop tôt. Au moment du procès, tu pourras décider si tu veux la garder ou prendre un autre défenseur, peut-être quelqu'un de l'extérieur, sans lien avec Bari.

Lopez finit sa cigarette. Il l'éteignit et s'approcha de la fenêtre ; de l'autre côté des barreaux, la cour était déserte.

— Qu'est-ce que vous vous êtes dit, quand je vous ai raconté comment on a tué 'u Rizz' ? dit-il en continuant à regarder dehors.

— Pourquoi tu me demandes ça ?

— Je vous ai dégoûté, pas vrai ?

En réalité, la réponse immédiate et correcte aurait été : non, Lopez ne l'avait pas dégoûté. Pas parce que l'action n'était pas répugnante, mais parce que c'était plus ou moins ce qu'il s'attendait à entendre. Cela ne l'avait pas dégoûté parce que c'était son travail, et parce qu'il en avait entendu ou rencontré beaucoup, des histoires plus ou moins semblables. Cela ne l'avait pas dégoûté parce qu'il avait de la bouteille, parce qu'il était comme anesthésié – appelez ça comme vous voudrez, ce mécanisme par lequel les flics réduisent les horreurs de la vie à des dossiers et des formulaires. Le mécanisme par lequel, pendant qu'on te parle d'un pauvre type qui a été torturé, bourré de coups, tué comme un chien et brûlé peut-être encore vivant, toi, tu penses aux enquêtes à mener, aux dossiers à rouvrir, aux recoupements à trouver. C'est que tu deviens fou, si tu n'as pas ce système de défense bien en place.

Donc non, ça ne l'avait pas dégoûté, mais le dire à Lopez ne lui parut pas opportun. Cela ne lui parut pas *juste*. Ainsi garda-t-il le silence. Son expression disait seulement : *continue, si tu veux*. Lopez alluma une autre cigarette.

— Le jour où on est allés le tuer, je me sentais fort. Ma vie était sur le point de changer, j'allais devenir quelqu'un, je ne serais plus le pouilleux que j'avais toujours été. Vous savez à quel moment je ne me suis plus senti comme ça ?

— Quand ?

— Quand il l'a fait mettre à genoux. Je vous ai raconté que le mec avait le visage couvert de sang à cause des gnons avec le coup-de-poing américain, mais de ça, je n'en avais rien à foutre. Moi aussi, j'avais cassé la gueule à un tas de types. C'est normal. Mais à partir du moment où il l'a fait s'agenouiller et où l'autre a réalisé qu'on allait le tuer, et quand j'ai compris que Grimaldi allait me demander, à moi, de le descendre, j'ai été pris... comment dire ?

— De panique ?

— De panique, oui, j'ai été pris de panique. J'ai eu envie de fuir, et j'étais pratiquement sur le point de le faire. Et puis j'ai pensé que si je fuyais ils me tueraient moi aussi. Capocchiani me flinguerait, ce merdeux aimait bien liquider les gens. Vous avez déjà eu peur de la mort, maréchal ? Pas de la mort en général. Je veux dire, vous est-il déjà arrivé de penser que vous alliez mourir à un instant précis ?

— Ça m'est arrivé.

— Alors vous savez ce que je veux dire. J'ai eu l'impression que j'allais me chier dessus, j'ai vraiment dû serrer les fesses et après, en effet, j'ai vomi. Quand Grimaldi m'a dit d'abattre le mec, je tremblais comme une feuille, et je ne voulais pas que ça se voie. Comme je vous l'ai dit, j'ai tenu le pistolet avec les deux mains et j'ai tiré, pour qu'on en finisse. Après, j'ai rêvé de lui pendant une semaine. Je le voyais qui me suppliait, qui me disait de ne pas le tuer, et je le voyais qui brûlait vif. Une fois, j'ai même rêvé de mon père – déjà mort, à l'époque – il était là, on venait de brûler 'u Rizz', et il me demandait ce que j'avais fait.

Fenoglio ne savait pas pour quel motif Lopez lui racontait tout ça. En admettant qu'il y en ait un, de motif.

— Vous ne fumez jamais, maréchal? interrogea 'u Viccier' en lui tendant son paquet de cigarettes.

— Presque jamais, répondit Fenoglio en secouant la tête.

— Et puis, petit à petit, je n'ai plus rêvé de lui, reprit Lopez comme s'il avait laissé en suspens une partie importante de son récit.

— Et les autres homicides?

— Je dois vous en parler tout de suite?

— Non, je voulais dire: comment tu t'es senti, qu'est-ce que tu as éprouvé?

Lopez resta silencieux un long moment. La question ne paraissait pas l'étonner, on aurait dit qu'il cherchait les mots justes pour y répondre. Les mots justes, qui sont presque toujours les plus simples.

« Vous savez quoi, maréchal? Je n'ai rien ressenti. Quelques mois plus tard, j'ai commis un autre meurtre – en fait, ça devait être une *gambizzazione*, mais ça a mal tourné. Le lendemain, j'avais déjà tout oublié. Le troisième, encore pire: c'était un toxico, nous l'avons descendu, Capocchiani et moi, et après je suis allé bouffer. »

Fenoglio éprouva le besoin de boire une gorgée de bière, mais sa bouteille était vide. « Le problème, maréchal, c'est qu'on s'habitue à tout. Même à commettre des meurtres. »

Eh oui, le problème, c'était exactement ça : on s'habitue à tout.

6

Le 19 mai à quinze heures trente, en présence des personnes déjà mentionnées dans l'en-tête, le procès-verbal est rouvert.

Question. — Quand nous avons suspendu le procès-verbal, vous mentionniez votre progression dans la hiérarchie du groupe de Grimaldi. Avant de poursuivre ce récit, pouvez-vous nous expliquer quels sont les grades de l'association mafieuse à laquelle vous apparteniez, et quels sont les prérequis pour l'affiliation et la promotion ?

Réponse. — Les grades de l'association – ou, pour être plus précis, les « qualités » – sont les suivants, conformément à une règle qui, à quelques nuances près, est valable dans toutes les Pouilles : Picciotteria, Camorra, Sgarro, Santa, Vangelo, Trequartino et Diritto di medaglione. De fait, le grade de Picciotteria n'est jamais utilisé, dans le sens où les nouveaux affiliés entrent directement dans l'association au grade de *camorrista*, voire de *sgarrista*. Ainsi, j'ai moi-même été affilié directement à ce grade, que l'on appelle aussi «la troisième», sous-entendue la troisième «qualité».

Question. — Pour quelle raison le premier grade n'est-il pas utilisé, et pour quelle raison avez-vous été affilié directement au grade de *sgarrista*, c'est-à-dire au troisième?

Réponse. — Un préambule est nécessaire. L'association dont je faisais partie, et à la tête de laquelle se trouve Grimaldi Nicola, est née en prison, et elle est issue de la Camorra des Pouilles constituée au début des années quatre-vingt, dont les chefs étaient – et, pour autant que je le sache, sont encore – Giosuè Rizzi dit le Pape, de Foggia, pour le nord des Pouilles, et Pino Rogoli, dit le Maçon, originaire de Mesagne, pour le sud. Giosuè Rizzi est le chef de la Società Foggiana, tandis que Rogoli est le chef de la Sacra Corona Unita. Quand je parle de Camorra en prison, je fais allusion au fait que cette association, à laquelle ont appartenu de nombreux détenus des Pouilles, venant de diverses localités, est née à l'intérieur des établissements pénitentiaires. Jusqu'à la fin des années soixante-dix (je parle ici de choses que l'on m'a racontées et dont je n'ai pas la connaissance directe), il n'existait pas dans les Pouilles d'associations de type mafieux, mais seulement des cliques criminelles qui se consacraient à des activités spécifiques comme la contrebande, le contrôle des jeux de hasard, l'exploitation de la prostitution et, évidemment, le trafic de stupéfiants. À l'exception de la ville d'Andria, où était actif depuis longtemps un groupe dangereux et très respecté qui s'occupait de kidnappings à fin d'extorsion, les Pouilles étaient une région sans grand relief du point de vue criminel. Par conséquent, les conditions de détention étaient particulièrement pénibles pour les prisonniers des Pouilles, considérés comme des criminels de second ordre : en effet, en plus de devoir supporter la dureté classique du régime carcéral, ils étaient obligés de subir des vexations de la part de détenus originaires d'autres régions du Sud, et en particulier de la part des *camorristi* napolitains. La situation est devenue insupportable, et quelques prisonniers des Pouilles ont décidé de réagir. Parmi les premiers d'entre eux, comme je le disais, il y a eu Rogoli et Rizzi. Une fois affiliés et promus par d'importants chefs mafieux calabrais (je crois Di Stefano pour Rizzi et Bellocco pour Rogoli), et ayant ainsi acquis un prestige mafieux significatif, ils ont commencé à leur tour à affilier massivement d'autres hommes, afin de mettre en place des groupes d'autodéfense dans les prisons, visant avant tout à s'opposer aux abus et violences des Napolitains. Le principe était que dans les taules des Pouilles c'étaient les gars des Pouilles qui devaient commander et non, selon l'expression de Grimaldi, ces « merdeux de *camorristi* napolitains». Et en effet, ce n'est pas un hasard si la Mafia des Pouilles en prison est née dans un rapport étroit avec les Calabrais, en transposant presque intégralement les rituels et les hiérarchies de la 'Ndrangheta. C'est justement la nécessité de constituer rapidement des groupes valables qui a conduit à accélérer les procédures, en affiliant directement au deuxième ou troisième grade, comme dans mon propre cas. Personnellement, je n'ai jamais connu quelqu'un qui soit au premier grade, c'est-à-dire la Picciotteria. Ce grade existe dans le schéma théorique de l'association, mais il n'a jamais été utilisé, du moins chez nous.

Question. — Je réitère la question précédente. Pour quelle raison avez-vous été affilié directement au troisième grade ? Où et comment s'est déroulée l'affiliation ?

Réponse. — Lors d'une brève période de détention commune, Grimaldi s'était pris d'une grande sympathie pour moi. J'étais détenu pour braquage : on m'avait arrêté à la suite d'une identification photographique effectuée par la victime. Aussitôt après l'arrestation, j'ai été tabassé longuement et très durement, on voulait me forcer à livrer mes complices, ce que je n'ai pas fait. Quand je me suis retrouvé en prison – Grimaldi y était déjà –, j'avais des signes visibles du passage à tabac, et le bruit a vite circulé que j'étais un type qui respectait l'omerta. Un jour, pendant la promenade, Grimaldi s'est approché de moi. Il m'a dit qu'il savait comment je m'étais comporté au moment de mon arrestation et après, et qu'il appréciait ça. Puis il a ajouté qu'il savait une autre chose encore à mon sujet, qui lui avait fait bonne impression.

Question. — De quoi s'agissait-il?

Réponse. — Pas mal de temps auparavant, avec deux amis, mes complices dans toutes sortes de délits – Colella Vito et De Carne Franco –, nous étions allés dîner dans une pizzeria du quartier San Girolamo, dont j'ai oublié le nom. Après avoir mangé et bu en abondance, nous nous sommes levés pour partir sans payer, comme nous le faisions d'habitude un peu partout. D'ordinaire, personne ne disait rien, parce que les patrons des restaurants et pizzerias nous connaissaient et préféraient éviter les problèmes. Or, cette fois-là, je crois que la gestion de la pizzeria avait changé, parce qu'un jeune, le fils du propriétaire, s'est précipité, nous a rejoints sur le pas de la porte et, d'un ton déterminé, nous a dit qu'il fallait payer l'addition. Colella, le plus ivre d'entre nous, a essayé de lui donner un coup de poing, mais l'autre a esquivé, avant de réagir en frappant Colella à plusieurs reprises au visage. Nous avons su plus tard que le mec était ceinture noire de karaté, je crois même champion au niveau national. De Carne aussi a voulu l'attaquer, mais il a subi le même traitement. Pendant que le gars réglait son compte à De Carne, j'ai saisi une bouteille de bière sur une table, et là je l'ai frappé violemment à la tête, plusieurs fois. Il est tombé à terre, et a peut-être perdu connaissance. Ce qui est sûr, c'est que je l'ai défoncé jusqu'au sang devant les yeux des autres clients et des serveurs. Le lendemain, j'ai découvert – même le journal en parlait – que le type que j'avais étendu était champion d'arts martiaux. Dans le milieu, la nouvelle a vite circulé, et elle a fait croître ma réputation criminelle. Comme je le disais, même Grimaldi l'a su (toutefois, il ne savait pas que j'avais utilisé une bouteille, et il imaginait que j'avais gagné à mains nues contre un spécialiste en arts martiaux), et ça l'a impressionné.

Quand il a été libéré, quelques jours plus tard – blanchi d'une accusation d'usure et d'extorsion –, il m'a dit d'aller le voir à ma sortie. Je lui ai répondu que ça allait prendre beaucoup de temps, vu la gravité de l'accusation qui me concernait. Là, il a eu un sourire étrange, m'a donné une tape sur l'épaule et a conclu : « Sait-on jamais ? » Sur le coup, je n'ai pas compris ce qu'il voulait dire, mais bientôt tout s'est éclairci car, lorsqu'il y a eu la séance d'identification devant le juge d'instruction, le témoin du braquage ne m'a pas reconnu, et j'ai été libéré. J'ai su plus tard que quelques hommes de Grimaldi l'avaient contacté pour lui demander de ne reconnaître personne.

Question. — À l'évidence, ils l'ont menacé.

Réponse. — Je ne connais pas les détails, mais je peux affirmer que des menaces explicites n'étaient pas nécessaires. Si le témoin savait qui étaient ces personnes et pour le compte de qui elles parlaient – et naturellement, il devait le savoir –, il leur suffisait d'une demande exempte de tout contenu menaçant explicite.

Question. — Vous étiez responsable de ce braquage ?

Réponse. — Bien sûr, et le témoin m'avait très bien vu.

Question. — Qu'avez-vous fait lorsque vous êtes sorti ?

Réponse. — Ce que Grimaldi m'avait suggéré. Je suis allé le voir, il m'a demandé si je voulais devenir un de ses hommes, et je lui ai dit oui. Il m'a raconté qu'il avait réuni beaucoup de renseignements sur mon compte et qu'ils étaient tous positifs. Du coup, il avait décidé de faire une chose hors du commun, à savoir m'affilier directement au grade de *sgarrista.* Il a précisé que c'était un honneur, ce dont j'étais parfaitement conscient.

Question. — Quels renseignements avait rassemblés Grimaldi sur votre compte ?

Réponse. — Grimaldi savait pratiquement tout de moi et de ma carrière criminelle, qui avait commencé par des petits vols quand j'étais encore gosse et s'était poursuivie avec la contrebande et les braquages. Je ne sais pas à qui il avait parlé mais il était convaincu – il me l'a dit explicitement – que j'étais un garçon capable d'agir, de parler ou de rester silencieux, lorsque chacune de ces trois actions s'imposait. Un tel commentaire, de la part d'un personnage imposant et prestigieux (dans les milieux criminels) comme Grimaldi, m'a rempli d'orgueil. À ce moment-là, j'aurais exécuté sans discuter toutes les missions qu'il m'aurait confiées.

Question. — Parlez-nous de votre affiliation.

Réponse. — Avant tout, je dois expliquer que pour qu'une affiliation ou une promotion puisse avoir lieu en bonne et due forme un local baptisé est indispensable. Quand je dis « baptisé », je veux dire qu'il doit s'agir d'un endroit destiné expressément et de manière pérenne aux affiliations, à la suite, justement, d'une cérémonie de baptême, ou bien d'un autre type d'endroit ayant fait l'objet d'une espèce de purification.

Question. — Concrètement, qu'est-ce qu'on fait ?

Réponse. — Pour ce rituel, comme pour les autres (affiliations, promotions), des formules spécifiques sont prévues. Je dois dire que j'ai longtemps été fasciné par ces rituels, et que je les ai tous appris par cœur. Un sujet comme moi, capable d'énoncer chaque formule sans l'aide de textes écrits, est qualifié dans le jargon mafieux d'« étincelant ». La purification du local est effectuée à la suite d'un dialogue rituel entre le Capo-Società et les autres participants à la cérémonie. Le chef commence ainsi : « Bonnes vêpres, sages compagnons. » Les autres répondent : « Bonnes vêpres. » Le Capo-Società : « Êtes-vous prêts à baptiser ce local ? » Les autres : « Nous sommes prêts. » Le Capo-Società : « Au nom de nos lointains ancêtres, les trois chevaliers espagnols Osso, Mastrosso et Carcagnosso, je baptise ce local. Si, auparavant, je le connaissais comme un lieu où traînaient des flics et des infâmes, à partir de cet instant, je le connais comme un lieu sacro-saint et inviolable, où peut se former et se dissoudre cette honorable société. »

Question. — Le local où a été célébrée votre affiliation était-il un local consacré de façon pérenne à ces rituels, ou a-t-il été baptisé à cet effet ?

Réponse. — C'était un pavillon illégal entre Palese et Santo Spirito. Je ne sais pas qui en était le propriétaire, mais en tout cas il était à la disposition de Grimaldi et des siens. Il s'agissait d'un local durablement affecté aux affiliations et, en effet, c'est là aussi que j'ai obtenu mon grade de *santista*.

Question. — Qui a pris part à votre cérémonie d'affiliation ?

Réponse. — Il y avait Grimaldi, qui était le Parrain ou le Grand Chef, Capocchiani, qui récitait la Tirade, un certain Lattanzio, mort plus tard de mort naturelle, qui était le Comptable, un gars de Foggia dont j'ai oublié le nom, qui était le Favorable, et un certain Oronzo, un type de Lecce, qui était le Défavorable.

Question. — Que signifient ces dénominations ?

Réponse. — Ce sont les rôles qui doivent être remplis pour que la cérémonie d'affiliation ou de promotion soit valable. Le Parrain est celui qui attribue la « qualité » ; le Comptable représente la solidarité de l'association mafieuse envers ses membres, qui seront aidés en cas de besoin ; la Tirade (expression qui indique à la fois la formule d'affiliation et la personne qui la récite) représente l'enseignement et la tradition de l'association ; le Favorable donne son avis sur l'affiliation ou la promotion de l'adepte ; le Défavorable est celui qui a le devoir de vérifier la régularité de la procédure.

Question. — Décrivez-nous brièvement comment la cérémonie s'est déroulée.

Réponse. — Après les formules d'affiliation, on m'a entaillé l'index de la main droite (celui qui appuie sur la gâchette du pistolet), et j'ai fait tomber des gouttes de sang sur une petite image que j'ai brûlée en la tenant du bout des doigts. Puis j'ai récité la formule du serment que j'avais apprise par cœur et dont je me souviens encore. Si vous le souhaitez, je peux vous la répéter.

Question. — Dites-nous.

Réponse. — Je jure sur la pointe de ce poignard baigné de sang d'être fidèle à cette Société constituée et de renier mère, père, frères et sœurs jusqu'à la septième génération ; je jure de partager centième par centième, millième par millième, jusqu'à ma dernière goutte de sang, avec un pied dans la fosse et l'autre à la chaîne, prenant à bras-le-corps l'emprisonnement.

À la fin de la cérémonie, on m'a félicité, et puis on est allés fêter ça autour d'un dîner. Mon affiliation est « passée comme nouveauté » auprès de tous les autres affiliés, c'est-à-dire à la fois ceux en liberté et ceux en prison.

Question. — Qu'est-ce que ça veut dire, « passée comme nouveauté » ?

Réponse. — « Passer comme nouveauté » veut dire, dans le jargon mafieux, communiquer. Quand il y a une nouvelle affiliation, tous les membres de l'association, à la fois ceux en liberté et ceux en détention, doivent aussitôt en être informés. Une autre chose que l'on fait après une nouvelle affiliation, c'est ce qu'on appelle la « répartition ». Répartir, ça veut dire offrir des pâtisseries ou des cigarettes pour célébrer l'entrée du nouvel affilié. Je précise qu'on offre aux affiliés en liberté les pâtisseries, et aux détenus les cigarettes – plus précisément, on leur offre des Marlboro rouges.

Question. — Vous nous avez donc décrit la cérémonie pendant laquelle vous avez été affilié. Vous avez dit qu'après l'homicide de 'u Rizz' on vous a attribué le grade de *santista*. Pouvez-vous nous expliquer ce que signifie recevoir ce grade de *santista* et en être investi ?

Réponse. — Comme je vous l'ai expliqué tout à l'heure, la Santa est le quatrième grade de la hiérarchie mafieuse. C'est un grade important, qui implique des responsabilités de commandement et peut uniquement être attribué à quelqu'un ayant commis un meurtre – ou au moins une grave agression, sans mort de la victime, mais là c'est exceptionnel.

On m'a dit que dans les familles calabraises il fallait de nombreuses années pour atteindre ce grade. Chez nous, pour les raisons que je vous ai exposées (nécessité de constituer en un temps réduit une organisation structurée avec ses hiérarchies adéquates), les choses vont plus vite. Concrètement, j'ai été affilié au grade de *sgarrista* en février 1987 et j'ai reçu la Santa la même année, au mois de novembre, après le meurtre de 'u Rizz'.

Question. — Qui était présent à la cérémonie pendant laquelle le degré de *santista* vous a été attribué ?

Réponse. — Je précise que la cérémonie pour la promotion au degré de *santista* se déroule avec trois célébrants, et non cinq. Tous les trois sont des parrains, et ils sont désignés de façon conventionnelle sous les noms de Giuseppe Garibaldi, Giuseppe Mazzini et Alfonso La Marmora.

Question. — Que viennent faire Garibaldi, Mazzini et La Marmora dans l'association mafieuse ?

Réponse. — Dans la tradition mafieuse de la 'Ndrangheta, qui a été ensuite reprise par nos associations dans les Pouilles, on considère que les fondateurs de la Santa sont, justement, Garibaldi, Mazzini et La Marmora. Je suis incapable de vous expliquer pourquoi, même si un jour, un vieux Calabrais m'a dit que la 'Ndrangheta est née, comme la Carboneria, pendant le Risorgimento. Ce n'était pas un sujet qui m'intéressait et je n'ai pas approfondi.

Question. — Revenons à la question : qui était présent ?

Réponse. — Grimaldi, un Calabrais qui s'appelle Barreca – c'est lui qui avait le grade le plus élevé – et un gars de Foggia, Agnello ou Agnelli, assassiné quelques années plus tard. La cérémonie est beaucoup plus compliquée que pour une simple affiliation et elle requiert l'utilisation d'un certain nombre d'objets. Les trois membres de la *capriata* – c'est ainsi que l'on désigne le groupe d'individus qui procède à l'affiliation ou à la promotion – ainsi que l'adepte s'assoient autour d'une table, sur laquelle doivent être placés : une pastille de cyanure (dans les cérémonies en prison, on utilise une pastille quelconque), qui symbolise le suicide auquel le *santista* doit être prêt plutôt que de trahir, un fusil à canon scié (en prison on utilise une fourchette en plastique avec deux dents, qui tient justement lieu de fusil à canon scié) afin de tirer dans la bouche de l'adepte en cas de trahison, une boule de coton qui symbolise le mont Blanc, c'est-à-dire quelque chose de sacré, un citron servant à soigner les blessures des affiliés, une aiguille qui représente les armes et qui sert à faire saigner l'adepte, une image sacrée, trois mouchoirs en soie blanche qui symbolisent la pureté de l'âme, et enfin la « répartition », c'est-à-dire les pâtisseries ou les cigarettes.

Question. — La formule était la même ?

Réponse. — Non, pour le passage de chaque grade, il y a une formule et un rituel différents. Comme je vous l'ai dit, je les connais tous par cœur et, au fil des années, j'ai participé à de nombreuses affiliations en récitant lesdites formules. La cérémonie pour l'attribution de la Santa est compliquée, on mélange le sang et le jus de citron, on brûle l'image, on fait un tas de trucs, et cela dure assez longtemps. Si vous le désirez, je peux vous la décrire en détail.

Question. — Pour l'instant, on va avancer. Dans un prochain procès-verbal, nous procéderons à une description détaillée de ces aspects rituels. Mais faisons tout d'abord un pas en arrière : quelles sont les conditions d'admissibilité à l'association ?

Réponse. — Il y a des prérequis positifs – avoir démontré qu'on est un homme d'action, qu'on est fiable, capable de respecter l'omerta et, en général, capable de bien se comporter – et des prérequis négatifs. En gros, l'affiliation est interdite aux forces de l'ordre et à leur famille, aux toxicodépendants et aux homosexuels. Je précise que lorsque je dis toxicodépendants je me réfère aux individus qui prennent de l'héroïne, qui se piquent ; ils sont considérés comme particulièrement peu fiables parce que, lorsqu'ils sont en manque, ils sont capables de tout, y compris de parler aux forces de l'ordre.

Question. — Il n'y a donc pas d'interdiction pour ceux qui prennent d'autres substances stupéfiantes, ou qui s'adonnent à la boisson ?

Réponse. — Pour la cocaïne et la fumette, il n'y a jamais eu de problème. Nous consommions tous beaucoup de cocaïne, et je dirais même qu'il s'agissait de notre passe-temps principal – avec la fréquentation de prostituées – lorsque nous étions ensemble. Quant à la boisson, c'est évalué au cas par cas. Consommer des boissons alcoolisées, même en abondance, n'est pas un problème ; en revanche, un alcoolique, un ivrogne, n'est jamais affilié.

Question. — Et si on devient alcoolique ou toxicodépendant après avoir été affilié ?

Réponse. — Ça, ça peut être un gros problème. Dans les rares cas où cela s'est produit, les sujets ont été écartés. Une fois, on a été obligé de tuer un homme qui, s'étant mis à consommer de l'héroïne quotidiennement, était devenu dangereux. Comme je vous l'ai dit, les accros à l'héroïne deviennent facilement des indicateurs de police.

7

D'Angelo partit avec le fidèle Calcaterra et deux autres carabiniers, qui lui avaient été assignés par le colonel en attendant la décision de la préfecture quant à son service d'escorte et à sa protection. Nul ne songeait à prendre à la légère les « mauvaises intentions » de Grimaldi à l'égard de la magistrate.

Pellecchia et Montemurro accompagnèrent Lopez dans la caserne de périphérie où celui-ci était hébergé et où, de fait, il était surveillé, bien qu'il ne soit soumis à aucune mesure de contrôle.

Le capitaine invita Fenoglio à boire un verre au bar de la caserne.

— Parfois, je me dis que notre travail mélange tragédie et ridicule, dit-il en vidant son verre de *prosecco*.

— Dans quel sens, mon capitaine ?

— Je réfléchissais à ce que l'on écrit dans les procès-verbaux et les fiches de renseignement. Aujourd'hui, par exemple, dans un propos attribué à Lopez, on a parlé de «cliques criminelles». Évidemment, lui, il n'a aucune idée de ce que c'est, une «clique», même si je dois dire que c'est un des repris de justice les plus intelligents que j'aie jamais rencontré.

Valente était décidément un officier étrange: on aurait dit qu'il s'efforçait de jouer un rôle qui n'était pas le sien, et auquel il avait du mal à s'habituer.

— Vous avez raison, c'est une langue irréelle. Vous avez déjà lu Calvino?

— À l'époque du lycée. J'ai lu *Le Baron perché*, mais ça ne m'a pas tellement plu. En fait, celui que j'ai préféré, c'est *Le Chevalier inexistant*.

— Moi aussi. Nous sommes beaucoup à nous être identifiés à Agilulfe.

— Pourquoi m'avez-vous posé cette question sur Calvino?

— Il y a de nombreuses années, il a écrit un article dans un quotidien, je ne sais plus lequel. Il imaginait la transcription, dans un procès-verbal, du récit d'un vol de bouteilles de vin. Le témoin disait «tôt ce matin» et le brigadier écrivait «au cours des toutes premières heures de la journée»; le témoin parlait d'«allumer le radiateur» et le brigadier écrivait «mise en route du système de chauffage»; le témoin disait «j'ai trouvé des bouteilles de vin» et le brigadier transcrivait «je me suis accidentellement retrouvé en contact visuel avec une certaine quantité de produits vinicoles», et ainsi de suite.

Le capitaine sourit:

— C'est très plausible.

— Oui, son procès-verbal est totalement plausible, et très amusant. Si j'arrive à mettre la main dessus, je vous l'apporterai. Toutefois, le plus intéressant, c'est ce que dit Calvino sur la raison pour laquelle les procès-verbaux sont écrits de cette façon.

— Et pourquoi?

— Calvino parle de terreur sémantique. Son idée, c'est que la langue des procès-verbaux évite les mots ayant un sens commun et concret parce que celui qui écrit désire inconsciemment souligner qu'il se place à un niveau supérieur par rapport aux choses matérielles dont il s'occupe. C'est une tentative pour prendre de la distance par rapport à la concrétude du monde réel. Calvino appelle ça une anti-langue. Une langue loin des signifiés et loin de la vie.

Le capitaine se fit remplir un autre verre. Il en but une gorgée. Fenoglio tripota un instant une olive avant de la manger. À deux reprises, l'officier parut sur le point de dire quelque chose, mais se ravisa.

Puis: «C'est bien vu, en effet. Cependant, cela simplifie peut-être trop les choses. C'est une approche un peu idéologique.» Aucun doute, cela faisait un drôle d'effet d'entendre un capitaine des carabiniers, officier de carrière, parler d'approches un peu idéologiques.

— Pourquoi cela vous semble-t-il idéologique ?

— Je crois que tout réduire au sentiment de supériorité présumée du rédacteur face à la matière rédigée est, comme je le disais, un peu simpliste. Il y a aussi des raisons pratiques. Si je dois faire un procès-verbal de synthèse qui, par définition, ne contient pas mot pour mot ce qui a été dit, je suis obligé d'utiliser des termes qui résument les choses, même s'ils ne correspondent pas pleinement au vocabulaire de celui qui parle.

— C'est vrai. Mais il faut aussi être pleinement conscient de ce que l'on fait. La *dottoressa* est douée, Lopez est intelligent, et ces procès-verbaux sont de qualité. D'ailleurs, d'après moi, il est tellement rapide qu'il apprend au fur et à mesure qu'elle prend sa déposition. Je ne serais pas surpris si, au procès, nous l'entendions utiliser des expressions comme « cliques criminelles », par exemple.

Quel dialogue extravagant, se dit Fenoglio. Subtilités linguistiques entre un capitaine et un maréchal des carabiniers, en marge de l'interrogatoire d'un mafieux plusieurs fois meurtrier. Chroniques d'un monde parallèle.

— Mis à part le cas de la *dottoressa* et de Lopez, reprit Fenoglio après sa rapide digression privée, il suffit souvent d'un rien pour qu'un procès-verbal trop formel, influencé par les motifs dont parlait Calvino, trahisse le sens de ce qu'a dit le témoin ou le suspect.

Ils se turent tous deux un instant.

— On n'a pas souvent l'occasion d'avoir une conversation comme celle-ci, dans une caserne, fit remarquer le capitaine.

— C'est vrai, confirma Fenoglio

— Enfant, je faisais un jeu. Je choisissais un mot et je le répétais à haute voix de nombreuses fois, jusqu'à ce que son sens se perde et qu'il ne soit plus qu'une suite de lettres.

— Moi aussi, je faisais ça, dit Fenoglio.

— Oui, je crois que c'est assez répandu. Quelquefois, il m'arrive encore de le faire. Il est intéressant – et cela fait même un peu peur – de vérifier combien le lien entre les choses et les mots est fragile. Le monde est fondé sur le lien entre les mots et les choses, or ce lien peut être brisé en deux minutes, avec un simple jeu d'enfant. Je me suis toujours dit : cela doit vouloir dire quelque chose, quelque chose d'important. Mais je n'ai jamais réussi à savoir quoi.

La langue est une convention, un pacte implicite entre les gens. Aucune loi de la nature ne dit qu'à un objet donné correspond une série particulière de signes – consonnes et voyelles. Ça, c'est l'aspect fascinant et un peu effrayant de la question. Fenoglio réfléchit à ces choses-là, mais sans les dire. Après une longue pause, et après avoir à nouveau vidé son verre, c'est le capitaine qui reprit la parole.

— Je ne pense pas que je serai officier des carabiniers toute ma vie. Je me suis retrouvé là par hasard mais, dès le départ, je me suis dit que je n'étais pas fait pour ça.

— C'est peut-être de la philosophie de bas étage, mais moi, je crois que certains métiers devraient être exercés par *ceux qui ne se sentent pas faits pour ça*, pour employer votre expression. Se sentir un peu déplacé rend plus vigilant. Par exemple, quelqu'un qui se sent *totalement fait pour ça* ne remarque pas l'absurdité de la manière dont nous rédigeons les procès-verbaux. Il ne remarque pas les détails importants.

— Je n'avais jamais réfléchi à la question en ces termes.

— Moi non plus. C'est une idée qui m'est venue en parlant.

— Quel âge avez-vous, maréchal ?

— Quarante et un ans.

— Moi, trente-cinq. Enfant, j'imaginais qu'à cet âge-là je serais un célèbre acteur de théâtre. Et vous ?

— Je me disais que je voulais écrire. Journaliste ou romancier, dans mon esprit, ça ne faisait pas de différence. J'imaginais que, d'une manière ou d'une autre, je gagnerais ma vie en écrivant.

Valente acquiesça, comme si c'était exactement la réponse à laquelle il s'attendait. « D'une certaine façon, c'est ce que vous faites. Vos fiches sont les meilleures que j'aie jamais lues. »

Fenoglio avait toujours été mal à l'aise avec les compliments. Ne sachant que dire, il éprouva le besoin de changer de sujet.

— Je peux vous poser une question, mon capitaine?

— Bien sûr.

— Vous vouvoyez tous les subalternes, même les carabiniers qui ont vingt ans. Pourquoi donc?

Le capitaine sourit, comme un gamin pris en faute.

— Ça me rend antipathique, pas vrai? Je sais, le personnel croit que je veux garder mes distances, que c'est de l'arrogance. Mais je vais vous raconter une histoire. Un jour, lorsque j'étais enfant, j'ai accompagné mes parents qui allaient rendre visite à des amis. Ces gens étaient des propriétaires terriens, ils avaient une ferme, et leurs enfants étaient plus âgés que moi: le plus grand avait peut-être seize ans. À un moment donné, j'ai entendu ce jeune tutoyer – pour lui donner des ordres – un vieux paysan qui, lui, le vouvoyait. Je n'ai jamais oublié le sentiment de malaise que m'a procuré cette scène. C'est peut-être à cause de cet épisode que je n'arrive pas à tutoyer si je ne peux pas dire à mon interlocuteur de me tutoyer aussi. Et vous conviendrez, je pense, que ce ne serait pas une bonne idée de dire à tout le personnel de tutoyer le capitaine.

— Non, en effet, ce ne serait pas une bonne idée, confirma Fenoglio en souriant.

8

Pendant les deux jours qui suivirent, Lopez parla de sa carrière criminelle et surtout, afin d'expliquer son importance croissante et son prestige au sein de l'association mafieuse, il raconta ses meurtres. Par ordre chronologique. Ceux dont il était directement responsable. Dans ce genre d'enquête, il y a une règle essentielle : Tu veux collaborer avec la justice et bénéficier des avantages prévus par la loi ? Alors tu dois d'abord raconter ce que tu as fait, y compris ce pour quoi tu n'es peut-être même pas soupçonné. C'est un préambule fondamental pour que l'on croie ce que tu vas dire ensuite.

Son deuxième meurtre, après celui de 'u Rizz', fut celui d'un gardien de nuit qui avait refusé de laisser entrer les hommes du clan dans un entrepôt d'appareils électroménagers pour y commettre un vol.

Un tel acte de rébellion était intolérable et ne pouvait rester impuni. Grimaldi ordonna une *gambizzazione*. Lopez et deux autres affiliés s'en occupèrent. Ils attendirent le vigile devant chez lui et lui tirèrent dans les jambes. Or, une balle atteignit l'artère fémorale. L'homme perdit tout son sang et mourut avant d'arriver aux urgences.

Quand Grimaldi apprit l'issue de l'action, il conclut que c'était finalement mieux ainsi. La leçon serait plus claire pour tout le monde.

Le troisième meurtre fut celui de l'affilié devenu accro à l'héroïne. Ils lui avaient dit d'arrêter ; ils lui avaient même conseillé d'aller faire une cure de désintoxication. Le jeune avait répondu qu'il n'en avait aucunement besoin, qu'il consommait un peu d'héroïne de temps à autre, mais qu'il n'était pas dépendant et pouvait s'arrêter quand il le voulait. Il devint agressif et irrespectueux. Il consommait sans payer dans les bars et restaurants de Santo Spirito. Il acheta de l'héroïne à crédit auprès d'un dealer du quartier Libertà, en fournissant comme garantie sa condition d'affilié à Grimaldi. Il ne paya pas sa dette. Ils le virent à plusieurs reprises parler à des policiers des stups – un très mauvais signe. La goutte qui fit déborder le vase fut le braquage d'un supermarché dont le propriétaire réglait avec régularité sa cotisation pour être protégé. À juste titre, le commerçant vint se plaindre : « Vous m'avez garanti que si je payais il ne m'arriverait rien !

Et alors quoi ?» Grimaldi lui dit qu'il avait raison et qu'il n'aurait donc pas à verser sa contribution mensuelle tant qu'il n'aurait pas regagné l'équivalent de la somme dérobée. Et il conclut qu'un tel accident ne se reproduirait pas.

Deux jours plus tard, le toxico fut abattu à coups de pistolet par Lopez et Capocchiani, au moment où il sortait du café où il venait de prendre son petit déjeuner.

Le quatrième meurtre avait été commis pour rendre service aux chefs du clan mafieux qui contrôlait Cerignola, et avec qui Grimaldi était en négociation pour l'acquisition de grandes quantités de stupéfiants à Milan. Les hommes de Cerignola étaient en pleine guerre contre un groupe rival. Les Grands (c'est ainsi que se faisaient appeler les quatre chefs du clan allié de Cerignola) voulaient régler la question. Leur plan était d'éliminer le chef des adversaires de la façon la plus spectaculaire et terrifiante qui soit : or, il n'y a pas de manière plus spectaculaire et terrifiante qu'un assassinat dans le centre-ville, au milieu des passants, à visage découvert. Pour une action de ce type, il faut quelqu'un qui vienne de l'extérieur et qui, agissant à visage découvert, ne coure pas le risque d'être reconnu, même accidentellement, par un policier ou un carabinier local. Les Grands demandèrent donc à Grimaldi de leur rendre ce service. C'était un signe de considération et d'estime, une manière de sceller une amitié et une alliance entre égaux. Grimaldi chargea Lopez de cette mission : il aurait carte blanche pour organiser l'action.

Lopez choisit, parmi les nouvelles recrues, un des hommes les plus vifs, déterminés et impitoyables qui soit, affilié depuis peu et désireux de démontrer sa valeur. Ceux de Cerignola fournirent le support logistique. L'action se déroula à l'horaire d'ouverture des magasins et, du point de vue des criminels, fut un succès.

Le cinquième meurtre fut le plus spectaculaire et inquiétant de tous. Un épisode resté tristement célèbre dans l'histoire criminelle de la région.

Une petite équipe d'hommes de Grimaldi avait été chargée de tuer un certain De Fano, membre du clan Montanari, qui contrôlait le quartier San Paolo, adjacent à la zone d'influence de la Società Nostra. Les Montanari étaient des adversaires historiques de Grimaldi, dans une guerre de basse intensité qui durait depuis une dizaine d'années, avec de nombreux blessés et quelques morts. De Fano, avec quelques complices qui n'avaient pas encore été identifiés, avait violé une fille d'Enziteto, nièce d'un affilié de Grimaldi. Si les rapports entre les deux groupes avaient été bons, Grimaldi aurait pu demander au vieux Nicola Montanari, chef historique du clan homonyme, de punir lui-même son affilié. Mais cette solution n'étant pas praticable, il fallait s'en occuper directement.

De Fano avait été criblé de balles mais il avait survécu et, qui plus est, il avait vu le visage de tous les membres de l'équipe, des gars qu'il connaissait bien. Le bruit circulait que, pour se venger, il songeait à collaborer avec la justice et à dénoncer ses agresseurs. Que cette rumeur soit fondée ou non, Grimaldi décréta qu'il fallait achever le travail laissé à moitié fait, en frappant De Fano dans l'hôpital où il avait été admis. Cette mission, très délicate, fut à nouveau confiée à Lopez. Il se fit accompagner de deux affiliés qui étaient jeunes mais avaient déjà l'expérience d'actions à main armée. À cette époque, Capocchiani, qui d'ordinaire aurait pris part à une action aussi stratégique, était incarcéré.

Dans les jours qui suivirent l'agression, le préfet de police avait mis une surveillance en place devant la chambre de De Fano. Puis cette protection avait été suspendue, à cause des habituels problèmes de manque de personnel.

Pour pénétrer dans la clinique, Lopez et ses acolytes furent aidés par un infirmier, qui les prévint quand tous les autres visiteurs furent partis, leur ouvrit la porte de l'unité, leur indiqua la chambre où se trouvait De Fano et puis s'en alla, son service étant achevé, avant que les trois hommes ne passent à l'action.

Ils avaient des revolvers à canon long et des silencieux. Lopez appuya un oreiller sur le visage de De Fano, et les deux autres visèrent la tête à travers l'oreiller. Les tirs produisirent des bruits sourds.

Peut-être quelqu'un les entendit-il, mais nul ne songea à des coups de feu, et ils ressortirent sans être inquiétés, d'abord du service, puis de la polyclinique.

Le personnel découvrit le meurtre au moins une heure plus tard. Cet épisode eut un immense retentissement, et il accrut considérablement le prestige du clan Grimaldi et celui, personnel, de Lopez Vito. Celui-ci devint bientôt l'homme de confiance de Grimaldi et, en pratique, le chef adjoint de la Società Nostra.

Cet état de fait lui apporta un respect encore supérieur en tant que criminel, mais il lui valut également des jalousies et des hostilités. Au fil du temps, Grimaldi devint de plus en plus paranoïaque, toujours anxieux à l'idée de possibles trahisons internes, et obsédé par la compétition avec les autres groupes mafieux de la ville et de la province.

Telles furent les prémices de la dramatique accélération finale.

9

À la date du 22 mai 1992 à Bari, à neuf heures trente, dans les bureaux du Centre d'investigations des carabiniers, devant le ministère public représenté par le substitut du procureur de la République, la *dottoressa* Gemma d'Angelo, assistée pour la rédaction du présent acte par le brigadier Ignazio Calcaterra et en présence, pour les nécessités de l'enquête, du capitaine Alberto Valente, du maréchal Pietro Fenoglio et de l'adjudant Antonio Pellecchia, tous en fonction à la Division des affaires criminelles auprès du Centre d'investigations des carabiniers de Bari, a comparu Lopez Vito, dont l'identité a déjà été déclinée dans des actes précédents. L'avocate nommée pour assurer la défense, Marianna Formica, est présente.

Question. — À la fin du procès-verbal précédent, vous mentionniez la détérioration de vos rapports avec Grimaldi. Racontez-nous cela en détail.

Réponse. — Comme je vous l'ai déjà dit, j'étais devenu le bras droit de Grimaldi. Il n'avait confiance qu'en moi, et il faut dire qu'au fil du temps différents problèmes étaient survenus au sein du groupe : des hommes avaient été tués, d'autres arrêtés, et Grimaldi craignait qu'il y ait parmi nous des indicateurs de police. Bref, il avait peur que sa position de chef ne soit menacée et, plus le temps passait, plus il devenait paranoïaque.

Question. — Quels étaient les membres du groupe que Grimaldi soupçonnait d'être des informateurs de police ?

Réponse. — Disons que ses soupçons portaient sur plusieurs individus, sans que ces craintes aient de fondement réel. En fait, je crois que, quand il perdait confiance en quelqu'un, il se mettait à imaginer (souvent, je le répète, de façon infondée) des trahisons et des délations. Je vous donne un exemple, pour mieux m'expliquer. Grimaldi était obsédé par les gars de Japigia. Il se sentait toujours en compétition avec leur chef, Savino Parisi. Il s'estimait supérieur à lui et souffrait beaucoup du fait que, dans les journaux comme dans l'opinion des enquêteurs, Parisi était présenté comme plus important que lui. Si Grimaldi apprenait, ou simplement soupçonnait, que l'un des siens avait des contacts avec des gens du groupe de Parisi, il pensait aussitôt à un complot visant à le renverser.

Question. — Cette idée était-elle fondée?

Réponse. — Selon moi, Parisi n'avait aucun intérêt à étendre son influence sur une zone aussi éloignée du quartier dont il est le seigneur incontesté et où, comme je pense que vous le savez, des gens de toute la région, et même de l'extérieur, viennent se fournir en drogue, vu les prix avantageux qu'il pratique. D'ailleurs, dans bien des cas, Grimaldi inventait purement et simplement des relations avec les gens de ce groupe, car en réalité il n'y en avait pratiquement pas. Pour autant que je sache, il pouvait arriver que quelqu'un ait des connaissances ou des amitiés parmi les hommes de Parisi, sans avoir aucune activité criminelle commune.

Question. — Et qu'en est-il de sa crainte des indicateurs?

Réponse. — Cette crainte était davantage fondée, quoique très excessive. Grimaldi était obsédé par le principe de l'omerta, non seulement comme instrument pratique, pour ne pas être frappé par les initiatives des forces de l'ordre, mais aussi du point de vue symbolique. Ce n'est pas facile à expliquer, mais – et ça, je l'ai compris avec le temps – Grimaldi avait et a toujours la folie des grandeurs. Il aime à penser que son association est aussi importante et respectée que les grandes associations mafieuses siciliennes, calabraises et napolitaines. Je dois dire que, même dans ma plus forte période d'exaltation criminelle, je n'ai jamais cru qu'il en était ainsi. Notre groupe n'était guère plus qu'une organisation de quartier, même si nous aimions beaucoup parler d'omerta, d'honneur et d'affiliations. Quoi qu'il en soit, en raison de cette obsession, Grimaldi prétendait exercer un contrôle très strict sur tous les membres de l'association. Il y a quelques jours, je vous ai parlé de l'affaire de 'u Rizz', qui a été une des premières manifestations de cette manie.

Question. — Qui d'autre fournissait des renseignements aux forces de police, d'après Grimaldi ?

Réponse. — Il était obnubilé par deux hommes : D'Agostino Gaetano, dit le Petit, et Losurdo Simone, dit la Zamban', le Moustique. Un après-midi, au mois de mars, il m'a convoqué pour me dire qu'il fallait les tuer tous les deux. Plus exactement, il fallait les tuer et les faire disparaître – parce que ces deux infâmes, m'a-t-il dit, même leurs petites mamans ne devaient pas pouvoir venir les pleurer au cimetière.

Question. — Et vous, qu'avez-vous répondu ?

Réponse. — Je lui ai demandé pourquoi, même si j'étais déjà au courant des rumeurs qui circulaient à propos de D'Agostino. Il m'a répété que c'étaient des infâmes, des merdeux qui parlaient aux flics, et qu'il fallait les éliminer pour donner un signal fort. Et puis, il a ajouté qu'il les soupçonnait tous deux de pratiquer l'extorsion sans autorisation.

Question. — À qui auraient-ils dû demander l'autorisation ?

Réponse. — À Grimaldi. Ou du moins, ils auraient dû nous consulter, moi ou un autre lieutenant de Grimaldi, Capocchiani ou Pastore Vito, et puis attendre que nous leur donnions le feu vert après en avoir parlé à Grimaldi. Toutefois, je dois dire que cette histoire d'extorsion était une simple conjecture de la part de Grimaldi et, quand je lui ai demandé de clarifier comment il était parvenu à cette hypothèse, il m'a répondu qu'il le savait, point barre. Il était dans tous ses états, ce qui lui arrivait de plus en plus souvent. Je lui ai dit que nous pouvions tuer D'Agostino, même si la multiplication des meurtres allait provoquer une augmentation des effectifs de forces de l'ordre dans notre territoire et compliquer nos affaires. Mais sur Losurdo, il n'avait rien, et il me semblait absurde de le tuer sur la base d'une simple conjecture. Je dois préciser que j'avais un lien personnel avec Losurdo, ce qui m'incitait à le défendre.

Question. — À quoi faites-vous allusion ?

Réponse. — Avec Losurdo, nous avions en commun la passion des chiens. Il avait un couple de bergers allemands et, quand ils ont eu des chiots, il m'en a offert un. Nous avions pris l'habitude d'aller ensemble à la campagne pour faire courir nos chiens et pour les dresser. Souvent, quand je devais m'absenter, parfois pour quelques jours, Losurdo passait chez moi, prenait mon chien et le sortait avec les siens. Pour cette raison aussi, on peut dire que Losurdo et moi étions amis et, bref, je tenais beaucoup plus à lui qu'à pratiquement tous les autres membres du groupe.

Question. — Comment Grimaldi a-t-il réagi quand vous avez déclaré qu'il n'était pas juste de tuer Losurdo ?

Réponse. — Il a dit : « D'accord, pour le moment on descend cette merde de D'Agostino, on verra plus tard si on trouve quelque chose sur le Moustique. »

Question. — Combien de temps après cet échange le meurtre de D'Agostino a-t-il été commis ?

Réponse. — Deux semaines plus tard.

Question. — Qui s'en est chargé ?

Réponse. — Les exécutants matériels ont été Abbinante Mario, dit Mariolino, et Lacoppola Cosino, dit Mino la Neige, à cause de ses pellicules. Ils ont accompli l'action en tirant sur D'Agostino alors qu'il se rendait au commissariat pour émarger, puisqu'il était sous surveillance spéciale. Ils sont arrivés sur place à bord d'une moto tout-terrain et ont utilisé un revolver. C'est Mariolino qui a tiré. Mino la Neige conduisait la moto et avait sur lui un autre pistolet, un 7.65, je crois, mais qu'il n'a pas utilisé : je pense qu'en effet on n'a pas retrouvé de douilles sur le lieu du crime. C'est Grimaldi qui m'a rapporté ces détails, peu après les faits, les deux exécutants lui avaient raconté toute l'affaire.

Question. — Je précise d'emblée que nous reviendrons ultérieurement, et avec plus de précision, sur cet épisode. Pour l'instant, racontez-nous la disparition de Losurdo Simone.

Réponse. — Elle a eu lieu alors que j'étais parti pour Milan, où je devais procéder à l'enlèvement d'un chargement de cocaïne, dont nous avions négocié l'achat avec les hommes de Cerignola – je vous ai déjà parlé d'eux –, qui avaient des contacts directs avec la Colombie.

Question. — Était-ce normal, pour vous, d'être chargé d'un transport de drogue ?

Réponse. — Grimaldi m'envoyait quand il s'agissait de chargements importants. Dans ce cas, il fallait récupérer cinq kilos de cocaïne. Par conséquent, je ne me suis douté de rien. J'étais en voiture, peut-être à la hauteur d'Ancône, quand ma femme m'a appelé pour me dire que l'épouse de Losurdo lui avait téléphoné. Celle-ci était inquiète parce que, la veille au soir, son mari n'était pas rentré. Cela arrivait parfois mais, comme presque nous tous, Losurdo prévenait normalement quand il devait s'absenter. Elle était anxieuse parce qu'il n'était pas rentré non plus le matin suivant, et elle n'arrivait pas à le joindre sur son téléphone portable.

Question. — Qu'avez-vous fait, alors ?

Réponse. — Je lui ai demandé si elles étaient allées contrôler la petite ferme que Losurdo avait à la campagne, entre Molfetta et Bisceglie. Il y laissait ses chiens et nous l'utilisions comme dépôt pour des marchandises volées. Par exemple, une fois, nous y avions caché un lot de formulaires pour cartes d'identité dérobés à l'imprimerie publique de Foggia ; une autre fois, nous y avions entreposé le contenu de nombreux coffres provenant de la chambre forte de la BNL de Reggio Calabria – un casse de haut vol.

Question. — Et qu'a dit votre femme ?

Réponse. — Elle m'a rappelé une heure plus tard pour me dire qu'elles étaient allées inspecter la maison toutes les deux. Losurdo n'y était pas mais, ce qu'il y avait de plus troublant, c'était que les chiens n'y étaient pas non plus.

Question. — Qu'est-ce que cela voulait dire ?

Réponse. — Losurdo pouvait s'être éloigné sans prévenir parce qu'il avait quelque chose à faire, ou peut-être pour une histoire de femmes. En soi, sa disparition était inhabituelle, mais pas inexplicable, et pas nécessairement alarmante. Parfois, même si c'était rare, cela avait pu se produire. Par contre, si les chiens n'étaient pas là non plus, il était beaucoup plus difficile d'imaginer que quelque impératif imprévu ait pu l'éloigner. Il ne pouvait pas être parti en emmenant les chiens avec lui.

Question. — À ce moment-là, quelle a été votre réaction ?

Réponse. — Là, j'étais vraiment soucieux. Du coup, j'ai appelé Grimaldi. Il ne m'a pas répondu tout de suite. Quand il l'a fait, je lui ai demandé ce qui se passait, d'une voix altérée. Lui avait un ton étrangement excité, et je me suis dit qu'il était sous l'influence de la cocaïne. Il m'a dit de ne pas m'inquiéter, de faire ce pour quoi j'étais parti, et qu'à mon retour il m'expliquerait tout.

Question. — Que lui avez-vous répondu ?

Réponse. — Je me suis mis en colère, j'ai encore dit que je voulais savoir ce qui s'était passé, et j'ai ajouté que s'il ne me répondait pas je ferais demi-tour. Grimaldi m'a assuré que tout allait bien, que parler au téléphone n'était pas une bonne idée – on ne savait pas encore si les portables pouvaient être mis sur écoute, ni comment –, et il a répété que, lorsque je rentrerais, il m'expliquerait tout.

Question. — Et vous, qu'avez-vous fait ?

Réponse. — J'ai été tenté de faire demi-tour mais, à ce stade, nous avions déjà dépassé Bologne. J'ai donc décidé d'accélérer l'opération pour récupérer la drogue et de rentrer aussitôt, quitte à voyager de nuit.

Question. — Quelqu'un vous accompagnait dans cette mission ?

Réponse. — Oui, avec moi il y avait Demattia Marino, un jeune dont j'étais le parrain : je l'avais affilié comme *camorrista*, puis promu au rang de *sgarrista*.

Question. — Ce Demattia était donc sous vos ordres, pas sous ceux de Grimaldi ?

Réponse. — Pas exactement. J'étais son parrain et supérieur, et donc il était à mes ordres, mais Grimaldi étant le chef, évidemment il était à ses ordres aussi. Bref, si Grimaldi commandait quelque chose, il devait lui obéir.

Question. — Et si vous aviez eu un désaccord, auriez-vous pu interdire à Demattia – ou à tout autre filleul – d'obéir à Grimaldi ?

Réponse. — Non, Grimaldi était le chef de tout le monde, y compris le mien. Naturellement, avec le temps, j'avais acquis une position importante dans le groupe, et on peut dire que dans les faits j'étais son adjoint, bien que d'autres aient le même grade que moi, c'est-à-dire la Santa. J'avais donc voix au chapitre pour discuter ses choix, et je pouvais soulever des objections sur ce qu'il pensait faire. Toutefois, si le désaccord persistait, c'était lui qui avait le dernier mot.

Question. — J'ai oublié de vous poser une question : quel grade avait Grimaldi ?

Réponse. — Grimaldi a la cinquième « qualité », c'est-à-dire le Vangelo. À ma connaissance, dans toutes les Pouilles, seuls Giosuè Rizzi et Pino Rogoli, dont je vous ai déjà parlé, en ont certainement une plus élevée, la sixième voire la septième. Mais il est possible que d'autres encore aient cette « qualité » – par exemple, je ne connais pas la situation dans le Salento. Je dois ajouter qu'un système plein de secret entoure les grades les plus élevés, que seuls les membres de rang égal connaissent. Ce que nous savions, c'était juste que Grimaldi n'était inférieur en grade qu'aux chefs suprêmes et qu'aux Calabrais.

Question. — Au sein de la Società Nostra, combien de personnes ont la Santa, comme vous ?

Réponse. — Nous étions quatre : Pastore Vito, Capocchiani Michele, Maselli Nicola, qui cependant s'était marié depuis longtemps dans les environs de Turin, et moi.

Question. — Revenons-en au voyage à Milan pour acquérir la drogue des hommes de Cerignola.

Réponse. — Je suis arrivé à Rozzano. Un intermédiaire m'attendait à une station-service à l'entrée de la ville, et il m'a conduit dans une zone périphérique que je ne pense pas être capable de retrouver. L'échange a eu lieu dans le garage d'un grand immeuble, où il y avait des arcades. Le même intermédiaire nous a raccompagnés à la sortie de la ville, et nous nous sommes immédiatement mis en route pour rentrer à Bari.

Question. — Quelle heure était-il ?

Réponse. — Tard dans l'après-midi. On a conduit à tour de rôle toute la nuit et on est arrivés à Bari le matin.

Question. — Pendant le trajet du retour, avez-vous communiqué avec quelqu'un ? Votre épouse, Grimaldi, la femme de Losurdo, ou un autre membre de l'association ?

Réponse. — J'ai parlé avec ma femme : elle m'a confirmé qu'il n'y avait aucune trace de Losurdo. Elle m'a aussi demandé si l'épouse de Losurdo devait signaler sa disparition. Je lui ai dit d'attendre mon retour. Quand je suis arrivé, j'ai commencé par aller cacher les stupéfiants rapportés de Rozzano. Je précise que j'ai effectué cette opération après avoir déposé Demattia chez lui.

Question. — Pourquoi ?

Réponse. — Parce que j'avais décidé de dissimuler la cocaïne dans un endroit secret, que j'étais seul à connaître. Je craignais – et mes craintes se sont révélées justifiées – que les événements ne se précipitent. Je ne voulais pas remettre à Grimaldi de la marchandise pouvant être utilisée pour financer un éventuel conflit.

Question. — Vous aviez donc déjà décidé, à ce moment-là, de déclencher une guerre contre Grimaldi ?

Réponse. — Pas exactement. Je voulais un face-à-face avec Grimaldi, lui parler, obtenir des explications. Avant toute chose, j'avais l'intention de lui demander si c'était bien lui le responsable de la disparition de Losurdo. J'en étais presque certain, mais je voulais qu'il me le confirme. Une fois ce fait éclairci, s'il m'avait convaincu que cette élimination était inévitable – en me fournissant des preuves de comportements incorrects de la part de Losurdo –, j'aurais accepté la chose comme une conséquence naturelle de l'application des règles de notre organisation. En revanche, si j'en avais conclu que l'élimination de Losurdo était un abus de pouvoir, j'étais conscient que la situation pouvait dégénérer. Pour faire la guerre, il faut des armes et de l'argent, c'est pourquoi la drogue que j'avais cachée pouvait m'être utile.

Question. — Où l'avez-vous cachée ?

Réponse. — Là où se trouvaient les armes que je vous ai aidés à récupérer.

Question. — Et ensuite, qu'avez-vous fait ?

Réponse. — Je suis allé trouver l'épouse de Losurdo dans l'espoir d'obtenir quelques renseignements utiles. Toutefois, elle était extrêmement agitée, en proie à une sorte de crise d'hystérie. Elle ne faisait que répéter qu'on avait assassiné son mari, et qu'elle savait bien que ça finirait comme ça. Puis je me suis rendu à la ferme où Losurdo gardait ses chiens, pour vérifier s'il y avait des traces de violence.

Question. — Y en avait-il ?

Réponse. — Non. J'ai inspecté les alentours et je n'ai rien trouvé. Alors j'ai décidé d'aller voir Grimaldi.

Question. — Vous l'avez appelé, avant d'aller le voir ?

Réponse. — Non. Je n'avais plus confiance, et il me semblait plus prudent de me présenter sans préavis.

Question. — Qu'aviez-vous à craindre ?

Réponse. — Je n'avais pas de crainte spécifique mais je me méfiais de tout, et j'agissais en conséquence. Je me suis donc rendu chez Grimaldi, j'ai frappé et je lui ai dit que nous devions aller prendre un café. Dans la rue, je lui ai demandé ce qui s'était passé avec Losurdo.

Question. — Et alors ?

Réponse. — Pour toute réponse, il a voulu savoir où se trouvaient les stupéfiants que j'étais allé chercher à Rozzano. Je lui ai répondu qu'ils étaient en lieu sûr et, à nouveau, je lui ai demandé ce qui était arrivé à Losurdo. À ce moment-là, on a eu une altercation, parce qu'il insistait pour que j'aille récupérer la drogue et que je la transfère dans le lieu préétabli : le garage d'un type sans casier judiciaire, où nous entreposions en toute sécurité des stupéfiants et des armes. Il m'a demandé d'une voix altérée pourquoi je ne l'avais pas apportée là. Je lui ai répondu que j'avais eu l'impression d'être suivi par la police, que j'avais semé la voiture qui, me semblait-il, me filait, et que j'avais caché mon auto avec la drogue dans un hangar de la zone industrielle.

Question. — Mais ce n'était pas vrai.

Réponse. — Non, ce n'était pas vrai. Comme je vous l'ai expliqué, j'avais placé la drogue dans ma cache mais, naturellement, je ne comptais pas le dire à Grimaldi. Un tel choix aurait passé pour de la défiance et pour une déclaration de guerre. L'atmosphère de notre entretien a immédiatement été très tendue, mais je ne voulais pas que ça dégénère. En tout cas, pas avant de savoir ce qui était arrivé à Losurdo. Je lui ai assuré que, dès que je le saurais, j'irais chercher ma voiture avec la drogue, et je la conduirais à l'endroit convenu. Alors Grimaldi s'est calmé (ou il a fait semblant de le faire), et il m'a fourni quelques explications.

Question. — Que vous a-t-il dit ?

Réponse. — Il m'a dit que Losurdo avait été tué. Quand je lui ai demandé pourquoi, il m'a assuré que Losurdo, à plusieurs reprises, avait acheté de la drogue à des trafiquants albanais sans le mettre au courant et, surtout, sans verser le pourcentage qui revenait au groupe pour les opérations effectuées de manière autonome.

Question. — À combien se montait ce pourcentage ?

Réponse. — Il n'y avait pas de pourcentage fixe. Disons que cela dépendait du type d'affaires et de sa valeur. Pour des opérations de drogue, il fallait généralement verser dix pour cent.

Question. — Comment Grimaldi avait-il entendu parler de ces comportements qu'il attribuait à Losurdo ?

Réponse. — Il ne me l'a pas dit. Il a seulement affirmé que c'était une information certaine, qu'il n'y avait aucun doute là-dessus, et que la seule chose à faire, c'était de le descendre. Un mec qui se comporte comme ça, en bafouant les règles fondamentales de l'association, pouvait faire n'importe quoi.

Question. — Et qu'avez-vous répondu ?

Réponse. — Que d'après moi celui qui lui avait rapporté ça voulait seulement « mettre la tragédie ».

Question. — Que veut dire « mettre la tragédie » ?

Réponse. — Raconter des choses fausses, ou seulement partiellement vraies, afin de manipuler l'interlocuteur et de semer la zizanie.

Question. — Et qui, d'après vous, avait « mis la tragédie », et donc accusé injustement Losurdo?

Réponse. — En réalité, je n'avais pas d'idée précise. J'ai seulement réagi ainsi parce que l'aplomb avec lequel Grimaldi m'affirmait que Losurdo avait fait des choses incorrectes m'avait énervé. Je savais, et je sais bien, comment circulent les rumeurs, et comme il est facile d'y croire. Quoi qu'il en soit, j'ai laissé tomber la question du bien-fondé de ces accusations contre Losurdo, et j'ai demandé à Grimaldi pourquoi il avait agi en mon absence. Là, il a répondu avec beaucoup de sincérité qu'il savait que j'étais opposé à l'élimination de Losurdo, et qu'il avait donc décidé de passer à l'action quand je n'étais pas là. Sa sincérité sur ce point m'a laissé quelques instants interdit. Et c'est alors qu'il m'a parlé des chiens.

Question. — Qu'a-t-il dit?

Réponse. — Que ce merdeux avait eu tout ce qu'il méritait, mais qu'il était désolé pour les chiens. Surtout, il était désolé pour le mien.

Question. — Et pourquoi?

Réponse. — Il m'a dit que c'était un beau chien, et courageux, avec ça. Quand Losurdo avait ordonné aux bêtes d'attaquer, c'était le premier à s'être élancé, et même quand ils avaient commencé à lui tirer dessus, il ne s'était pas arrêté. Bon, là, je sais que je vais dire un truc qu'il ne faut pas, je le comprends, mais l'instant où j'ai pensé que je voulais Grimaldi mort, ce n'est pas quand il m'a dit qu'il avait tué Losurdo, c'est quand il a dit qu'il avait tué mon chien.

Question. — Et après ça ?

Réponse. — Après ça, ma décision était prise. Je me suis donc comporté avec prudence et, déjouant visiblement les attentes de Grimaldi, je ne suis pas monté sur mes grands chevaux. J'ai seulement rétorqué qu'ils auraient dû éliminer Losurdo quand mon chien n'était pas là. Grimaldi a eu l'air soulagé et m'a dit que j'avais raison, que sur ce point il s'était trompé. Il a ajouté qu'il voulait m'acheter un autre chien, de race pure, que nous devions aller ensemble le choisir dans un élevage, et d'autres trucs dans le genre.

Question. — Et qu'avez-vous répondu ?

Réponse. — Que pour l'instant je ne voulais pas d'autre chien et que, par contre, je voulais savoir où ils avaient mis le corps de Losurdo. Je voulais qu'on puisse le récupérer pour qu'il y ait un enterrement, et que sa femme et le reste de sa famille aient un lieu où pleurer leur mort. Lui m'a répondu, textuellement, que la Madone elle-même ne retrouverait pas le corps.

Question. — Pourquoi ?

Réponse. — Parce qu'ils l'avaient brûlé – et ils avaient aussi brûlé les chiens – dans une décharge, en utilisant de vieux pneus comme combustible. C'était une technique que lui avaient enseignée des mecs de Trani qui, justement, y avaient recours pour faire disparaître les cadavres.

Question. — Pourquoi l'avaient-ils brûlé ?

Réponse. — Grimaldi répétait toujours que s'il n'y a pas de cadavre il n'y a pas de meurtre non plus. Il voulait dire par là que si les forces de l'ordre ne retrouvent pas le corps elles ne peuvent pas formuler d'accusation de meurtre, parce qu'un doute sur la mort persiste toujours. Ceci dit, je crois aussi que Grimaldi aimait jouer avec le feu. Au sens littéral. Je ne sais pas bien l'expliquer, mais on aurait dit que ce qu'il aimait, c'était surtout voir les flammes. Quand on a tué 'u Rizz' et qu'on lui a mis le feu, lui il regardait les flammes avec satisfaction et disait, tout heureux : « Regarde comme ça brûle bien ! » Il avait la manie du feu. Comment dit-on, déjà...

Question. — Vous voulez dire que c'est un pyromane ?

Réponse. — C'est ça. Il racontait toujours avec complaisance qu'à une époque, quand il était jeune, il pratiquait des attaques incendiaires contre les magasins qui ne payaient pas pour leur protection. Il lançait des cocktails Molotov et aimait regarder les flammes. Il m'avait dit qu'il avait même parfois couru des risques sérieux, car il était resté pour admirer l'incendie plus longtemps qu'il n'aurait dû.

Question. — Qu'avez-vous répliqué quand Grimaldi vous a expliqué qu'il avait brûlé le cadavre ?

Réponse. — Comme je vous l'ai dit, désormais ma décision était prise. Je n'avais donc aucun intérêt à ce que Grimaldi comprenne mes véritables sentiments. D'autre part, je ne pouvais pas non plus feindre l'indifférence alors qu'il était clair que cette situation me touchait de près. Bref, je devais trouver un point d'équilibre. Aussi me suis-je contenté de manifester ma déception pour le fait que le cadavre de Losurdo ait été détruit par le feu. Cela ôtait à la famille la possibilité d'organiser un enterrement et de pouvoir aller retrouver leur proche au cimetière.

Question. — Vous ne lui avez pas demandé qui avait commis l'homicide matériellement?

Réponse. — Si, aussitôt après. Je lui ai demandé qui était avec lui – car il était évident, vu ses propos, qu'il était présent – et quelles avaient été les modalités du guet-apens.

Question. — Qu'a-t-il répondu?

Réponse. — Au début, il a essayé de se dérober. Il a dit quelque chose du genre: «Maintenant il est mort, à quoi ça sert d'en parler encore, pensons plutôt à l'avenir.» Mais moi, j'ai insisté: ne pas me le dire, c'était me manquer de respect. Bref, je l'ai convaincu, et il m'a raconté.

Question. — Comment s'est déroulée l'action?

Réponse. — Ils étaient quatre. Grimaldi en personne, Capocchiani, un gars de Trani que je ne connais pas et Abbinante, l'exécutant de l'homicide D'Agostino. Ils savaient que l'après-midi Losurdo allait donner à manger à ses chiens, et ils savaient que l'endroit où il les gardait était isolé et loin des regards indiscrets. Alors ils l'ont suivi quand il a quitté son domicile. D'abord, il est passé chez moi pour prendre mon chien car, comme je vous le disais, il l'emmenait avec lui pour qu'il coure et se défoule lorsque j'étais absent. Ils l'ont pris en filature à travers la campagne, en gardant leurs distances.

Ensuite, quand Losurdo les a vus arriver à la ferme, il a rappelé les chiens. Ils sont descendus de voiture et lui ont dit d'attacher les bêtes. Mais Losurdo ne l'a pas fait, et a demandé à Grimaldi pourquoi ils étaient là.

Question. — C'est Grimaldi qui vous a raconté tout ça ?

Réponse. — En partie Grimaldi, en partie Capocchiani.

Question. — Quand vous êtes allé voir Grimaldi, Capocchiani était présent aussi ?

Réponse. — Non, Capocchiani, je lui ai parlé le lendemain. Il m'a raconté ce qui s'était passé plus ou moins comme Grimaldi l'avait fait, avec quelques détails supplémentaires. Mais je vais vous raconter ça dans l'ordre. Les quatre hommes sont donc arrivés, ils ont dit à Losurdo qu'ils devaient lui parler, et qu'il ferait mieux d'attacher les chiens. Mais Losurdo ne s'est pas exécuté. Grimaldi m'a dit que les bêtes s'étaient placées devant leur maître, comme pour le protéger. Losurdo avait compris que quelque chose n'allait pas, et il a intimé aux quatre hommes de ne pas approcher, autrement il lancerait les chiens sur eux. Alors Capocchiani a sorti son pistolet et lui a répété d'attacher les chiens, sinon il les descendrait.

Je pense que c'est à ce moment que Losurdo a compris pourquoi ils étaient venus le voir à cet endroit et, dans la tentative désespérée d'échapper au guet-apens, il a ordonné aux chiens d'attaquer. Tandis que les bêtes s'élançaient, il s'est mis à courir dans la direction opposée. Des premiers coups de feu ont retenti, les chiens ont été abattus. Abbinante et le type de Trani ont été blessés parce que les bêtes, avant de mourir, avaient réussi à les mordre. Puis Grimaldi et Capocchiani ont poursuivi Losurdo. Ils lui ont tiré dessus à plusieurs reprises et ont réussi à le toucher, il a trébuché, il est tombé. Alors ils l'ont rejoint et l'ont achevé, en lui tirant plusieurs coups dans la tête.

Question. — Tout cela s'est passé en pleine campagne. Ne craignaient-ils pas qu'un passant, par exemple un paysan, puisse les surprendre ?

Réponse. — Je vous répète qu'il s'agit d'une zone très isolée, où il est improbable que quelqu'un passe par hasard. Pour que vous compreniez bien à quel point c'est loin de tout, pensez que dans cette même zone, il y a quelques années, des gars de Bitonto avaient installé une gigantesque plantation de cannabis. Ils l'ont cultivée pendant plus de deux ans sans que personne ne se rende compte de rien.

Question. — La plantation est encore là ?

Réponse. — Non, ils ont décidé d'arrêter la culture, pour des raisons que j'ignore. Mais ce qui est sûr, c'est que personne n'a jamais remarqué cette plantation, alors qu'on parle de plusieurs hectares de terrain. Donc, comme je vous le disais : cette zone avait été choisie pour le guet-apens justement en fonction de ces caractéristiques. Ceci dit, il n'y a aucun doute que la situation avait échappé à Grimaldi et ses hommes. Ils n'avaient pas prévu la réaction des chiens et pensaient que toute l'affaire serait réglée devant la ferme, non pas au bout d'une longue course-poursuite dans la campagne.

Question. — Qu'ont-ils fait après avoir tué Losurdo ?

Réponse. — Je précise que c'est Capocchiani qui m'a raconté cette partie-là des faits, le lendemain.

Question. — Avant de poursuivre, pouvez-vous nous dire comment s'est terminée votre conversation avec Grimaldi ?

Réponse. — Oui. Il m'a expliqué succinctement qu'ils s'étaient débarrassés du corps de Losurdo et des chiens en leur mettant le feu. Je ne lui ai pas posé davantage de questions parce que toute cette histoire m'avait dégoûté. Alors j'ai conclu en répétant à Grimaldi que j'étais en désaccord avec toute cette histoire, mais que la vie et les affaires continuaient. À son tour, il m'a répété qu'il était désolé pour le chien et qu'il rattraperait ça. Puis il m'a demandé comment nous devions faire pour récupérer la drogue que j'avais prise à Rozzano. J'ai répondu que je pouvais aller la chercher le lendemain et il m'a dit que Capocchiani m'accompagnerait. Je m'attendais à ça, et j'ai décidé à ce moment-là de mettre en œuvre ma vengeance, justement, en tuant Capocchiani – que par ailleurs j'avais toujours détesté.

Question. — Que s'est-il passé le lendemain ?

Réponse. — Capocchiani est passé me prendre avec la voiture d'un de ses neveux. J'avais pris la précaution de lui donner rendez-vous loin de chez moi, en l'occurrence près du tunnel Quintino Sella, afin de limiter le risque qu'on nous voie ensemble. J'avais deux pistolets sur moi : un Beretta calibre 6.35 et un .38 Tanfoglio. Ils font partie des armes que je vous ai aidés à récupérer. Capocchiani avait l'air d'excellente humeur. Je lui ai indiqué comment rejoindre le lieu où j'avais prétendu avoir caché la drogue, mais où en fait elle n'était pas. Pendant le trajet, je lui ai demandé de me raconter à son tour le meurtre de Losurdo, et en particulier la phase d'élimination du cadavre.

Question. — Cette curiosité n'a éveillé aucun soupçon chez Capocchiani ?

Réponse. — Non. Il faut quand même dire qu'il n'était pas très intelligent. Sa réputation venait du fait que c'était un criminel fou, capable des actions les plus imprudentes et des comportements les plus impitoyables. En plus, par pure chance, il avait échappé jusqu'alors à de nombreux guets-apens, ce qui avait contribué à sa célébrité. Et de toute façon, il était normal que je me renseigne sur ce qui s'était produit.

Question. — Ainsi Capocchiani vous a répondu sans hésitation ?

Réponse. — Aucune. D'ailleurs, Grimaldi l'avait prévenu que je savais tout. Et puis, il aimait bien se vanter.

Question. — Dites-nous ce qu'il vous a raconté, et si son récit présentait des différences avec celui de Grimaldi.

Réponse. — Son récit du meurtre de Losurdo et des chiens était pratiquement identique à celui de Grimaldi. En plus, il m'a expliqué avec tous les détails comment et où ils s'étaient débarrassés des corps de Losurdo et des chiens.

Question. — Et où les ont-ils emmenés ?

Réponse. — Dans une décharge sauvage entre Trani et Bisceglie, où on jetait aussi des bidons de déchets toxiques en provenance du nord de l'Italie, des carcasses de voitures et d'autres objets en tout genre. Ils ont préparé une base de pneus, puis ont mis dessus Losurdo et les chiens avant de les recouvrir d'autres pneus, et enfin ils ont mis le feu. Les pneus s'éteignent très difficilement, même quand il pleut ; avec cette technique, il ne reste plus rien des corps.

Question. — Ils n'ont rien pris sur le cadavre de Losurdo ? Des papiers, une montre, autre chose ?

Réponse. — Ils ne m'ont pas dit. Mais ça m'étonnerait, ils n'avaient aucune raison de le faire.

Question. — Pour transporter les corps, ils les ont mis dans leurs coffres ?

Réponse. — Je confirme. Quand tout a été consumé, Grimaldi et les autres – qui étaient restés à regarder le bûcher jusqu'à la fin – sont allés nettoyer les voitures.

Question. — Pourquoi n'ont-ils pas également brûlé les véhicules ?

Réponse. — D'habitude, on procède ainsi lorsque le véhicule utilisé pour l'action a été volé. Mais dans ce cas, les deux voitures n'étaient pas volées, elles appartenaient à Abbinante et à l'homme de Trani. Quand les carcasses brûlées auraient été retrouvées et identifiées (grâce au numéro de châssis, qui résiste souvent à l'incendie), cela aurait attiré l'attention sur eux, c'était dangereux. Il faut aussi tenir compte du fait que le corps de Losurdo avait complètement brûlé, et que sa disparition serait classée comme *lupara bianca.*

Question. — Ils étaient allés commettre un homicide avec leurs propres voitures ?

Réponse. — Ça arrive. Quand les homicides sont planifiés à l'avance, on s'occupe de se procurer des voitures volées qu'ensuite, en effet, on brûle. Dans ce cas, l'action a été décidée à la suite de mon départ pour prélever la drogue à Rozzano. Comme je vous l'ai déjà dit plusieurs fois, Grimaldi savait que je n'étais pas d'accord.

Question. — Votre départ pour Rozzano n'était pas programmé depuis longtemps ?

Réponse. — Non, ça ne marche pas comme ça. Quand la marchandise arrive, on t'appelle, et toi tu pars pour la récupérer. Les livraisons, aussi pour d'évidentes raisons de prudence, ne sont jamais planifiées par avance. Grimaldi avait déjà décidé d'éliminer Losurdo, mais le fait que celui-ci soit souvent en ma compagnie et que nos épouses soient amies constituait un problème. Il ne pouvait pas courir le risque d'agir en ma présence, et encore moins me demander de m'en occuper. Ainsi a-t-il saisi au vol l'occasion de mon départ : du coup, bien sûr, il n'a pas eu la possibilité de se procurer des voitures. En même temps, comme ils avaient décidé d'agir à la campagne, dans l'absence totale de témoins potentiels, la nécessité d'utiliser des voitures volées était moins forte que pour une attaque à effectuer dans un lieu habité. Toutefois, je tiens à préciser qu'il ne s'agit ici que de conjectures, car je n'ai demandé ni à Grimaldi ni à Capocchiani pourquoi ils étaient allés tuer Losurdo avec les véhicules personnels d'Abbinante et du gars de Trani.

Question. — Vous avez dit qu'ils étaient allés nettoyer les voitures. Où ça ?

Réponse. — Dans une station de lavage.

Question. — Ils ne craignaient pas que le personnel de la station ne remarque les traces de sang qui devaient forcément se trouver dans les véhicules ?

Réponse. — Un homme de Grimaldi travaille dans cette station, il est en régime de semi-liberté. Je ne me rappelle que son surnom, Kojak, parce qu'il est entièrement chauve. C'est lui qui a été chargé de laver avec soin, et tout seul, les deux voitures.

Capocchiani m'a dit aussi qu'avant d'amener les autos au lavage ils s'étaient débarrassés des tapis qui étaient dans les coffres, et sur lesquels ils avaient posé les chiens et le corps de Losurdo.

Question. — Dites-nous maintenant comment s'est déroulé le meurtre de Capocchiani.

Réponse. — D'abord, je dois dire que j'ignorais s'il était armé. En principe, il n'aurait pas dû porter d'arme sans une raison spécifique – autrement, on court juste le risque inutile d'être arrêté en cas de contrôle de police. Cependant, je ne pouvais pas en être sûr. De plus, Capocchiani était très dangereux, et capable de gestes absurdes et fous. Une fois, je l'avais vu se lancer contre un gars qui le menaçait avec un pistolet; l'autre avait appuyé sur la gâchette, mais l'arme s'était enrayée. Alors Capocchiani l'avait tabassé à mort – littéralement. Je précise que, de mon point de vue, ses comportements étaient ceux d'un fou et d'un imbécile; néanmoins, le fait d'avoir survécu à tant de situations périlleuses avait créé autour de lui une aura de légende. Et puis, il avait aussi une incroyable capacité à supporter la douleur physique. Je peux vous raconter un autre épisode pour illustrer cela. Un jour, la voiture où il se trouvait en compagnie d'autres hommes a été arrêtée par des carabiniers. Capocchiani a répondu de travers à une question d'un des militaires, qui lui a flanqué une gifle. Capocchiani a lancé que ça ne lui faisait rien, que c'était qu'une baffe de pédé. Il voulait dire par là : une gifle peu virile, qui ne faisait pas mal. Bref, pour aller vite, les carabiniers lui ont fait sa fête, un véritable passage à tabac. Mais à chaque coup, Capocchiani répétait que ça ne lui faisait rien, au point qu'à la fin ils ont dû arrêter sans qu'il ait cédé d'un iota, ce que je veux dire, c'est que je devais prendre en compte qu'il était susceptible de comportements imprévisibles et incontrôlables. Il fallait donc que j'agisse avec prudence. Je veux aussi ajouter que Capocchiani, en plus d'être un fou privé de tout sens du danger, avait vraiment un esprit tordu. C'était le pire de tous. Pour expliquer quel genre c'était, je vais vous décrire un de ses passe-temps. Il demandait à deux ou trois de ses hommes d'attraper autant de chats errants qu'ils le pouvaient, puis il mettait les bêtes dans une pièce, dans laquelle on pouvait regarder à travers une vitre. Après quoi, il invitait quelques-uns de ses copains qui avaient des pit-bulls, alors il faisait lâcher deux chiens dans la pièce, et il pariait sur celui qui tuerait le plus de chats.

Question. — Vous avez déjà assisté à ça ?

Réponse. — Non. Moi, j'aime les animaux, et l'idée de les faire souffrir juste pour le plaisir, par pure cruauté, m'a toujours dégoûté. Je n'aurais pas pu supporter un tel spectacle sans intervenir. Mais tout le monde savait qu'il avait ce genre de passe-temps.

Question. — Vous avez agi à l'intérieur de la voiture ?

Réponse. — Non. Il était impossible de prévoir ce qu'il aurait fait si j'avais pointé une arme sur lui pendant qu'il conduisait. Il aurait été capable de balancer la voiture sur le bas-côté pour tenter de me désarmer. Et puis, les deux frères de Losurdo, Pasquale et Antonio, m'attendaient sur les lieux, j'avais réussi à les impliquer parce qu'ils voulaient venger la mort de leur frère.

Question. — Les Losurdo étaient-ils affiliés à l'association ?

Réponse. — Seulement Losurdo Pasquale, qui avait le grade de *sgarrista*. Le plus jeune, Antonio, faisait des hold-up, mais il n'avait jamais voulu s'affilier.

Question. — Comment est-il possible que les Losurdo acceptent de se dresser contre une association criminelle puissante et dangereuse comme celle de Grimaldi ? Comment les avez-vous convaincus ?

Réponse. — Je vous le répète : ils voulaient venger la mort de leur frère. Je leur ai rapporté ce que m'avait dit Grimaldi. Cela aurait suffi. Puis j'ai ajouté que j'avais cinq kilos de cocaïne, que nous pouvions utiliser pour financer une guerre contre lui. Nous serions basés dans les Abruzzes, à Pescara, où j'avais des amis – des personnes d'ethnie rom qui s'occupaient de trafic de stupéfiants et de hold-up –, qui nous aideraient à vendre la drogue à un bon prix et nous fourniraient une base sûre. Je leur ai expliqué que nous mènerions nos différentes actions en partant de là et en y retournant immédiatement après. Les autres ne sauraient pas où nous chercher.

Question. — Mais que comptiez-vous faire ?

Réponse. — Je ne sais pas. Effectivement, quand j'y réfléchis maintenant, à froid, l'idée de tous les exterminer était absurde et irréalisable. Mais à ce moment-là, nous imaginions que si nous arrivions à tuer Grimaldi nous pourrions prendre sa place et régner sur le territoire d'Enziteto et de Santo Spirito. Je me disais que je n'aurais pas de difficulté à me faire accepter comme nouveau chef par les groupes criminels qui contrôlaient les autres zones de Bari, c'est-à-dire les Parisi, Capriati, Mercante et autres Laraspata. J'avais un rang important – la Santa – qui était reconnu par les membres d'autres grandes associations criminelles en dehors de notre région. Je pensais que j'aurais pu expliquer ce qui s'était passé et légitimer mon statut de nouveau chef de la Società Nostra.

Question. — Revenons au meurtre de Capocchiani.

Réponse. — Nous sommes arrivés sur les lieux. J'avais dit que la drogue se trouvait sous une trappe, dans une cour intérieure. Nous sommes descendus de voiture et nous sommes dirigés vers le hangar abandonné. Quand nous sommes arrivés à quelques mètres de l'entrée, le plus jeune des Losurdo est sorti, armé d'un fusil à pompe. Je précise qu'il s'agit d'un des deux fusils à pompe que je vous ai aidés à récupérer. Capocchiani s'est tourné vers moi, comme pour me demander ce qui se passait, et moi, qui avais sorti entre-temps mon Tanfoglio, je lui ai tiré deux fois dessus, sans dire un mot. Il est tombé à terre et je l'ai mis en joue, au cas où – comme je vous le disais – il ait été armé et puisse réagir. Cependant, il n'a fait aucune tentative pour sortir une arme et, en effet, il n'en avait pas, nous l'avons su quand nous l'avons fouillé, après l'avoir tué. Le jeune Losurdo s'est approché, a appuyé le fusil contre sa poitrine et a dit : « *Cuss ie p frat'm', chin de mmerd* » – ça, c'est pour mon frère, gros tas de merde. Sur ce, il lui a tiré dans la poitrine, à deux ou trois reprises. Vu la distance, les balles de gros calibre lui ont véritablement déchiré le corps, il est mort sur le coup.

Question. — Qu'est-il advenu du cadavre ?

Réponse. — On l'a mis dans la voiture et on est allés le jeter dans un puits. On a aussi détruit son téléphone. À ma connaissance, le corps n'a pas encore été retrouvé et, naturellement, je peux vous conduire sur les lieux. Après l'avoir jeté dans ce puits, on a emmené sa voiture à une vingtaine de kilomètres de là et on y a mis le feu. Ensuite, on est allés cacher les armes dans l'abri que je vous ai montré.

Question. — Et ensuite, qu'avez-vous fait ?

Réponse. — Les Losurdo m'ont raccompagné chez moi avec leur voiture. Nous étions tous trois conscients que nous devions nous éloigner de Bari au plus vite, car la réaction violente de Grimaldi et des siens n'allait pas tarder à éclater. Nous ne pouvions pas exclure non plus qu'ils tentent quelque action contre nos familles. Nous avons donc décidé de partir le lendemain matin, en emportant avec nous la drogue que j'avais enlevée à Rozzano. Quand les Losurdo sont partis, j'ai rallumé mon portable, que j'avais délibérément laissé éteint parce que je ne voulais pas que Grimaldi puisse me joindre. J'étais certain que, n'ayant aucune nouvelle de Capocchiani qui devait récupérer les stupéfiants, il allait essayer de me contacter. Et en effet, j'avais rallumé depuis quelques minutes à peine quand son coup de téléphone est arrivé, ponctuel.

Question. — Qu'est-ce que vous lui avez dit?

Réponse. — Il m'a demandé ce qui s'était passé et pourquoi j'avais éteint mon portable. Je lui ai répondu que je ne l'avais pas éteint et qu'il y avait sans doute des problèmes de réseau. Il a voulu savoir si j'étais allé récupérer la drogue et pourquoi je ne la lui avais pas apportée. Je lui ai dit que Capocchiani n'était pas venu me prendre et ne répondait pas sur son portable. Je n'étais donc pas allé chercher la cocaïne.

Question. — Vous parliez explicitement de drogue?

Réponse. — Moi non, et lui non plus, au début du coup de fil. Mais ensuite, comme je m'apprêtais à vous le dire, il a perdu son calme, en particulier lorsque, jouant un rôle, je lui ai demandé s'il savait ce qui était arrivé à Capocchiani.

Question. — Et qu'a-t-il dit ?

Réponse. — Là, il a piqué sa crise. Naturellement, il ne m'a pas cru, et il s'est mis à hurler que c'est moi qui devais lui dire ce qui était arrivé à Capocchiani, que j'étais une merde et un infâme, et que je devais récupérer la drogue et l'apporter chez lui maintenant, tout de suite. Peut-être qu'ainsi il ne me tuerait pas comme il avait tué mon ami Losurdo. Autrement, a-t-il ajouté, il me ferait éventrer comme un porc et je perdrais mon sang jusqu'à en crever. Il était hors de lui, tellement furieux qu'il en abandonnait toute précaution au téléphone, parlant librement de drogue et de meurtres.

Question. — Et qu'avez-vous répondu ?

Réponse. — J'ai essayé de garder mon calme. Je lui ai rappelé qu'il était au téléphone, et je lui ai dit que s'il arrêtait de délirer j'étais toujours prêt à raisonner avec lui et à trouver une solution. Là, il a encore plus pété les plombs. Il m'a encore braillé quelques insultes, puis il a conclu qu'il venait me chercher et a interrompu la communication.

Question. — Quelle a été votre réaction ?

Réponse. — J'ai dit à ma femme de mettre le nécessaire dans les valises et de préparer le gosse. Je suis allé récupérer des armes – pas celles utilisées pour l'homicide Capocchiani –, en l'occurrence deux pistolets semi-automatiques calibre 9x21, un fusil à canon scié et une kalachnikov, toutes avec les munitions correspondantes.

Question. — Où êtes-vous allé chercher toutes ces armes ?

Réponse. — Je m'excuse, *dottoressa*, mais ça, je préférerais ne pas le dire. La personne qui me les gardait, c'était un type « propre », qui n'a jamais rien fait de mal et qui conservait ces armes à la fois par amitié et par crainte.

Question. — Je vous rappelle que vous n'avez pas la faculté de choisir ce que vous voulez dire ou ne pas dire. La collaboration avec la justice, et la jouissance des avantages qui y sont attachés, requiert des déclarations entièrement exemptes de toute forme de réticence. Alors je vous repose la question : qui gardait ces armes ?

Nous prenons acte que le suspect, après avoir hésité longuement, demande une suspension du procès-verbal afin de consulter l'avocat de la défense.

10

Lopez et Me Formica se rendirent dans une autre salle afin de pouvoir parler discrètement. Fenoglio profita de la pause pour passer à son bureau. En réalité, il n'avait rien à y faire, mais c'était l'occasion de se dégourdir les jambes et d'essayer de se vider la tête.

Toutefois, seul le premier de ces deux objectifs fut atteint.

Il savait ce qui allait se produire d'ici peu. Formica, bien qu'inexperte en matière pénale, confirmerait à son client ce que D'Angelo avait déjà inscrit dans le procès-verbal : le choix de collaborer avec la justice et les avantages qui peuvent en découler sont incompatibles avec quelque forme de réticence que ce soit. Lopez ne pourrait que révéler qui était le « type "propre"… qui conservait ces armes à la fois par amitié et par crainte », causant de gros ennuis à cette personne, la détention d'armes de guerre étant un délit grave et sévèrement puni.

Certes, la règle juridique était claire, et la solution tout autant; c'était vite réfléchi, il n'y avait guère de méditations possibles. Mais la règle éthique qui gouverne un cas de ce genre est-elle tout aussi nette? Du point de vue de la morale individuelle, est-il juste de causer des ennuis à quelqu'un qui nous a aidés par amitié ou par peur? C'était le genre de questions que Fenoglio se posait avec une fréquence irritante, chaque fois que des cas analogues se présentaient.

La loi autorise la famille proche de l'accusé ou du suspect à refuser de témoigner; elle prévoit donc une réticence légale pour des raisons éthiques, parce que l'idée de contraindre quelqu'un à témoigner contre sa mère, son père ou sa fille est inacceptable.

En revanche, que faire dans d'autres cas éthiquement semblables, mais différents du point de vue juridique?

Un jour, ils avaient arrêté une fille qui achetait des plaquettes de haschich et les revendait en petits morceaux dans des fêtes chez des amis. Un comportement certes discutable et, de toute façon, illégal. Mais obliger la meilleure amie de cette jeune fille à déposer plainte contre elle en menaçant de l'arrêter à son tour avait paru à Fenoglio une mauvaise action, bien qu'inattaquable du point de vue juridique.

Plus généralement encore, même la question de l'obligation de vérité et de son respect n'est pas du tout aussi évidente qu'on pourrait le croire de prime abord.

Fais un kilomètre à pied avec une personne intègre, et elle te racontera au moins sept mensonges. Qui avait dit ça ? Fenoglio ne s'en souvenait pas, mais cette citation contenait une vérité fondamentale. L'ensemble de notre vie quotidienne et de nos discours est tissé de mensonges dont nous sommes rarement conscients. Le même phénomène se produit dans le domaine des enquêtes et des procédures pénales, où tous mentent, souvent en toute bonne foi et avec les meilleures intentions du monde, et souvent sans même le réaliser.

Une fois, il avait abordé le sujet avec Serena, qui avait du mal à le suivre. Alors il avait décidé de s'expliquer avec un exemple, en lui racontant quelque chose qui s'était réellement produit.

Il lui avait dit : « Imagine une opération antidrogue. Imagine que les dealers présumés ont été observés à distance en train d'échanger quelque chose – de petites enveloppes, semble-t-il – avec des jeunes. À un moment donné, les carabiniers décident d'intervenir. Les dealers s'en aperçoivent et fuient. Une course-poursuite s'ensuit, au cours de laquelle, de temps en temps, les carabiniers perdent de vue les dealers qui, cependant, finissent par être rattrapés et bloqués. Le problème, c'est qu'il résulte d'une fouille rapide que les gars n'ont pas de drogue sur eux. Alors les carabiniers refont le parcours de la course-poursuite à l'envers, et ils trouvent sur le sol un petit sac plein de doses de cocaïne. Personne n'a vu quiconque le jeter, ce sac, et pourtant tu peux parier que les procès-verbaux d'arrestation et de mise sous séquestre indiqueront que les individus interpelés ont été *vus* se débarrassant de ce contenant pendant leur fuite. Celui qui écrit ça – c'est-à-dire n'importe quel carabinier, policier ou membre de la brigade des finances qui se retrouve dans une situation de ce genre – ne pense pas qu'il s'agit d'un mensonge, et encore moins qu'il y a quelque chose de mal à écrire qu'il a vu quelque chose que, de fait, il n'a pas vu. »

L'esprit de Fenoglio commençait à dériver dangereusement loin des spéculations éthiques pour se diriger vers le souvenir de Serena, lorsque Pellecchia vint l'avertir que l'interrogatoire reprenait.

11

Après une suspension d'une vingtaine de minutes, le procès-verbal est rouvert en présence des mêmes personnes que dans l'en-tête.

Question. — Après avoir consulté votre avocat, avez-vous décidé de révéler le nom de la personne qui gardait les armes pour votre compte ?

Réponse. — Oui, mais je tiens de nouveau à préciser qu'il s'agit d'une personne bien sous tous rapports, un gars qui a un travail et qui n'a jamais pris part à aucune activité criminelle. Il s'appelle Cellammare Gaetano, il a un atelier de métallurgie dans le quartier du cimetière – ils font surtout des châssis pour portes et fenêtres – et, en effet, il a gardé mes armes à quelques reprises. Il les mettait dans le coin des déchets ferreux. Lors des trois occasions où j'étais allé rechercher mes armes chez lui, il était passé seul derrière l'atelier, puis était revenu avec les armes enveloppées dans des chiffons. C'est aussi ce qu'il a fait cette dernière fois. Depuis, je ne l'ai plus revu. Comme je vous l'ai déjà dit, je ne pense pas que Cellammare ait jamais été impliqué dans des activités criminelles.

Question. — Et après, que s'est-il passé ?

Réponse. — Après être allé chercher les armes, j'ai téléphoné à Bevilacqua Rocco, domicilié à Pescara, individu d'ethnie rom assez important dans le monde criminel des Abruzzes. Nous avions fait des affaires avec lui par le passé, et une espèce d'amitié personnelle s'était nouée entre nous. Je lui ai dit que j'avais besoin de son aide : je cherchais une maison tranquille et si possible spacieuse dans son coin et, une fois sur place, je lui parlerais d'une affaire qui offrait des perspectives de gain considérable. Bevilacqua me connaissait bien et il n'a posé aucune question, à part pour savoir quand je voulais la maison. Lorsque je lui ai répondu que j'en avais besoin dès le lendemain, il n'a fait aucun commentaire, il a simplement dit « d'accord ».

Question. — À quoi faisiez-vous allusion, lorsque vous parliez de perspectives de gain considérable ?

Réponse. — J'avais l'intention de lui céder les stupéfiants que j'avais récupérés à Rozzano.

Question. — Quelle était la valeur de ces stupéfiants ?

Réponse. — Je précise tout d'abord qu'il s'agissait de marchandise d'excellente qualité, et que nous l'avions payée aux gars de Cerignola cinq cent quatre-vingts millions de lires, avec un rabais par rapport au prix d'origine, qui était de six cents millions. Vendue au détail, après avec été coupée au mannitol ou à la lidocaïne, on pouvait en tirer plus d'un milliard et demi, peut-être même deux. Naturellement, vu la situation d'urgence dans laquelle je me trouvais, il était impossible que je puisse envisager la fabrication et la vente au détail qui, de toute façon, implique la disponibilité d'un réseau de dealers. Mon intention était de la vendre à Bevilacqua en essayant d'en obtenir le plus possible, même si les conditions de la cession, évidemment, ne seraient pas à mon avantage. De fait, nous avons fini par nous mettre d'accord sur quatre cent cinquante millions, étant entendu que nous garderions cent grammes de substance pour notre usage personnel.

Question. — Bevilacqua disposait d'une somme aussi considérable ?

Réponse. — Il a eu besoin de quelques jours pour rassembler l'argent. Toutefois, il s'agit d'un personnage important, qui gère toutes sortes de trafics illicites et lucratifs dans cette zone.

Question. — Poursuivez votre récit.

Réponse. — Après avoir parlé avec Bevilacqua, j'ai appelé un des frères Losurdo pour lui annoncer que j'anticipais mon départ pour les Abruzzes : je m'en irais le soir même. Je lui ai expliqué que dans mon cas c'était urgent, vu que Grimaldi avait compris que je m'étais emparé de ce lot de drogue. Eux pouvaient faire les choses plus tranquillement et même attendre le lendemain, puisque pour l'instant rien ne les reliait au meurtre de Capocchiani. Ils m'ont rappelé peu après pour me dire qu'eux aussi partiraient cette nuit. J'ai eu l'impression que leur décision avait aussi été influencée par la crainte que je puisse disparaître avec la drogue. Quoi qu'il en soit, peu avant l'aube, nous sommes partis à deux voitures. Nous étions : ma femme, mon fils de trois ans et moi, Losurdo Antonio et sa femme (ou sa compagne, je ne sais pas) et Losurdo Pasquale qui était seul.

Question. — Losurdo Pasquale n'a pas de famille ?

Réponse. — Il est séparé, et ses relations avec sa femme, qui a déménagé dans le Nord, sont exécrables. Après la séparation, il est revenu vivre avec sa mère âgée.

Question. — Que s'est-il passé, quand vous êtes arrivés à Pescara ?

Réponse. — Nous avons rencontré Bevilacqua qui, avant toute chose, nous a conduits au logement qu'il nous avait procuré. Il s'agissait d'un pavillon de périphérie, spacieux et partiellement meublé, dans un état correct. Il ne m'a pas dit à qui il appartenait, et je ne lui ai pas posé la question. Le matin même, nous avons discuté le prix de la drogue. La veille, j'avais pensé à prélever un échantillon pour la lui faire goûter. En effet, je ne lui ai pas dit que je l'avais déjà avec moi.

Question. — Pourquoi ?

Réponse. — Parce que faire confiance c'est bien, mais ne pas faire confiance c'est mieux, *dottoressa*. Bevilacqua était un ami, néanmoins il est difficile de prévoir les réactions de quiconque lorsque tellement d'argent est en jeu. En tout cas, il a goûté la drogue et a reconnu qu'elle était excellente. Nous avons donc conclu la négociation dont je vous ai déjà parlé – après qu'il m'a demandé ce qui s'était passé et pourquoi j'avais dû quitter Bari.

Question. — Vous lui avez tout raconté ?

Réponse. — Le strict nécessaire : qu'il y avait une fracture avec Grimaldi, que l'atmosphère était devenue très lourde et que je craignais pour ma sécurité. Je lui ai dit que je voulais rester là un moment en attendant de décider si je rentrais à Bari ou si j'émigrais définitivement dans le Nord.

Question. — Bevilacqua ne vous a pas demandé d'où venait la cocaïne ?

Réponse. — Non. Je pense qu'il se doutait de quelque chose, mais il n'a pas posé de questions.

Question. — Comment vous êtes-vous mis d'accord pour le paiement ?

Réponse. — Nous nous sommes entendus pour qu'il me prévienne dès qu'il aurait l'argent, j'irais alors chercher la marchandise pour la lui remettre. Cependant, comme je vous l'ai dit, en réalité j'avais déjà la drogue avec moi. Quand il est parti, j'ai trouvé un placard dans la cave et je l'ai cachée là.

Question. — L'affaire s'est conclue sans encombre ?

Réponse. — Oui. Deux jours après, Bevilacqua m'a téléphoné pour me dire qu'il avait l'argent, et nous nous sommes mis d'accord pour nous voir le lendemain. Il pensait donc que je devais me déplacer pour récupérer le chargement. En fait, j'ai décidé de venir à Bari pour de bon, parce que je voulais parler à des gens afin de me faire une idée de la situation.

Question. — Vous n'aviez plus eu de contacts avec personne, après votre départ ?

Réponse. — Seulement avec Pontrelli Cosimo, un affilié qui s'occupait de maquiller les véhicules volés ou de les préparer pour les hold-up, et de fabriquer les clefs pour ouvrir les voitures à piquer. Je l'avais appelé avant tout parce que c'était mon filleul, puisque j'avais présidé la *capriata* de son affiliation ; je savais aussi qu'il était bien intégré dans le milieu criminel, sans être trop proche de Grimaldi.

Question. — Vous avez dit à Pontrelli ce qui s'était passé ?

Réponse. — Non. J'avais un prétexte pour justifier mon coup de fil – je lui ai demandé combien de temps il lui fallait pour me procurer deux Lancia Thema – et je lui ai dit que j'étais en déplacement pour le travail.

Question. — Et quelle a été sa réaction ? Il savait ce qui s'était passé entre Grimaldi et vous ?

Réponse. — S'il le savait, il ne l'a pas laissé paraître. Il m'a parlé de manière très naturelle – il m'a dit qu'il avait besoin de deux ou trois jours pour les voitures si je lui confirmais la commande, ce à quoi j'ai répondu que je le recontacterais –, et surtout il n'a pas mentionné Capocchiani. Donc, à moins qu'il n'ait fait semblant, ce que je ne crois pas, au moment de mon coup de téléphone, la nouvelle n'avait pas encore circulé.

Question. — Grimaldi ne vous a pas cherché ?

Réponse. — Je ne sais pas. Je m'étais débarrassé de mon vieux téléphone et du numéro qui lui était attaché, et je m'en étais procuré un nouveau avant de quitter la ville.

Question. — Vous êtes parti seul en voiture ?

Réponse. — Oui. Même si l'absence des Losurdo allait être remarquée, et qu'il ne serait pas difficile à Grimaldi et aux siens d'imaginer qu'ils se trouvaient avec moi, je ne voulais pas que la situation s'ébruite trop vite.

Question. — Je vous informe qu'au cours des prochaines dépositions nous vous montrerons un album photographique afin de procéder aux identifications. En attendant, je vous demande de m'indiquer sommairement le nombre des affiliés de Grimaldi.

Réponse. — Pour répondre avec précision à cette question, il faut d'abord savoir que certains affiliés n'habitent pas dans notre zone et ne participent pas à la vie du groupe. Il s'agit d'individus qui ont « reçu la fleur » de la part de Grimaldi ou de ses filleuls, mais qui appartiennent à des clans distincts, dans d'autres zones de la région.

Question. — Expliquez-nous ce que signifie « recevoir la fleur ».

Réponse. — C'est une des expressions que nous utilisons pour désigner une affiliation ou une promotion. La « fleur » ou le « don » sont, autrement dit, le privilège de l'affiliation ou de la promotion.

Question. — Revenons-en au nombre d'affiliés.

Réponse. — Oui. Donc, les affiliés qui tirent leur statut mafieux directement ou indirectement de Grimaldi sont nombreux. Je ne pourrais pas vous indiquer exactement combien ils sont mais, au total, je dirais au moins deux cents, peut-être davantage. Les actifs, naturellement, il y en a moins, à vue de nez je dirais une cinquantaine. Il faut ajouter à cela les individus qui font partie du réseau des dealers de rue, qui ne sont pas affiliés (les meilleurs le deviennent après une période d'observation), mais qui doivent quand même rendre des comptes au clan et respecter toutes les règles afférentes au trafic de drogue. Je pense en particulier au partage du territoire en zones et au type de substance que chacun est autorisé à vendre.

Question. — Comment comptiez-vous mener une guerre contre un clan aussi nombreux, alors que seuls les frères Losurdo vous aidaient ?

Réponse. — J'avais un plan. Je comptais pratiquer une sorte de guérilla en me faisant aider, uniquement pour les questions logistiques, de quelques autres personnes sur place mais sans leur révéler mon identité, afin d'éviter les représailles. Ne pas être sur les lieux était un avantage, car les autres ne sauraient pas où nous chercher. Je me disais que, une fois que j'aurais tué deux ou trois membres importants du clan, j'aurais pu rallier à moi d'autres hommes avant de lancer une dernière attaque décisive. Une alternative à ce plan était de frapper deux ou trois fois avant de proposer la paix à Grimaldi. Mais en réalité, cette seconde option ne m'a jamais paru très réalisable.

Question. — Revenons-en au trajet de Pescara à Bari pour tâter le terrain. Qu'est-ce que ça a donné ?

Réponse. — Pas grand-chose. J'ai rencontré quelques individus, mais personne de premier plan. Deux gars m'ont dit que Grimaldi me cherchait, sans toutefois me donner l'impression de savoir pour quel motif. Ensuite, je suis rentré à Pescara. Je suis allé à mon rendez-vous avec Bevilacqua, il m'a donné l'argent et je lui ai remis la drogue. Là, je lui ai demandé s'il pouvait me procurer des armes. Il m'a interrogé sur mes intentions. Il craignait que je veuille accomplir une action dans sa zone, ce qui lui aurait attiré des problèmes. J'ai expliqué que j'avais besoin de ces armes pour un hold-up dans ma zone, et je lui ai garanti que je ne les conserverais pas dans le pavillon. Ayant reçu ces assurances, il a accepté et m'a dit qu'il pouvait me procurer quelques pistolets, un fusil semi-automatique et aussi, si je le voulais – mais là, ça allait me coûter cher –, un pistolet-mitrailleur Skorpion. J'ai répondu que la mitraillette et un revolver calibre .44 Magnum avec le numéro de série effacé m'iraient très bien. J'ai choisi le Skorpion, que j'avais déjà utilisé par le passé, parce que c'est une arme polyvalente : on peut la porter sur soi comme un pistolet normal, mais elle tire par rafales et, grâce à sa crosse rabattable, elle se transforme en véritable fusil-mitrailleur, qui permet aussi un tir très précis. Le .44 Magnum est un revolver très puissant, adapté aux actions au cours desquelles il faut perforer des portières et, en général, des carrosseries de voitures, avec des résultats certains. Quelques heures plus tard, Bevilacqua m'a remis ces armes avec les munitions correspondantes. Il m'a demandé en échange la somme de deux millions, que je lui ai donnée sans marchander. Ces armes aussi sont parmi celles que je vous ai indiquées.

Question. — Pourquoi lui avez-vous demandé ces armes ? N'en aviez-vous pas suffisamment ?

Réponse. — Pas pour faire face à d'éventuelles situations d'urgence. J'estimais que pour agir avec une relative sécurité nous devions disposer d'au moins deux armes par personne.

Question. — À ce moment-là, qu'avez-vous fait ?

Réponse. — Nous devions maintenant organiser une incursion. Venant de l'extérieur et ayant la nécessité de fuir, il nous fallait un objectif facile à identifier et qui ne nécessite pas de longs déplacements. C'est pour cela que nous avons choisi Carbone Gennaro, dit Stecc', que l'on pouvait facilement trouver devant un cercle à Palese, qu'il gérait pour le compte de Grimaldi.

Question. — Avant d'entrer dans le détail, fournissez-nous une vue d'ensemble des actions mises en œuvre dans votre guerre contre Grimaldi.

Réponse. — Nous avons effectué cinq descentes de Pescara à Bari et ses environs immédiats. Lors de la première descente, nous avons commis l'homicide de Carbone Gennaro. La deuxième fois, nous avons tourné pendant des heures entre Palese, Santo Spirito et Enziteto, sans trouver personne à frapper. Au cours de la troisième incursion, nous avons repéré Andriani Francesco, qui cependant nous a aperçus et est parvenu à se sauver en entrant dans un immeuble. La quatrième fois, nous avons pris pour cible une bijouterie de San Girolamo qui appartenait à Grimaldi, même si elle était formellement au nom de quelqu'un d'autre, pour y faire un hold-up. Notre cinquième descente a donné lieu à une fusillade à Enziteto, entre quelques hommes de Grimaldi et nous.

Question. — Je note que cette liste d'actions n'inclut pas l'enlèvement du fils de Grimaldi Nicola.

Réponse. — C'est parce que je n'ai rien à voir avec cet épisode.

Question. — Je vous fais remarquer que la coïncidence chronologique entre l'attaque portée par vous contre le clan Grimaldi et l'enlèvement du fils du chef de ce clan rend peu crédible l'hypothèse que vous soyez étranger à ce grave événement. Je vous invite à réfléchir à votre réponse.

Réponse. — Comme vous avez pu le constater lors de mes premières dépositions, je me suis déjà accusé de délits pour lesquels je n'étais même pas soupçonné et pour lesquels – en l'absence des avantages attachés à la collaboration – est prévue la perpétuité. Si mes amis et moi étions vraiment responsables de cet épisode, le nier serait un comportement absurde. Je n'en tirerais aucun profit et, d'autre part, je courrais le risque (si des éléments contre moi vous parvenaient d'autres sources) de perdre tous les avantages de la collaboration.

Question. — Pourquoi ne nous avez-vous pas immédiatement dit que vous étiez étranger à cet épisode ?

Réponse. — Je pourrais répondre qu'au cours de ces quatre jours nul ne me l'a demandé expressément. Mais évidemment, je savais bien que c'était une des affaires qui vous intéressaient le plus. Si j'ai choisi de ne pas nier tout de suite, à peine arrivé devant vous, ma responsabilité dans l'enlèvement du fils Grimaldi, c'est parce que je craignais qu'une telle entrée en matière ne suscite une méfiance instinctive à mon égard. J'ai décidé de raconter d'emblée les actions les plus graves que j'ai commises afin qu'il soit clair que ma décision de collaborer avec la justice est nette et irrévocable. Je me disais qu'après de telles déclarations il serait plus facile de vous convaincre que je suis étranger au kidnapping de l'enfant.

Question. — Si ce ne sont pas vos amis et vous qui avez enlevé le petit Grimaldi, alors qui a pu le faire?

Réponse. — Je me le suis demandé moi aussi, mais je n'ai pas trouvé de réponse. Si les auteurs de ce kidnapping appartiennent au milieu mafieux, j'ai envie de dire que ce sont des fous. Si l'on découvre qui a fait le coup, la vengeance de Grimaldi sera inévitable. En plus, dans un cas comme celui-là, il pourrait demander l'aide de n'importe qui, dans la région comme en dehors. Tout le monde serait prêt à lui donner un coup de main. Bref, une fois identifiés, les responsables de cette action seraient traqués sans pitié.

Question. — Et donc?

Réponse. — D'après moi, cela pourrait être le fait d'un maniaque, quelqu'un qui ignorait à qui était cet enfant.

Question. — Vous savez qu'une rançon a été payée?

Réponse. — Non, vous me l'apprenez à l'instant.

Question. — Vous êtes vraiment certain que vous n'avez rien à voir avec cet épisode? Dans le milieu criminel dont vous parlez, tout le monde est convaincu que vos amis et vous en êtes responsables.

Réponse. — Je comprends, et à leur place c'est aussi ce que je penserais, mais je ne peux que répéter que je suis étranger aux faits.

Question. — Avez-vous déjà commis des enlèvements à fin d'extorsion?

Réponse. — Oui, un kidnapping éclair.

Question. — C'est quoi, un kidnapping éclair?

Réponse. — Une pratique criminelle mise au point dans la région d'Andria et de Cerignola et qui, ces dernières années, s'est également diffusée chez nous. C'est très simple. Pour vous expliquer, je peux vous décrire ce que j'ai mis en œuvre moi-même en compagnie de Losurdo Simone.

Question. — Le même qui a ensuite été tué par Grimaldi et les siens ?

Réponse. — Oui. Nous avions repéré un grossiste en viande qui payait au noir la majeure partie de ses fournisseurs, et disposait donc de beaucoup d'argent liquide. Nous avons kidnappé son fils dans la périphérie de Triggiano, où celui-ci habitait, au moment où il s'apprêtait à monter en voiture. Aussitôt après, nous avons téléphoné au père en lui disant que nous voulions cinquante millions dans une heure, autrement nous trancherions la gorge de son fils ; nous avons aussi fait parler celui-ci au téléphone pour prouver qu'il ne s'agissait pas d'une plaisanterie. S'il remettait l'argent, son fils serait relâché aussitôt, sain et sauf. Inutile de dire que nous lui avons ordonné de ne prévenir ni la police ni les carabiniers. Je précise que la technique du kidnapping éclair implique de demander une rançon relativement basse, qui puisse être facilement rassemblée. Dans ce cas particulier, nous étions certains que l'homme disposait de cette somme en liquide, pour les raisons que je vous ai exposées.

Question. — Comment cela s'est-il passé ?

Réponse. — Comme sur des roulettes. On a dit au grossiste d'envelopper l'argent dans du papier journal et de le placer sous une poubelle. Un de mes hommes est allé le récupérer, on a vérifié que le compte y était et que les billets étaient des vrais, et puis on a relâché le fils dans la campagne, en prévenant son père qu'il pouvait aller le chercher. Après avoir récupéré l'argent, j'ai versé la part qui lui revenait à Grimaldi, selon la règle. Le délit avait été commis dans le territoire dont il était le chef. Vu ma position, je pouvais faire des actions de ce type sans l'avertir ni lui demander d'autorisation, mais je devais donc verser une taxe qui, généralement, s'élevait à dix pour cent.

Question. — Quel âge avait l'individu enlevé ?

Réponse. — C'était un adulte, il avait une vingtaine d'années. Comme je vous l'ai dit, nous l'avons enlevé en le menaçant de nos armes alors qu'il s'apprêtait à monter dans sa voiture.

Question. — À votre connaissance, ce fait a-t-il donné lieu à une plainte ?

Réponse. — Non, et je crois même qu'aucune plainte n'a jamais été déposée pour ce genre d'enlèvements. D'après moi, c'est un délit qui, dans les statistiques de la police, n'existe pas. Il faut dire qu'en général on choisit une personne qui a quelque chose à cacher et qui aura du mal à justifier d'avoir autant d'espèces à disposition, comme dans le cas de ce grossiste en viande, qui fraude abondamment le fisc. Comme je vous l'ai dit, il faisait presque tout au noir, et il n'avait évidemment pas envie de s'entendre demander par les forces de l'ordre comment il avait réussi à rassembler cinquante millions en moins d'une heure. Bref, je ne connais pas un cas où les choses se soient mal passées.

Question. — Sauf celui du petit Grimaldi.

Réponse. — Sauf celui du petit Grimaldi, bien sûr. Entre nous, on se disait que le kidnapping éclair était le délit parfait, parce que rapidement très rentable et presque impossible à élucider. On savait pourtant que quelqu'un, parmi les forces de l'ordre, était au courant de ce phénomène, mais cela ne nous inquiétait pas car, je le répète, il s'agit d'un délit qui ne laisse pas de trace, et nous étions certains que les victimes – à la fois les personnes kidnappées et la famille qui avait payé – ne parleraient jamais. En plus de la crainte ordinaire envers les manifestations de criminalité mafieuse qui est de règle dans le territoire où nous agissions (je doute en effet beaucoup qu'un tel procédé criminel fonctionne dans des zones sans domination mafieuse et, en général, sans climat d'intimidation; ainsi, je ne me serais jamais hasardé à une action de ce type, par exemple, à Florence ou à Bologne), le fait d'avoir vécu un kidnapping chez soi provoquait un sentiment de vulnérabilité, et puis il y avait aussi l'impression de l'avoir échappé belle et, finalement, à peu de frais. D'après moi, les personnes ayant subi une action de ce genre veulent simplement l'oublier le plus vite possible.

Question. — Vous avez dit que des membres des forces de l'ordre étaient au courant de cette pratique. Comme l'avaient-ils appris ?

Réponse. — Il me semble que des carabiniers – j'ignore de quelle division – ont posé quelques questions à droite et à gauche, et ils ont reçu confirmation qu'un tel phénomène existait.

Question. — Je vous fais remarquer que le *modus operandi* que vous nous avez décrit correspond à la première phase de l'enlèvement du petit Grimaldi.

Réponse. — Je sais, c'est la technique classique, même si parfois, au lieu de téléphoner directement à la famille, on appelle un intermédiaire. Ceci dit, je ne peux que répéter ce que je vous ai déjà dit plusieurs fois aujourd'hui : je ne peux pas vous raconter quelque chose que je n'ai pas fait. Je précise que je me suis présenté à vous pour entreprendre cette collaboration au moment où j'ai appris que le corps de l'enfant avait été retrouvé. J'avais espéré que le kidnappeur l'aurait relâché. Avant tout, parce que je souhaitais que l'enfant rentre chez lui, mais aussi parce que comme ça, ma responsabilité, que tout le monde semblait tenir pour acquise, aurait été écartée. En effet, le garçon aurait dit – à vous peut-être pas, mais à son père sûrement – que ce n'était pas moi qui l'avais enlevé. Il me connaissait bien, puisque j'étais souvent venu chez lui, y compris pour manger. Quand j'ai su que le gosse était mort, je me suis rendu compte que collaborer avec la justice était ma seule possibilité

– à la fois de me sauver tout court et aussi de pouvoir dire, avec quelque chance d'être cru, que je suis étranger à cette affaire. Si je ne m'étais pas présenté, j'aurais été traqué sans fin, et pas seulement par les hommes de Grimaldi.

À cet instant, à la demande de l'avocat de la défense qui souhaite s'entretenir en privé avec son client, le procès-verbal est brièvement suspendu à dix-neuf heures quinze, avant d'être rouvert en présence des mêmes personnes à dix-neuf heures trente.

Question. — Avez-vous quelque chose à ajouter à propos de l'enlèvement du petit Grimaldi ?

Réponse. — Non. Mon avocat aussi m'a invité à réfléchir et à dire la vérité, au cas où je taise quelque chose. Je confirme, sans rien modifier, toutes les déclarations faites jusqu'à présent.

À dix-neuf heures quarante, le procès-verbal est lu, approuvé et signé par toutes les parties présentes.

12

D'Angelo et Fenoglio se retrouvèrent dans le bureau du capitaine. Valente avait dû s'éloigner pour une raison inconnue, mais il avait mis son bureau – évidemment le plus confortable de la Division – à disposition.

« Qu'en pensez-vous ? Vous le croyez ? », demanda D'Angelo en se laissant tomber dans un fauteuil. Fenoglio réprima le réflexe de dire qu'il avait tout de suite pensé que ce n'étaient pas Lopez et les siens qui avaient fait le coup.

Il se disait souvent : *Ne prends pas prétexte d'une enquête pour essayer de montrer que tu es plus malin que les autres.* C'est là une des sources – peut-être la principale – des pires erreurs que l'on puisse faire, qui conduisent des innocents derrière les barreaux et des criminels en liberté.

Et pourtant oui, c'est ce qu'il avait tout de suite pensé, bien qu'il ait ensuite mis de côté cette idée comme étant un reflet de sa tendance à douter de tout et, en particulier, des solutions trop évidentes. Le fait est qu'en général les solutions qui semblent évidentes sont aussi les bonnes. Dans la plupart des cas, les événements et les comportements humains suivent des parcours linéaires, et les choses sont exactement ce qu'elles paraissent. Par conséquent, la plupart des cas se résolvent exactement ainsi : en prenant acte des données statistiques et en les appliquant aux situations concrètes. L'immense majorité des homicides est commise par des individus de sexe masculin, que la victime connaissait déjà. C'est là le préalable de n'importe quelle investigation sur une mort violente, dont tout enquêteur doit tenir compte pour formuler et vérifier ses hypothèses. Les faits sont presque toujours conformes aux statistiques, et il ne faut pas l'oublier.

Oui, *presque* toujours. Ça non plus, il ne faut pas l'oublier.

« Ça me paraît crédible. Évidemment, avouer être responsable de la mort d'un enfant n'est pas facile, en dehors même des conséquences matérielles. Du coup, son raisonnement – qu'est-ce que je gagnerais à nier, vu que je me suis déjà accusé de délits qui me vaudront la perpétuité ? – est logique, mais pas décisif. Il y a des choses difficiles à avouer parce qu'elles risquent d'écorner l'image que l'on a de soi. Du genre :

Je suis un criminel mais je ne m'en prends pas aux femmes et aux enfants. Ceci dit, je crois Lopez. Il dit d'ailleurs une autre chose convaincante: si, d'une manière ou d'une autre, nous finissons par apprendre que ce sont bien eux les responsables – par exemple si un des Losurdo décide de collaborer –, Lopez perd tout. Il est intelligent, et je ne crois pas qu'il prendrait un tel risque.»

D'Angelo alluma une autre cigarette. Elle dit machinalement «oui merci» à l'adjudant qui avait passé la tête pour demander s'ils voulaient un café. Elle arrangea une mèche de cheveux avec l'annulaire de la main qui tenait la cigarette.

— Et s'il nie parce qu'il craint la vengeance de Grimaldi?

— Ça, il doit la craindre de toute façon. Il a tué plusieurs de ses hommes, il a pris sa drogue, il a mis à mal sa réputation mafieuse et, dans peu de temps, il va le conduire en prison. Cela me semble plus que suffisant pour que le Blond veuille le voir mort.

— Vous avez raison. C'est juste que je m'étais persuadée de pouvoir clore le cas du petit Grimaldi, et je n'arrive pas à me résigner au fait qu'il n'en aille pas ainsi.

— Je comprends. Toutefois, cela ne signifie pas que nous devions nous résigner à ne pas attraper ceux qui ont fait le coup.

D'Angelo aspira la fumée et, avec le même geste qu'auparavant, elle arrangea sa mèche, la coinçant derrière son oreille.

— En effet, sur l'enlèvement, il n'y a absolument rien qui mette en cause Lopez et ses copains. Pas l'ombre d'un indice. Personne ne pourra venir nous dire que nous avons négligé quelque chose pour donner crédit coûte que coûte à un collaborateur de justice. Nous lui avons posé la question, nous avons même insisté, et il a dit que ce n'était pas lui, tout en s'accusant de délits très graves dont il n'était même pas suspecté. Notre décision d'accréditer sa fiabilité est ainsi suffisamment motivée. Les avocats y trouveront peut-être à redire mais, concrètement, il n'y a rien qu'ils puissent utiliser contre lui.

— C'est juste.

Oui, c'était juste. Alors pourquoi se sentait-il mal à l'aise, lui aussi ? En réalité, ce n'était pas une question difficile. Ils allaient continuer à écouter les récits de Lopez ; ils allaient enquêter pour obtenir les confirmations nécessaires ; ils allaient arrêter un tas de gens en assénant un coup mortel à cette mafia aussi misérable que dangereuse. Mais le cas le plus obscur parmi ceux qui s'étaient produits ces derniers temps resterait hors du cercle rassurant des enquêtes qui donnent un sens aux faits et apaisent l'anxiété.

Fenoglio savait très bien que cette enquête l'obséderait tant qu'ils ne parviendraient pas à la résoudre. Mais il y avait un problème : ils n'avaient aucune certitude d'y arriver. Ils n'en avaient jamais.

L'adjudant entra dans la pièce avec un plateau sur lequel il y avait deux cafés et aussi deux petites *pastiere* napolitaines. « Ne mettez pas des trucs comme ça devant moi, je suis gourmande et je suis grosse », dit D'Angelo, esquissant un sourire nerveux et prenant la pâtisserie.

Puis elle but son café et alluma une énième cigarette. Fenoglio se dit qu'elle fumait vraiment trop. Comme Serena. Serena. Coup dans l'estomac. Qui sait où elle était, en ce moment.

— Il y a quelque chose que je voulais vous demander depuis longtemps. Vous êtes piémontais, n'est-ce pas ? fit D'Angelo, interrompant à leur source les douloureuses réflexions du maréchal.

— Oui, de Turin.

— C'est une question stupide mais je vous la pose quand même, parce que Beppe Fenoglio est un de mes écrivains préférés. Avez-vous quelque lien de famille avec lui ?

— Dans ma famille, certains disaient que nous étions de lointains parents. Moi, franchement, je n'y ai jamais cru. Quand on est l'homonyme d'une personne célèbre et que l'on vient du même coin, il y a toujours quelqu'un dans la famille pour dire qu'on est parents. C'est une façon de se donner de l'importance.

D'Angelo joua un instant avec sa cigarette fumée à moitié, observant la braise comme si celle-ci cachait un mystère déterminant. « Pourtant, vous vous ressemblez un peu. »

13

À la date du 23 mai 1992 à Bari, à quinze heures trente, dans les bureaux du Centre d'investigations des carabiniers, devant le ministère public représenté par le substitut du procureur de la République, la *dottoressa* Gemma d'Angelo, assistée pour la rédaction du présent acte par le brigadier Ignazio Calcaterra et en présence, pour les nécessités de l'enquête, du capitaine Alberto Valente, du maréchal Pietro Fenoglio et de l'adjudant Antonio Pellecchia, tous en fonction à la Division des affaires criminelles auprès du Centre d'investigations des carabiniers de Bari, a comparu Lopez Vito, dont l'identité a déjà été déclinée dans des actes précédents. Est aussi présente l'avocate de la défense, Marianna Formica, du barreau de Bari, dans le cabinet de laquelle Lopez a élu formellement domicile.

Question. — Reprenons là où nous nous sommes arrêtés hier.

Réponse. — Je répète, comme je l'ai déjà mentionné dans le procès-verbal précédent, que nous avons effectué cinq incursions à Bari et dans les environs afin de frapper des membres du clan Grimaldi. Notre stratégie, si on peut l'appeler ainsi, était très simple. Nous nous arrangions pour voler de temps en temps une voiture, toujours dans la zone de Pescara. Nous choisissions des modèles compacts mais équipés de moteurs puissants, afin de diminuer le risque d'être contrôlés par hasard par les forces de l'ordre.

Question. — Expliquez-vous.

Réponse. — Lors d'un barrage, ce à quoi la police et les carabiniers prêtent le plus d'attention, ce sont les voitures voyantes de grosse cylindrée, avec plusieurs individus de sexe masculin à bord. Du coup, nous nous procurions de petits véhicules, mais dans les versions dotées de moteurs puissants, du genre Peugeot 205 Turbo ou Fiat Uno Turbo, les mêmes qui sont souvent utilisées pour les hold-up. Je précise qu'après avoir accompli notre action nous regagnions la zone de Pescara où nous les avions volées et les laissions dans la rue, de façon à ce que les propriétaires puissent les récupérer, laissant la police penser que des jeunes avaient juste fait une virée avec. Nous comptions sur le fait que dans ces cas-là on n'effectue pas de vérifications particulières, le véhicule étant aussitôt rendu à son propriétaire. Quand nous partions exécuter nos actions, et toujours avec l'objectif de ne pas nous faire remarquer ni arrêter par les forces de l'ordre, nous nous habillions avec soin, en costume-cravate. Ça aussi, ça réduisait le risque d'être contrôlés par hasard.

Question. — Et si vous étiez tombés sur un contrôle ?

Réponse. — Nous aurions ralenti pour faire semblant de nous arrêter, avant d'accélérer brusquement et de fuir. Je suis incapable de dire ce que nous aurions fait si on nous avait tiré dessus. Nous étions dans un tel état d'exaltation que nous aurions aussi pu riposter.

Question. — Quand vous partiez pour ces incursions, vous faisiez usage de cocaïne ?

Réponse. — Non. En fait, un des Losurdo aurait voulu le faire, mais je le lui ai interdit. La cocaïne donne une illusion de lucidité, mais quand l'effet s'arrête, ça peut être très dangereux en cas d'actions armées. Nous en prenions au retour, pour nous remonter : comme je vous l'ai dit, nous avions gardé une centaine de grammes sur la marchandise cédée à Bevilacqua.

Question. — Vous accomplissiez vos actions en costume-cravate ?

Réponse. — Non. Nous avions des tenues de chantier à usage unique, dont nous nous débarrassions après l'action en les jetant dans une poubelle. Je précise aussi que nous portions des passe-montagnes et des gants en latex dont nous nous débarrassions de la même manière.

Question. — Voulez-vous clarifier dans le procès-verbal pourquoi vous portiez passe-montagnes, vêtements de protection et gants ?

Réponse. — Pour réduire au maximum le risque de contamination par des résidus de poudre. Ayant fait l'objet de diverses enquêtes pour homicide par le passé (et ayant aussi évoqué plusieurs fois le sujet avec d'autres membres du clan), j'étais conscient que le premier test qu'effectue la police sur un suspect, après des coups de feu, c'est ce qu'on appelle l'analyse MEB-EDX, qui vérifie l'éventuelle présence – sur les mains, les cheveux ou les vêtements – de résidus de poudre. En nous couvrant ainsi, nous réduisions largement le risque qu'un contrôle puisse détecter que nous avions tiré.

Question. — Parlez-nous de la première action que vous avez effectuée.

Réponse. — Nous avons décidé de frapper Carbone Gennaro, dit la Queue parce que c'était un passionné de billard. Il était très fidèle à Grimaldi (il avait la troisième « qualité », mais on le disait promis à la quatrième), et son travail consistait en premier lieu à recueillir et distribuer l'argent destiné aux familles des détenus. Il gérait aussi un cercle récréatif à Palese, au fond duquel il y avait une salle de jeux clandestine très rentable. C'est pour ça qu'il était toujours là, souvent planté à l'extérieur du local. Il était facile de le trouver et de le frapper sans grande planification. En plus, c'était le cousin d'Abbinante Mario, un des exécutants de l'homicide Losurdo – une action contre lui prenait également la valeur d'une vengeance spécifique. Nous avions considéré la possibilité de frapper directement Grimaldi, mais ça c'était très difficile, vu qu'il est très prudent et toujours escorté. Il est soumis à la surveillance spéciale et va tous les jours émarger à la préfecture de police. Nous avions pensé le frapper quand il revenait après avoir signé, mais nous avions finalement écarté cette hypothèse, car trop dangereuse. Quoi qu'il en soit, notre plan d'action contre Carbone était flexible. Si nous avions croisé dans la rue, peut-être justement près du cercle récréatif, des exécutants matériels de l'homicide Losurdo ou bien des membres du clan Grimaldi haut placés dans la hiérarchie, nous les aurions attaqués. Et c'est ce qui nous est arrivé en effet, mais pas à l'occasion de cette première expédition.

Question. — Procédons dans l'ordre. Racontez-nous l'action contre Carbone.

Réponse. — Comme j'avais commencé à le dire, nous avons volé une voiture de petites dimensions mais dotée d'un moteur puissant : en l'espèce, une Renault 5 GT Turbo. Nous sommes partis dans l'après-midi, vêtus en costume-cravate. Nous avions mis dans le coffre la kalachnikov et la mitraillette Skorpion, déjà chargées et prêtes à tirer ; nous avions aussi les tenues de chantier et le reste de l'équipement. Je portais le .44 Magnum sur moi.

Nous sommes arrivés sur place peu après le coucher du soleil, je ne saurais pas dire l'heure précise. Nous sommes passés devant le cercle géré par Carbone et l'avons vu près de l'entrée, à son habitude, et comme s'il nous attendait. Avec lui, il y avait un autre gars de Grimaldi, un certain Dangella. Affilié récemment avec la deuxième « qualité », on lui prédisait le Sgarro pour bientôt. Nous avons décidé de les descendre tous les deux.

Question. — Comment avez-vous agi alors ?

Réponse. — Nous sommes allés nous changer pas loin de là, dans un garage dont nous avions les clefs. On a enlevé nos vestes, et on a enfilé les tenues de chantier – très faciles à mettre et à enlever – et tout le reste. Ensuite, on est rapidement retournés vers le cercle. Arrivés sur place, on a découvert que Dangella était parti (ou peut-être était-il simplement à l'intérieur), mais que Carbone était encore là. Losurdo Pasquale est resté au volant, Losurdo Antonio et moi sommes descendus du véhicule. Quand il nous a vus arriver, Carbone n'a pas tout de suite compris que nous étions là pour lui, ou du moins il n'a rien fait qui laisse voir qu'il avait compris. J'ai presque eu l'impression qu'il s'apprêtait à nous dire quelque chose, comme pour nous demander qui nous étions ou ce que nous voulions. Losurdo l'a fauché d'une rafale de mitraillette. Carbone est tombé à terre, je me suis approché et lui ai logé deux balles de .44 Magnum. Puis nous sommes aussitôt remontés en voiture et avons vite pris le large. Pendant notre fuite, nous avons ôté nos tenues et les avons mises, avec tout le reste, dans un grand sac poubelle, qu'après quelques kilomètres nous avons jeté dans une benne. Puis on est allés dissimuler les armes dans notre *cupa* habituelle. Enfin, on s'est remis en route pour regagner Pescara. On est arrivés de nuit, on a abandonné la voiture – après l'avoir nettoyée – pas loin de là où on l'avait prise, et on est rentrés chez nous à pied.

Question. — Vous avez su qu'un passant a été blessé au cours de cette action ?

Réponse. — Oui, nous avons entendu la nouvelle à la radio, sur le chemin du retour.

Question. — Parlez-nous de la deuxième incursion.

Réponse. — Elle a eu lieu une semaine plus tard. Nous avions décidé de chercher les proches de Grimaldi qui contrôlaient le quartier d'Enziteto, entre autres en gérant l'occupation illégale des logements sociaux. Il s'agit d'un business assez rentable – il y en a énormément, des logements sociaux occupés –, mais surtout fondamental pour le contrôle du territoire.

Question. — Qu'entendez-vous par là ?

Réponse. — Gérer les logements sociaux, décider qui peut y entrer et qui doit en sortir, c'est une façon importante de manifester son pouvoir criminel. Si on est capable de faire une chose comme ça dans une zone donnée, c'est comme si on était la Loi.

Comme si on était l'État, le maire, ou un juge. On est celui qui commande véritablement les lieux, on est celui qu'il faut aller voir non seulement pour acheter de la drogue ou pour d'autres questions typiquement criminelles, mais aussi pour résoudre des litiges et pour obtenir ce qui t'est dû et que l'État n'est pas capable de te garantir. Frapper celui qui s'occupait de gérer cette partie importante de l'activité criminelle pouvait être un acte de guerre à forte valeur symbolique. Cela signifiait attaquer au cœur le système de contrôle du territoire.

Question. — Vous avez donc programmé cette action. Comment s'est-elle déroulée ?

Réponse. — Nous sommes partis le matin de Pescara et nous sommes dirigés vers Enziteto. Avant cela, nous sommes passés par la *cupa* où nous avions caché nos armes. On a patrouillé dans Enziteto pendant une heure, sans trouver aucune cible. Beaucoup de gens nous ont remarqués, ce qui ne nous gênait pas, car cela voulait dire que tout le monde serait au courant de notre existence, de notre défi. Mais ça ne pouvait pas durer trop longtemps, parce qu'on risquait de voir les hommes de Grimaldi arriver en force, ou quelqu'un pouvait prévenir les carabiniers. Bref, après une heure de rondes infructueuses, on n'est partis sans avoir rien fait.

Question. — Passons à la troisième incursion.

Réponse. — Je crois que c'était trois jours plus tard, et l'action s'est déroulée d'une façon très semblable à la deuxième, à part que nous sommes arrivés à Enziteto dans la soirée. Cette fois, nous avons réussi à repérer un des fidèles de Grimaldi, à savoir Andriani Francesco, qui cependant s'est rendu compte de notre présence à temps. Nous sommes descendus de voiture et avons tiré mais à distance, et il est parvenu à se sauver en se réfugiant dans un immeuble.

Notre quatrième incursion nous a conduits près d'une bijouterie de San Girolamo qui appartenait à Grimaldi – bien qu'elle soit officiellement à un prête-nom –, et nous l'avons dévalisée. J'ajoute que nous avons eu une discussion sur la manière de procéder, au sens où un des Losurdo voulait aussi *gambizzare* le bijoutier, qui en réalité n'était qu'un employé. Pour être plus précis : à l'origine, cet homme était bien le propriétaire de la boutique, mais ensuite il avait eu recours à des prêts usuriers et n'avait pas pu payer les énormes intérêts demandés. Pour finir, il avait été obligé de céder son activité, même si formellement il en demeurait propriétaire et s'il continuait à y travailler, mais en réalité il n'était plus qu'un simple employé.

Question. — Vous disiez qu'il y avait eu une discussion entre vous sur l'opportunité de *gambizzare* ce bijoutier.

Réponse. — Losurdo Antonio voulait lui tirer dans les jambes, mais je lui ai dit que ce n'était pas juste. Cet homme n'était pas un affilié de Grimaldi et, à sa façon, il en était même une victime, lui faire du mal n'était donc pas juste. L'autre Losurdo était d'accord avec moi, ainsi l'idée a-t-elle été écartée.

Question. — Quand avez-vous appris l'enlèvement du petit Damiano Grimaldi ?

Réponse. — Deux jours après notre dernière expédition, celle où il y a eu l'échange de coups de feu à Enziteto. Au moment de la fusillade, le kidnapping avait déjà eu lieu, mais nous ne le savions pas.

Question. — Racontez-nous cet épisode.

Réponse. — Nous étions retournés à Enziteto, encore une fois à la recherche d'affiliés ou, si possible, de lieutenants de Grimaldi. Nous tournions sans succès depuis environ une demi-heure lorsque nous avons remarqué une BMW avec quatre individus à bord. Parmi eux, j'en ai reconnu deux, dont seuls les surnoms me reviennent pour le moment : Pelé et Gino 'u Uastat', le Fêlé, une allusion au fait qu'il soit fou. Les deux autres, je ne les ai pas bien vus, et donc pas reconnus. Pelé et le Fêlé sont tous deux des individus très dangereux, spécialisés dans le braquage de fourgons blindés. Ils ne sont pas affiliés, mais ce sont de grands amis de Grimaldi.

Quand ils nous ont repérés, ils ont arrêté leur véhicule et en sont tous descendus, armés de pistolets et d'un fusil. C'est moi qui étais au volant ; j'ai fait un tête-à-queue, et suis parvenu à mettre notre voiture dans une position partiellement abritée derrière un camion.

Question. — Comment est-il possible que dans les rues de la ville vous ayez pu effectuer une manœuvre de ce genre ?

Réponse. — Nous n'étions pas dans une rue normale de la ville. Nous étions à Enziteto, un quartier beaucoup plus dégagé que les autres et souvent vide où, à plein d'endroits, il n'y a même pas une voiture garée.

Question. — Que s'est-il passé ensuite ?

Réponse. — Nous sommes sortis de voiture tous les trois et nous sommes mis à tirer comme des fous. Les autres ont fait de même. Je ne sais pas dire combien de temps a duré l'échange, je dirais quelques dizaines de secondes tout au plus. Plusieurs balles ont atteint notre auto, mais aucun d'entre nous n'a été blessé. J'ignore s'il y a eu des blessés parmi eux, mais je n'ai vu personne tomber à terre.

Question. — Comment s'est conclu cet épisode ?

Réponse. — Lors d'une pause dans la fusillade – eux comme nous avions vidé nos chargeurs –, nous sommes remontés en voiture et avons fui. Ils ont commencé à nous poursuivre, mais j'ai vite réussi à les semer. En réalité, je crois qu'ils ont renoncé à nous filer parce que c'était trop dangereux, y compris parce que cela risquait de provoquer une intervention des forces de police.

Question. — Qu'avez-vous fait du véhicule ?

Réponse. — Nous l'avons brûlé dans la zone de San Ferdinando di Puglia. Évidemment, nous ne pouvions pas faire comme avec les autres, c'est-à-dire le laisser près de l'endroit où on l'avait volé pour qu'il soit retrouvé. Avant de nous en débarrasser, nous avons laissé les armes dans la *cupa*, là où je vous les ai montrées.

Question. — Comment êtes-vous rentrés dans les Abruzzes ?

Réponse. — À San Ferdinando, j'avais un ami et acolyte, Curci Giuseppe. Je l'ai appelé en lui disant que j'avais un problème urgent et que j'avais besoin d'une voiture « propre ». Il n'a posé aucune question – d'ailleurs il me devait pas mal de faveurs – et, en moins d'une demi-heure, il m'a fait apporter par l'un de ses hommes une Fiat Ritmo, avec laquelle nous sommes rentrés à Pescara.

Question. — Curci était au courant de la guerre que vous aviez déclenchée contre Grimaldi ?

Réponse. — Je ne sais pas. En tout cas, je ne lui en ai pas parlé, et lui ne m'a rien demandé.

Question. — Nous discutions de quand et comment vous avez appris l'enlèvement de l'enfant.

Réponse. — Oui. Après la fusillade dont je viens de parler, quelques hommes de Grimaldi ont débarqué chez la sœur de ma femme et ont roué de coups son mari, De Bellis Raffaele. Puis ils lui ont tiré dans les jambes et ont dit que si l'enfant n'était pas relâché tout de suite alors ils reviendraient et, là, ils violeraient et tueraient sa femme devant lui, avant de le brûler vif. Évidemment, il n'a pas compris de quoi ils parlaient, mais ils lui ont dit de me faire passer le message.

Question. — Votre beau-frère est-il impliqué dans des activités criminelles ?

Réponse. — Non, c'est un gars tranquille et « propre », un maçon. La sœur de ma femme a appelé celle-ci sur son portable et lui a tout raconté. Mon épouse s'est mise très en colère contre moi, elle m'a demandé ce qui s'était passé et si c'était vrai que nous avions kidnappé un enfant. Je suis tombé des nues et lui ai juré que nous n'avions rien à voir avec ça, que je n'étais même pas au courant.

Question. — Et après ?

Réponse. — J'ai passé quelques coups de fil à des personnes en qui j'avais confiance. Elles m'ont dit que le fils de Grimaldi avait été enlevé. Tout le monde pensait que c'était nous qui avions fait le coup, et nous étions recherchés à la fois par les hommes de Grimaldi et par les forces de l'ordre.

Question. — Quelle a été votre réaction ?

Réponse. — Ça m'a beaucoup inquiété. Quand j'ai rapporté la nouvelle aux deux Losurdo, ils ont été saisis de panique et, après de longues discussions, ils ont dit qu'ils voulaient tout laisser tomber et fuir. Je n'ai pas pu les faire changer d'avis et, du reste, ils n'avaient pas tort. Maintenant, la situation devenait très difficile à tenir. Mener une guerre contre Grimaldi était déjà en soi une chose très dangereuse. Être soupçonné d'une action aussi grave et exceptionnelle que le kidnapping d'un enfant et faire l'objet d'une chasse à l'homme à la fois de la part du clan Grimaldi et des forces de police, c'en était une autre.

Question. — Les Losurdo sont partis ?

Réponse. — Oui. Ils m'ont demandé leur part de la caisse commune, à savoir l'argent de la drogue et la recette du braquage chez le bijoutier. J'ai réalisé qu'ils ne reviendraient pas sur leur décision, alors je la leur ai remise et ils sont partis avec l'intention de gagner l'autre rivage de l'Adriatique et de s'établir au Monténégro, où habite un de leurs cousins qui s'occupe de contrebande de cigarettes, et où il n'existe pas de danger d'être soumis à un mandat d'extradition.

Question. — Où est la part de l'argent que vous avez gardée pour vous ?

Réponse. — Je l'ai laissée à ma femme.

Question. — Vous êtes conscient que vous devrez nous remettre cet argent, ainsi que toutes les recettes liées aux activités illicites dans lesquelles vous avez été impliqué, et que ceci est une condition pour que l'accès aux avantages de la collaboration vous soit reconnu ?

Réponse. — Oui, j'en suis conscient. Je vous confirme que j'ai l'intention de collaborer pleinement, y compris en ce qui concerne les questions patrimoniales.

Question. — Savez-vous si les Losurdo ont réussi à rejoindre le Monténégro ?

Réponse. — Je l'ignore, je n'ai plus eu de nouvelles d'eux.

Question. — À ce moment-là, qu'avez-vous décidé de faire ?

Réponse. — Les événements se sont précipités. Les flics avaient trouvé la voiture criblée de balles et calcinée que nous avions utilisée lors de notre dernière expédition, et ils étaient remontés jusqu'à la zone où le véhicule avait été volé.

Question. — Comment avez-vous appris cela ?

Réponse. — C'est Bevilacqua qui me l'a dit. Il est venu nous voir, très préoccupé. La police et les carabiniers causaient un tas de problèmes dans sa zone avec des perquisitions et des contrôles, et il avait compris que cela avait un rapport avec nous. Il nous a demandé de quitter la maison au plus vite. Savoir ce que j'avais fait ne l'intéressait pas, mais il ne voulait pas y être mêlé.

Question. — Et vous ?

Réponse. — Nous n'avions guère le choix. Même si nous n'avions pas été d'accord, il n'était pas imaginable de rester là contre la volonté de Bevilacqua qui, en plus d'être le maître de maison, était pour ainsi dire le maître du territoire. Il aurait pu nous chasser de force en faisant appel à ses hommes, ou informer les forces de l'ordre de notre présence sur les lieux. Mais, en dehors de ça, j'étais convaincu moi-même qu'il fallait partir : ce n'était qu'une question de temps avant que la police et les carabiniers ne nous trouvent.

Aussi ai-je tranquillisé Bevilacqua en lui disant que nous allions quitter la maison quelques heures plus tard.

Question. — Comment vous êtes-vous organisés ?

Réponse. — J'ai accompagné ma femme et mon fils chez des parents qui habitent près de Piacenza, là où ensuite vous êtes allés les chercher pour les emmener dans la localité où ils sont protégés. Quand nous sommes arrivés, j'ai entendu à la radio que le corps de l'enfant avait été retrouvé. À ce moment-là, je me suis rendu compte que je n'avais plus le choix. Après quelques heures de repos, j'ai repris la voiture, je suis redescendu à Bari et j'ai contacté un carabinier que je connaissais depuis longtemps. Je l'ai informé de mes intentions. Le soir même, je vous ai rencontrée pour mon premier interrogatoire.

Question. — Nous allons maintenant vous soumettre un album photographique. Pour chaque photo, vous nous direz si vous connaissez la personne représentée, si vous connaissez son nom et/ou son surnom, et s'il s'agit d'un sujet appartenant à l'association mafieuse dont Grimaldi est le chef ou à un autre groupe criminel. Si vous n'êtes pas sûr de reconnaître quelqu'un, vous êtes prié de le dire.

Il est pris acte que Lopez commence à examiner l'album susmentionné.

À dix-huit heures cinquante, avant que le procès-verbal d'identification ait commencé, et prenant acte que le déclarant a déjà visionné les premières pages de l'album photographique, le présent acte est suspendu pour des raisons graves non inhérentes à la procédure en cours.

Lu, approuvé et signé.

14

Lopez avait à peine commencé à feuilleter l'album photographique lorsque l'on frappa à la porte.

« Entrez », dit D'Angelo en réprimant un geste d'humeur devant cette interruption.

La porte s'ouvrit lentement et le colonel Morelli passa la tête. Il n'était jamais venu dans cette pièce depuis que Lopez avait commencé à collaborer. Les militaires se mirent debout. Lopez aussi, juste après eux, se leva. Morelli n'entra pas. « Excusez-moi, *dottoressa*, puis-je vous parler un instant ? »

Il y avait quelque chose d'étrange : la voix du colonel était hésitante. Or, Morelli était très militaire, dans ses gestes comme dans ses intonations. Privé de nuances, totalement en adéquation avec l'idée qu'on se fait traditionnellement de la manière dont doit se comporter celui qui commande.

Pourtant, en ce moment, sa voix et ses mouvements étaient incertains. Et puis, il était venu seul. Ça aussi, c'était inhabituel, pensa Fenoglio. Les officiers se déplacent rarement seuls ; ils ont toujours quelqu'un pour les accompagner. C'est une façon de souligner symboliquement leur fonction et de rappeler la hiérarchie. Le commandant – c'est-à-dire son corps – ne voyage jamais seul, il est toujours accompagné de quelque segment de la hiérarchie qu'il représente.

Or, cet après-midi-là, Morelli était seul. Aucune hiérarchie, aucun symbole, aucun rituel. Quelque chose n'allait pas.

D'Angelo balaya un instant la pièce du regard.

— Bien sûr, finit-elle par dire, et elle se leva en prenant son paquet de cigarettes.

— Viens toi aussi, Valente, dit le colonel au capitaine tout en disparaissant dans le couloir.

— Le colonel faisait une drôle de tête, commenta Pellecchia après deux ou trois minutes de silence.

— Qu'est-ce qui a pu se passer ? demanda Me Formica.

Quelque chose de très grave, pensa Fenoglio. Quelqu'un avait été tué, peut-être un parent de Lopez. Il s'était produit quelque chose qui bouleversait la situation.

D'Angelo revint une dizaine de minutes plus tard, sans le capitaine. Elle avait les yeux humides et l'air perdu. Elle semblait ne reconnaître ni la pièce ni les personnes.

— Il faut suspendre le procès-verbal. C'est-à-dire qu'il faut l'interrompre… on ne peut pas continuer.

— Que s'est-il passé, *dottoressa* ?

Elle ne répondit rien. Elle n'avait sans doute pas même entendu la voix de Fenoglio.

« Brigadier, prenez note, dit-elle les yeux dans le vide. À… – elle regarda sa montre, fixant le cadran pendant plusieurs secondes – à dix-huit heures cinquante, avant que le procès-verbal d'identification ait commencé, et prenant acte que le déclarant a déjà visionné les premières pages de l'album photographique, le présent acte est suspendu pour des raisons graves non inhérentes à la procédure en cours. »

Elle dicta en détachant ses mots, mais on aurait dit que sa voix venait d'ailleurs. « Imprimez le procès-verbal, s'il vous plaît. On reprend lundi. Excusez-moi, maître, mais je vous ferai communiquer l'heure du prochain interrogatoire par téléphone. Excusez-moi, répéta-t-elle, mais il y a eu… » Ses paroles restèrent en suspens quelques secondes, peut-être davantage.

— Il y a eu un attentat. Ils ont fait sauter l'autoroute.

— Où ça ? demanda Fenoglio.

— À Palerme. On dit qu'il y a des survivants, il paraît que Falcone et sa femme ont été conduits à l'hôpital.

Dans les situations les plus tragiques, nous avons tendance à mémoriser des détails apparemment insignifiants. Ce qui resta gravé dans la mémoire de Fenoglio, ce fut la tête du brigadier Calcaterra.

D'habitude, il avait toujours un visage immobile, sans expression. Comme si rien ne l'intéressait hormis coucher des procès-verbaux sur le papier. Transformer sous la dictée des faits terribles et sanglants en langue bureaucratique et aseptisée, en les stérilisant, en les privant de l'incompréhensible violence de la vie, en les domestiquant, et en les faisant devenir matériau de dossiers et d'archives.

Calcaterra avait l'air abasourdi. Ses lèvres tremblèrent deux ou trois fois; il se frotta les yeux; il se moucha à plusieurs reprises. «Je suis de Palerme, moi», murmura-t-il confus, presque pour se justifier.

Ils allèrent dans le bureau du capitaine et entendirent en direct de la bouche d'Angela Buttiglione, la présentatrice du journal télévisé, que Giovanni Falcone était mort à dix-neuf heures sept.

«J'ai besoin d'aller prendre l'air. Je rentre chez moi à pied. Je ne veux pas d'escorte, s'il vous plaît», dit D'Angelo après quelques interminables minutes de silence. Le capitaine s'apprêtait à dire quelque chose comme: *Ce n'est pas possible, ne nous mettez pas en difficulté dans un moment pareil, nous ne pouvons pas vous laisser partir sans escorte*, etc.

« Je vous accompagne, *dottoressa*», intervint Fenoglio. Elle le regarda comme s'il avait parlé une autre langue et qu'elle avait besoin de traduire ses paroles. «D'accord», finit-elle par dire.

Ils furent bientôt dehors, sur le bord de mer. L'air était frais et sec. D'Angelo donna un coup de pied dans une canette de bière. Fenoglio se rendit compte qu'une multitude de pensées incongrues lui passaient par la tête. Mais y avait-il quelque chose d'inhabituel en cela ? C'est que d'ordinaire nous ne faisons pas attention au flux de pensées qui nous traversent – et qui sont toujours incongrues –, à part si l'une d'entre elles se met vraiment à nous harceler.

— Vous l'avez connu, le juge Falcone ?

— Oui, répondit-elle aussitôt, comme si elle s'attendait précisément à cette question. Je l'ai croisé il y a quelques années, lors d'une journée d'études au Conseil supérieur de la magistrature. C'était une formation sur la criminalité organisée qui s'adressait à nous, les jeunes magistrats qui devions aller travailler en Sicile et en Calabre.

— Il a fait une communication ?

— Oui. Même si je dois dire que du contenu spécifique de sa communication je ne me rappelle presque plus rien. Sur le moment, j'ai pensé que c'était intéressant, qu'il parlait bien et qu'on suivait le fil de son discours sans effort, mais aujourd'hui je ne saurais pas dire de quoi il a parlé. D'enquêtes sur la Mafia, évidemment, mais je ne me rappelle rien de précis. En revanche, je me souviens bien du déjeuner qui a suivi les interventions de la matinée. Dans le restaurant, il y avait de grandes tables rondes pour dix personnes, sans places attribuées. J'étais avec des collègues de mon cours, et avec d'autres que je ne connaissais pas. Falcone est arrivé en dernier, alors qu'il ne restait plus qu'une place libre, juste à côté de moi, et il a demandé s'il pouvait s'y asseoir. Nous lui avons dit, bien sûr, qu'il pouvait prendre place, et c'est ainsi que j'ai connu personnellement Giovanni Falcone. Cela a été une sensation très... singulière. Je ne trouve pas de mot plus adéquat.

— Pourquoi singulière ?

— Vous devez imaginer la scène... c'est un peu comme si un personnage historique ou de roman venait s'asseoir à votre table. Autrement dit, quelqu'un de trop éloigné de vous pour paraître réel. Et puis, justement, il est assis à votre table, il bavarde avec vous, il vous demande de le tutoyer et... bref, il est normal. Sympathique, même. Assez sympathique. Pas *très* sympathique – et ce n'est pas là un euphémisme pour dire qu'il était antipathique, non, il faut faire attention aux mots. Non, je veux dire exactement ce que j'ai dit : il était assez sympathique. Très détendu, à l'aise. Normal – il ne me vient pas d'autre mot. Et pourtant, on le savait bien, qu'il n'était pas normal. On le savait bien, ce qu'il avait fait et ce qu'il était en train de faire, et on se disait qu'à ce moment même, exactement à ce moment, il y avait des gens extrêmement dangereux qui réfléchissaient à la manière de le tuer, cet homme normal avec qui on discutait de façon normale. Et moi qui n'étais qu'une débutante – j'avais vingt-sept ans –, je me disais : *Qui va gagner ? eux ou nous ?* C'est ce que j'avais en tête alors que j'essayais de dire des choses qui lui permettraient de se souvenir de moi – mais je ne crois pas y être parvenue. On ne peut donc pas dire que nous nous *connaissions*. Si quelqu'un était venu lui demander : « Vous connaissez Gemma D'Angelo ? », il aurait répondu qu'il était désolé, mais que ça ne lui disait rien. C'est en tout cas mon impression.

Elle s'arrêta dans un des petits jardins publics juste en face de la mer. C'était maintenant le crépuscule. Elle s'assit sur un banc et Fenoglio l'imita. Il était un peu gêné mais, en même temps, la situation lui paraissait naturelle. Elle prit son paquet de cigarettes et, d'un geste machinal, en proposa une au maréchal. Cette fois, il accepta.

Ils fumèrent l'un à côté de l'autre, le regard tourné vers la mer. Les pensées de Fenoglio se remirent en mouvement, incontrôlées. Mais quand l'a-t-on jamais, le contrôle de ses pensées ? Il se dit qu'il n'avait pas envie de rentrer chez lui. Il se dit qu'il aurait dû être en colère contre Serena mais que, chose absurde, il ne l'était pas. Il se dit qu'il aurait simplement voulu qu'elle revienne. Un monsieur passa avec un gros corniaud qui tirait sur sa laisse. L'animal s'approcha de D'Angelo, et celle-ci lui caressa le museau avec les gestes de celle qui a l'habitude des bêtes et n'en a jamais eu peur.

— Vous avez un chien, *dottoressa* ? demanda Fenoglio dès qu'ils furent à nouveau seuls.

— J'en ai eu un quand j'étais jeune, chez mes parents. Aujourd'hui encore, j'aimerais beaucoup en avoir un, mais comment faire, quand on habite seule ? Et vous ?

— Non. Parfois, je suis tenté.

— Il avait un sourire ironique, Giovanni Falcone. Mais une ironie à peine esquissée. Pendant que je l'observais, à table, je me disais que cette ironie discrète, c'était comme un antidote. Normalité et ironie. C'est peut-être ainsi que l'on affronte le monstre. Voilà, la leçon de cette journée d'études, ce ne fut pas le contenu de la communication qu'il nous avait faite, cette communication que j'ai oubliée. La leçon, ce fut ce déjeuner : le fait d'être là, normal, avec un sourire vaguement ironique, et de tutoyer les jeunes collègues. C'était comme s'il disait : *Nous savons tous que je suis – mais en réalité, que* nous sommes *– au milieu d'un jeu mortellement dangereux. Pourtant, même ça, ça ne nous empêchera pas de sourire. Autrement, les autres auraient déjà gagné.*

Elle éteignit sa cigarette et en alluma aussitôt une autre.

« Pourquoi avez-vous décidé d'entrer dans la magistrature ? » D'Angelo sourit en secouant la tête. « Pour moi, c'était une espèce de mission. Falcone et les autres étaient mes héros. Je voulais devenir magistrate parce que je voulais être comme eux. »

Fenoglio acquiesça. Elle mit les pieds sur le banc et prit ses genoux entre les bras. Quelques minutes s'écoulèrent sans qu'ils échangent un mot.

— Je peux vous dire un truc absurde, maréchal ? J'ai faim.

— Ce n'est pas absurde. Ça s'appelle l'instinct de survie, sous l'une de ses multiples formes.

— Vous pourriez peut-être m'accompagner jusqu'à une pizzeria. Vous m'y laissez et après je rentrerai seule, ne vous en faites pas.

— *Dottoressa*, ne me mettez pas en difficulté. Déjà que nous ne devrions pas être ici, assis sur un banc ; déjà que vous n'auriez pas dû sortir seule, sans les hommes de l'escorte. Je vous accompagne jusqu'à la pizzeria, mais je ne peux pas vous y laisser seule. On va téléphoner...

— Non, je vous en prie, je n'ai pas envie. Les hommes de l'escorte sont très bien, mais leur compagnie ne me dit rien, en ce moment.

— Alors c'est moi qui attendrai. Vous mangez votre pizza, et après je vous raccompagne chez vous.

— C'est hors de question, vous ne pouvez pas rester planté là à m'attendre. Dans ce cas, je vous invite, et ensuite vous me raccompagnez, si ça peut vous rassurer.

— Oui, ça me rassure.

— C'est juste que je ne voudrais pas vous causer d'ennuis avec votre famille. On doit vous attendre à la maison.

— Aucun problème, d'ailleurs moi aussi j'avais envie de manger un morceau.

Elle sembla sur le point de lui demander quelque chose, mais elle y renonça.

Ils se rendirent dans une petite pizzeria du quartier Madonnella et s'assirent à une table au fond du local, Fenoglio se plaçant contre le mur, de façon à pouvoir contrôler les entrées et les sorties.

— Je venais ici avec mes amies quand j'étais étudiante, dit D'Angelo en allumant une énième cigarette.

— Vous êtes de Bari même, *dottoressa*?

— Mon père est de Bari et ma mère sicilienne. Il est avocat en droit civil et elle enseigne les lettres au lycée.

Ma femme aussi enseigne les lettres, se dit-il. Mais elle n'est plus à la maison. Elle a peut-être quelqu'un d'autre. Je ne sais pas.

— Quel a été votre premier poste?

— J'ai fait trois ans à Palmi.

— Toujours au parquet?

— J'ai été juge d'instruction et puis pendant quelques mois, quand le nouveau code est entré en vigueur, juge chargée des enquêtes préliminaires. Ensuite, j'ai été mutée ici.

— Palmi, ça n'a pas dû être une sinécure.

Elle retrouva le sourire. «Non, ce n'était pas une sinécure.»

Le serveur arriva avec *tarallini*, olives, petits cubes de *provolone* et deux bières. Il prit la commande pour les pizzas – tous deux prirent la même: fanes de navet, anchois et chapelure – avant de s'éclipser comme seuls certains serveurs savent le faire. « Tout à l'heure, sur le banc, vous parliez de mission. » Elle prit encore son paquet de cigarettes et l'observa un instant, comme si c'était un objet tout nouveau, avant de le ranger.

— Je fume vraiment trop. La prochaine, ce sera après le dîner.

— Bonne idée.

— La mission, oui. Nous étions jeunes et nous voulions changer le monde. Certains pensaient le faire avec la politique. Moi, il me semblait que la meilleure manière, c'était de devenir magistrat. Sans faire de compromis. D'un côté, il y avait les méchants – ceux qui fraudent le fisc, les corrompus, les pollueurs, les mafieux, les tricheurs en tout genre. Moi, je serais de l'autre côté, et je me battrais. Disons que c'était un peu naïf. Il m'a fallu pas mal de temps pour me rendre compte que les choses étaient plus compliquées que ça.

Elle but un peu de bière, mangea un *tarallino* et un bout de fromage. Fenoglio fit les mêmes gestes, dans le même ordre.

— Vous savez quel a été le plus beau moment de ma vie ? demanda-t-elle.

— Lequel ?

— Nous attendions les résultats des écrits du concours. Un matin, la nouvelle a circulé qu'ils avaient été publiés. Pour les connaître, il suffisait de téléphoner à un numéro du ministère de la Justice. On donnait son nom, et l'employé qui s'occupait des renseignements nous disait si on était admis aux oraux. Une de mes amies – nous avions travaillé ensemble pour les écrits – avait déjà appelé, et on lui avait appris qu'elle avait réussi l'examen. Je ne sais pas pourquoi, mais je me suis persuadée qu'elle avait également demandé mes résultats, qu'on lui avait répondu que j'avais échoué, et qu'elle n'avait pas eu le courage de me le dire. Aussi ai-je téléphoné en proie à un véritable sentiment de désespoir – et je n'exagère pas. Quand j'ai donné mon nom à l'employé, je crois que j'en balbutiais. Il a feuilleté le registre – j'entendais le bruissement des pages – et il m'a demandé : « Vous avez dit D'Angelo Gemma ? » J'ai répondu oui, la respiration coupée. « Bravo, *dottoressa*, vous êtes admissible. » Et il m'a lu mes notes. J'ai compris alors ce que signifiait être fou de joie. Aujourd'hui encore, quand j'y pense, je retrouve l'expression béate qui était alors restée gravée sur mon visage pendant deux jours au moins.

Fenoglio sourit.

— Je vous fais rire.

— Vous me faites sourire, c'est différent.

— C'est vrai que vous êtes diplômé en lettres ?

— J'ai fait des études de lettres. Ensuite, je suis devenu sous-officier des carabiniers, pour des raisons un peu longues à expliquer, et je n'ai pas terminé la fac. Parfois, j'ai envie de retourner à l'université et d'obtenir mon diplôme, mais j'imagine que ce n'est qu'une velléité. J'ai encore cinq examens à passer.

— Pourquoi les lettres ?

— J'aimais les livres, et j'avais l'impression de n'avoir aucun talent particulier. Aujourd'hui, ça n'a pas changé. J'aime les livres, et j'ai l'impression de n'avoir aucun talent particulier. À part une certaine obstination, peut-être.

— Vous aimez être carabinier ?

— Il y a beaucoup de choses que je *n'*aime *pas*, dans le métier. Mais il y en a aussi d'autres qui me plaisent.

— Qu'est-ce que vous n'aimez pas ?

— Je n'aime pas la brutalité. Je n'aime pas les abus, surtout ceux qui sont commis au nom d'une prétendue justice. Je n'aime pas certains de vos collègues, et il y a beaucoup d'avocats que je n'aime pas non plus – mais en revanche, il y en a que j'aime beaucoup –, je n'aime pas la hiérarchie et je n'aime pas certains officiers. Évidemment, je n'aime pas les délinquants. Certains sont vraiment répugnants.

— Il doit y avoir quelque chose que vous aimez vraiment beaucoup, pour compenser tout ça.

— J'aime découvrir ce qui s'est passé – dans les limites du possible. J'aime que les gens me fassent confiance et décident de me raconter ce qu'ils savent, même dans les situations les plus inattendues. J'aime quand ce que je fais – ça arrive parfois – rend un peu de dignité à la personne qui l'a perdue. Cela donne un sens au chaos. Et puis j'aime certaines personnes avec lesquelles il m'arrive de travailler. Certains de vos collègues, certains des miens. Quelques repris de justice aussi, il y en a qui sont sympathiques.

Il fit une pause, étonné de ce qu'il venait de dire.

— Quelle petite tirade pathétique !

— Non. Pas du tout. J'aime bien ça, l'idée de donner un sens au chaos.

Les pizzas arrivèrent et, pendant quelques minutes, la conversation s'interrompit. C'était samedi soir, la salle était pleine et les voix des différentes tables se mêlaient dans la typique symphonie dissonante des restaurants populaires bondés.

— Vous savez quelle a été ma première vraie déception ? demanda D'Angelo après avoir mangé son dernier triangle de pizza avec les doigts.

— Quand la cour d'appel a acquitté quelqu'un que vous aviez condamné ?

Elle eut un petit rire. « Oh non, c'était avant, bien avant... » Fenoglio poussa son assiette au bord de la table.

— Juste après l'université, je me suis inscrite à un cours de préparation au concours de la magistrature. Le professeur était un célèbre magistrat napolitain, on disait qu'il était très bon. Et en effet, ayant fréquenté ses cours, je peux dire qu'il était vraiment très bon. En bref, je me suis inscrite, j'ai suivi ses leçons un mois à l'essai, et puis je suis allée le voir pour lui demander comment il fallait faire pour le régler, si mon père pouvait lui faire un chèque. Il m'a souri en me regardant comme on regarde une fillette naïve – ce que j'étais effectivement – et il m'a répondu que non, malheureusement il ne pouvait pas accepter les chèques, et qu'il fallait payer en liquide.

— Tout au noir.

— Exactement. J'ai bredouillé quelque chose, disant que je n'avais pas la somme sur moi, et j'ai demandé si ça l'ennuyait que je l'apporte la semaine suivante. Il m'a dit qu'il n'y avait aucun problème. Cet épisode m'a beaucoup affectée. Cet homme était là pour nous aider à devenir magistrats, il était très doué, et il fraudait le fisc. Sans aucune gêne, sans aucune honte, comme si gagner de l'argent – beaucoup d'argent, son cours était fréquenté par un tas de gens – et ne pas payer d'impôts dessus était totalement normal. Je me suis dit que ce n'était pas juste, que je ne devais pas y retourner, que c'était inadmissible et intolérable. Pour vous donner une idée, à cette époque, je faisais déjà des histoires quand on ne me donnait pas de reçu dans un magasin ou un restaurant.

— Et pourtant, vous y êtes retournée.

— Et pourtant, j'y suis retournée, et j'ai payé ponctuellement tous les mois, en liquide, comme tout le monde. J'ai l'impression de revoir la scène : nous allions le voir pour lui donner nos billets roulés, lui il les prenait sans les regarder et les fourrait dans sa poche.

Fenoglio sourit et haussa les épaules. La vie est faite de compromis.

« Et pourtant, c'est grâce à lui que j'ai réussi le concours. Si je n'avais pas assisté à ses cours, il est tout à fait probable que j'aurais échoué. »

Le serveur arriva. Il s'appelait Gerardo et il avait une incroyable mèche visant à couvrir sa calvitie, teinte en noir avec des racines blanches : «Je vous apporte un dessert, maréchal ? Pannacotta, tiramisu, *sporcamussi* ?» Fenoglio regarda la *dottoressa*. Celle-ci secoua la tête.

— Pas pour moi, merci.

— Alors non merci, Gerardo, et prépare-nous l'addition, s'il te plaît.

— Vous savez ce qu'on dit de vous ? demanda D'Angelo quand le serveur eut à nouveau disparu.

— Qui ça, « on » ?

— Un peu tout le monde, y compris certains de mes collègues.

— Que disent-ils ?

— Pour résumer : vous êtes doué mais pas sympathique. Et vous savez pourquoi ?

— Je peux l'imaginer.

— Et qu'imaginez-vous ?

— J'imagine que je me rendrai antipathique en le disant.

Elle se mit à rire. Elle avait l'air beaucoup plus jeune quand elle riait, pensa Fenoglio.

— Courage, rendez-vous peu sympathique à mes yeux aussi, alors.

— Nombre de vos collègues, ainsi que la quasi-totalité de mes supérieurs, raffolent des rituels de reconnaissance de leur autorité.

— C'est une façon de dire qu'ils veulent qu'on leur rende hommage ?

— Plus ou moins.

— Et vous, vous ne le faites pas. Et ça vous rend antipathique.

— C'est un bon résumé.

— Et de moi, qu'est-ce qu'on dit ? dit-elle en jouant avec une cigarette, mais sans l'allumer.

— Que vous êtes douée mais pas sympathique. Mais je dois ajouter qu'à ce jour il ne m'est jamais arrivé, dans mon milieu, d'entendre parler d'une magistrate douée qui soit aussi considérée comme sympathique.

— Je peux donc me consoler en me disant qu'il s'agit d'un stéréotype ?

Fenoglio sourit.

— Je dirais que oui.

— Laissons tomber la question de la sympathie. Certains de vos collègues, et quelques policiers aussi, m'ont raconté que vous êtes capable de faire parler les gens, qu'ils ont tendance à vous faire confiance. C'est vrai ?

— Je crois, oui.

— Et pourquoi ?

— J'imagine qu'ils perçoivent que je ne cherche pas à les embrouiller.

— Ça suffit?
— Non, en effet.
— Alors quoi?
— Je pense qu'il est important de voir aussi les choses de leur point de vue. Ce qui ne signifie pas qu'on justifie leurs actes, bien sûr.

D'Angelo acquiesça, pensive, avant de finir par allumer sa cigarette. «Je me demande comment on peut adopter le point de vue de celui qui a appuyé sur le détonateur de cette bombe», dit-elle sombrement.

D'Angelo habitait dans une résidence des années soixante-dix, derrière la gare principale. Fenoglio l'accompagna jusqu'à la porte de son immeuble, regardant alentour pour s'assurer qu'il n'y avait pas de présences suspectes. Il ne croyait pas à la possibilité d'un attentat ces jours-ci – Grimaldi était trop pris ailleurs –, mais un peu de vigilance ne faisait jamais de mal.
— Merci, dit-elle.
— Je n'ai fait que mon devoir, comme on dit.
— Je ne parle pas de l'escorte.
— Je sais.
— Cela a-t-il un sens, de faire notre travail après ce qui vient de se passer?
— Oui.

Elle réfléchit longtemps, la tête légèrement inclinée vers sa poitrine, comme si Fenoglio lui avait fourni une longue réponse, articulée et complexe, qui demandait une interprétation attentive. Mais peut-être était-ce exactement le cas. Pour finir, elle releva la tête et regarda Fenoglio droit dans les yeux. « D'accord. On se voit lundi, chez vous à la caserne, à neuf heures, et on reprend avec Lopez. Je veux faire vite. »

15

Et ils firent vite.

La première phase des interrogatoires de Lopez se prolongea jusqu'au 28 mai.

Ensuite, pendant dix jours, Fenoglio et son équipe travaillèrent sans interruption. Ils firent de nombreux repérages, accompagnés par Lopez. Ils rouvrirent des dossiers, consultèrent des notes de service, récupérèrent des écoutes téléphoniques, des dépositions, de vieux procès-verbaux d'arrestation et de mise sous séquestre.

Sur les photographies, le collaborateur de justice avait reconnu soixante-huit sujets, qu'il avait indiqués comme affiliés à la Società Nostra. Les carabiniers purent faire des recoupements suffisants pour quarante et un d'entre eux et, avec un dossier de plus de cinq cents pages, ils demandèrent au parquet les mandats d'arrêt correspondants.

D'Angelo s'enferma dans son bureau et, au bout de quatre jours, les mandats étaient prêts. Les accusations allaient de l'association mafieuse à l'homicide, du hold-up à l'extorsion, du trafic de stupéfiants à la détention d'explosifs et au port d'armes. Il y avait aussi beaucoup d'autres motifs mineurs d'accusation.

Tout le réseau des dealers de rue restait en dehors de cette première phase de l'opération. Lopez avait expliqué qu'ils n'étaient pas affiliés à l'association mafieuse ; ils étaient beaucoup moins dangereux que les autres, et établir la position de chacun d'entre eux requérait des investigations assez longues. On avait aussi renvoyé à une deuxième phase la vérification des déclarations de Lopez relatives aux hommes politiques, aux employés communaux, aux policiers et aux carabiniers qui – moyennant paiement – avaient révélé aux hommes du clan des informations confidentielles. Tout cela supposait des contrôles longs et délicats, incompatibles avec l'urgence d'arrêter les autres individus.

C'est ainsi que le soir du 12 juin 1992 le capitaine Valente et le maréchal Fenoglio se rendirent au parquet pour retirer les mandats à exécuter pendant la nuit. Ils étaient accompagnés de quatre carabiniers chargés de transporter les boîtes contenant la copie des volumineuses ordonnances, tant il y avait de suspects à qui il fallait les communiquer. Il pleuvait et le thermomètre indiquait l'incroyable température de 11 degrés.

Les métaphores atmosphériques sont parmi les plus efficaces et les plus puissantes qui soient. Fenoglio avait lu ça quelque part, il ne savait plus où.

Un peu gêné, le capitaine dit : « Nos supérieurs voudraient donner un nom à l'opération. On fait toujours ça, vous savez. C'est Rome qui nous le demande, pour le communiqué de presse, pour les journaux et les télévisions. »

D'Angelo le regarda sans rien dire. Fenoglio était convaincu qu'elle allait allumer une cigarette, mais elle n'en fit rien. « Vous avez peut-être un nom à donner à l'opération, *dottoressa* ? » Dehors il faisait noir et la pluie tombait à un rythme automnal.

— Été froid.

— Ça oui, très froid, répondit le capitaine, c'est vraiment incroyable. Même si on n'est pas encore le 21 juin.

— Je voulais dire : « Été froid ». Le nom que vous me demandez. On aura vraiment du mal à oublier cet été.

Et c'était vrai. Cet été serait vraiment très difficile à oublier.

Personne n'alla se coucher. Le rassemblement du personnel dans la caserne du bataillon, pour la formation des patrouilles – une patrouille pour chaque sujet en état d'arrestation – et pour les consignes portant sur l'exécution, était fixé à deux heures du matin. Cent cinquante hommes étaient impliqués.

Le colonel apporta une contribution fondamentale en prenant les dispositions pour que, une fois les mandats exécutés, un hélicoptère s'élève dans le ciel. On lui fit remarquer que l'hélicoptère n'était pas nécessaire, puisque les suspects ne risquaient pas de fuir dans des coins inaccessibles aux véhicules terrestres. Il répondit que l'hélicoptère était indispensable pour la télévision. C'était le colonel, alors son argument était sans appel, personne n'eut le cœur d'objecter quoi que ce soit et le problème fut résolu.

À trois heures précises, des dizaines de voitures sortirent de la cour de la caserne, chacune avec une adresse et un nom. Fenoglio, le capitaine et Montemurro, accompagnés d'un deuxième véhicule de soutien, se dirigeaient vers le domicile de Grimaldi Nicola, dit le Blond, dit aussi Trois Cylindres.

Il avait cessé de pleuvoir. Les rues étaient désertes, noires et luisantes. Personne ne parlait. On a beau faire ce travail depuis des années, quand on est sur le point d'entrer de nuit chez un meurtrier ayant tué plusieurs personnes, afin de l'arrêter et de le conduire en prison, on ne peut être sûr de rien. En général, les repris de justice sérieux ne font pas d'histoire quand on va les arrêter ; ils savent que, pour un tas de raisons, ce n'est pas une bonne idée, et donc ils se laissent menotter, dans l'espoir que leurs coûteux avocats trouveront la clef pour rouvrir ces menottes.

Pourtant, on ne sait jamais : il est impossible d'anticiper toutes les réactions.

Ils quittèrent la rocade à Santo Spirito. À l'entrée de la zone habitée, ils retrouvèrent le maréchal Fornaro qui les attendait en voiture et les salua d'un éclat de phares, avant de se joindre à l'escorte. Les trois véhicules glissèrent en silence entre les immeubles anonymes, les pavillons et jardins mal entretenus, et les perspectives imprévues où on apercevait – où on devinait – la mer.

Ils passèrent devant une boulangerie dont le rideau de fer était à moitié tiré et la porte entrouverte, et Fenoglio imagina l'odeur des miches de pain, de la *focaccia* et des brioches.

L'enseigne au néon d'un bar fermé clignotait avec irrégularité dans l'obscurité, comme si elle sanglotait.

Cinq minutes plus tard, ils étaient devant chez Grimaldi. Avant la porte de l'immeuble, pendant au moins dix mètres de part et d'autre de la rue, aucune voiture n'était garée, comme si le stationnement y était interdit. Pourtant, il n'y avait aucun panneau de signalisation. À l'évidence, les habitants du coin savaient qu'on ne pouvait pas laisser sa voiture là. Pas besoin de signalétique.

Fenoglio appuya sur le bouton de l'interphone. Une minute s'écoula sans qu'il obtienne de réponse, alors il appuya à nouveau, plus longtemps. Une voix de femme répondit.

— Carabiniers ! Ouvrez !

— Qu'est-ce que vous voulez, à cette heure ?

L'animosité de la voix prenait une teinte hargneuse, avec une vibration hystérique. C'était l'épouse de Grimaldi Nicola, elle savait très bien ce que veulent les carabiniers qui se présentent à trois heures et demie du matin. « Ouvrez ! il faut qu'on parle à votre mari. »

Elle n'ouvrit pas ni ne souffla mot. On entendait juste le grésillement dissonant du vieil interphone. « Madame, si vous n'ouvrez pas, nous allons devoir défoncer la porte d'entrée, et ensuite, celle de votre appartement. »

Une dizaine de secondes s'écoulèrent encore, puis la porte émit un bourdonnement sourd, suivi d'un clic. Fenoglio, le capitaine, Montemurro et Fornaro montèrent à pied les deux étages. Les autres carabiniers restèrent en bas, pour surveiller les voitures et la situation en général. D'ici peu de temps, avec le début de l'exécution des mandats d'arrêt, tout le quartier serait plutôt agité.

Ils trouvèrent Grimaldi qui les attendait sur le pas de la porte, en pantalon de pyjama et en débardeur. Ses cheveux châtain clair ébouriffés étaient trop longs pour un homme de presque cinquante ans.

Il regarda avec une expression délibérée de mépris les pistolets que Valente, Montemurro et Fornaro tenaient en main, le bras le long de la jambe, canon dirigé vers le sol.

Fenoglio avait les mains vides.

— Habille-toi, Grimaldi, il faut que tu viennes avec nous.

— Qu'est-ce que j'ai fait ? demanda-t-il sans s'écarter de la porte.

— Pas mal de choses, apparemment, répondit Fenoglio en lui remettant la copie du mandat. Pousse-toi, on doit aussi perquisitionner.

La perquisition n'était qu'une formalité – personne n'imaginait que Grimaldi Nicola conservait à son propre domicile armes, drogue et autre matériel illicite –, mais cela prit quand même une demi-heure. Pendant ce temps, Grimaldi avait tiré son avocat du lit, s'était habillé, avait demandé à sa femme de lui préparer un sac avec des affaires pour la prison, et il avait commencé à feuilleter l'ordonnance. Fenoglio remarqua qu'il manipulait le document avec les gestes experts de celui qui, sans avoir jamais étudié, a pourtant une familiarité poussée avec les actes judiciaires.

« *Cudd' chin' d'merda cornut' nfmone* », gronda-t-il à un moment donné, de manière à ce que tout le monde l'entende. Pas besoin d'interprète pour comprendre qu'il parlait de Lopez. « Il faut que je lui bouffe le cœur. Je crèverai cinq minutes après, mais je lui boufferai le cœur. »

Le capitaine parut sur le point de répliquer quelque chose ; Fenoglio lui adressa un signe de tête, comme un conseil : autant le laisser se défouler.

Puis ils lui passèrent les menottes.

«Est-ce que cette ordure, cette merde, vous a au moins dit comment il avait tué mon fils ? Et maintenant, vous faites quoi ? Vous lui donnez une médaille pour sa lâcheté, à cet infâme merdeux ? »

Il y eut un bref silence.

«Il dit que ce n'est pas lui», répondit Fenoglio. Lentement, à voix basse.

Grimaldi les regarda tous, un à un, les yeux pleins d'une rage incrédule. «Vous êtes tous des infâmes, vous et cette salope de femme juge.»

Et il cracha sur l'ordonnance, exactement là où il y avait l'en-tête : «Procureur de la République auprès du tribunal de Bari. Direction régionale anti-mafia».

ACTE III

La Horde sauvage

1

En quittant son appartement solitaire pour aller travailler, Fenoglio se prit à penser au fils Grimaldi, et à se demander comment il était, cet enfant, avant de devenir une victime du hasard.

Car nous sommes tous des victimes du hasard, même dans le cas de meurtres avec préméditation.

La veille au soir, il avait relu un extrait de *L'Affreuse Embrouille de via Merulana* : « Les catastrophes inopinées ne sont jamais la conséquence ou l'effet, quel que soit le nom qu'on leur donne, d'une seule cause, elles n'ont pas une origine unique : elles sont comme un tourbillon, un point de dépression cyclonique dans la conscience du monde, vers lequel ont conspiré une multitude de motifs convergents. »

Ce glissement vers la spéculation philosophique était le signe le plus évident de sa frustration investigatrice. On ne se met pas à spéculer – certes, en excellente compagnie – sur le hasard, le destin et le concept de causes convergentes quand son cerveau a quelque chose de concret sur quoi travailler. Comment était cet enfant ? Comment *avait-il été* ? La seule chose qui manquait, dans la montagne de papiers du dossier – procès-verbaux, fiches, rapports d'autopsie, mandats, notes de service –, c'était précisément cela. Était-ce un enfant normal, né dans la mauvaise famille ? Était-ce un petit vaurien, qui serait devenu un criminel comme son père ? Ou bien avait-il quelque aptitude particulière, un talent, un don caché ?

Il était sur le chemin de l'école. Joyeux, paisible, maussade, énervé – comment savoir ? – mais, quoi qu'il en soit, innocent. Ignorant également qu'il avait ce défaut au cœur, cet héritage paternel fatal. Soudain, tout avait basculé. Et puis, tout était fini.

Qui sait ce qu'il avait pensé, quand ils l'avaient kidnappé. Qui sait ce qu'il avait pensé – mais pensait-on, dans des moments pareils ? – quand il avait senti le cœur lui manquer. Comment était-ce ? un élancement intense ? une douleur qui te transperce ? quelque chose qui explose à l'intérieur ? Un jour, dans un documentaire, Fenoglio avait entendu que les personnes agressées par une bête sauvage perdent connaissance avant même de sentir la douleur physique. Il semble que le corps libère des substances analgésiques, comme une sorte d'anesthésie pour garantir une mort douce, sans douleur et sans peur. Qui sait si c'est vrai. Qui sait si ça existe, une mort douce. Lui, la mort lui avait toujours paru amère et laide : il avait vu beaucoup de cadavres, et pratiquement aucun n'avait l'air serein et digne. Ce qui ne cessait de le troubler, comme une véritable marque d'obscénité, c'étaient les bouches entrouvertes et rigides des morts assassinés – avec ces dents en évidence, on aurait dit que le meurtre les avait rendus à une dimension animale et leur avait retiré toute décence.

Il s'efforça de chasser de sa tête l'image du petit Grimaldi quand ils l'avaient retrouvé – à quoi il était réduit, et l'odeur qu'il dégageait après plus de quatre jours passés dans le puits.

À quoi pensait Pietro Fenoglio quand il était enfant ? Quand il allait à l'école ou quand il rentrait chez lui, ou lors de certains interminables après-midi d'hiver sans la télévision ?

Il ne savait pas, il n'en avait aucune idée. L'absence totale de souvenirs de ce qu'avaient été ses propres pensées suscitait en lui une espèce de panique. C'était comme si sa vie intérieure, pendant l'enfance, n'avait jamais existé. Il se rappelait un certain nombre d'événements du monde extérieur, mais rien de ce qu'il avait pensé, rien de ce qu'il avait rêvé.

Mais ensuite, il se dit : y a-t-il quelqu'un qui se souvienne vraiment de ses pensées d'enfance ou de jeunesse ? D'ailleurs, de manière plus générale, se souvient-on jamais de ses pensées d'autrefois? Peut-être devrait-il poser la question à quelqu'un. Cela pourrait l'aider à voir les choses dans une perspective plus juste, à se sentir moins anormal et moins étranger à sa vie intérieure.

Il alla prendre le petit déjeuner au Café Bohème. Nicola avait mis l'air de *Rinaldo*, *Lascia ch'io pianga*, de Haendel. Un de ses airs préférés. Fenoglio se mit à songer à un voyage qu'il avait fait quelques années auparavant avec Serena à Salzbourg. Une femme chantait *Lascia ch'io pianga* dans la rue. Soudain, l'ambiance de ces vacances lui revint en mémoire, l'air frais et la douce étrangeté de la ville, avec ces couples âgés en tenue de soirée – en plein après-midi – qui entraient ou sortaient des théâtres. Il éprouva une bouffée de nostalgie mêlée à d'autres émotions douloureuses. «Je t'aime, Serena», laissa-t-il échapper à mi-voix.

Il se retrouva dans son bureau sans s'en rendre compte. Sans pouvoir se rappeler le chemin qu'il avait emprunté pour y arriver, au bout d'une demi-heure de marche. Il se dit que dans quelques années il aurait oublié ses pensées de ce matin-là et de ces derniers jours. Personne ne s'en souviendrait. Il ne se souviendrait plus de personne. Tout serait dispersé, perdu pour toujours.

Il alluma la petite chaîne stéréo qu'il avait placée dans son bureau et resta quelques secondes planté devant, hésitant sur ce qu'il avait envie d'écouter. Il se dit qu'il voulait quelque chose de vif et de lumineux, et il choisit le concerto pour flûte et harpe de Mozart. Il l'avait écouté un nombre incalculable de fois, ce qui est une bonne chose avec la musique, quand on est en quête d'un peu de paix.

Il prit dans un tiroir le bloc contenant ses notes sur le petit garçon. C'était un geste névrotique, pour gagner du temps. Il savait par cœur ce qu'il y avait d'écrit dans ce bloc-notes, et pourtant il se mit quand même à le feuilleter, relisant de brèves phrases, écrites avec des lettres nettes et carrées.

À ce moment-là, il entendit frapper à la porte avec une certaine énergie. « Entrez ! »

Pellecchia apparut. Il revenait de quelques jours de congé et avait l'air en pleine forme, bronzé et aminci, cheveux coupés court. Il portait une chemise blanche bien repassée, qui remplaçait ses habituels tee-shirts en piteux état. On aurait dit que le soleil l'avait entièrement lavé puis séché.

— Tonino.

— Maréchal – là, l'adjudant le dévisagea un instant. Tu sais que tu n'as pas l'air frais ? Tu n'as pas pris quelques jours de pause ?

— Non.

— Tu es resté enfermé là du matin au soir, comme d'habitude ?

Fenoglio se leva pour mettre le volume de la musique au minimum.

— En effet, c'est à peu près ça.

— Ta femme ?

— Elle est présidente de jury des épreuves du baccalauréat, à Pesaro.

Pellecchia sembla réfléchir un instant, comme pour jauger la situation et élaborer une stratégie.

— Écoute, Pietro, ma compagne a plein de copines célibataires. Certaines ne sont pas mal du tout. De belles quadras, divorcées et en forme. Quelques-unes sont aussi de grosses cochonnes. Je peux dire à Agnese d'organiser quelque chose, un de ces soirs. On sort à quatre, on va dîner...

— Merci. Dès que je suis prêt à sortir avec une belle quadra, divorcée, en forme...

— ... et cochonne.

— ... et cochonne, c'est ça. Dès que je suis prêt pour ça, tu seras le premier à le savoir.

Pellecchia renifla. Il y avait quelque chose de plus franc dans son expression, comme s'il abandonnait un rôle qu'il avait joué pendant très longtemps.

— Tu es parti quelque part ?

— Cinq jours, aux îles Tremiti. Tu connais ?

— Un endroit magnifique. Mais je me rappelle qu'il y avait des méduses.

— Cette année, pas de méduses. J'ai fait de la plongée, pris le soleil, mangé et tout le reste. Enfin, tu vois ce que je veux dire.

Nouvelle pause. « Tu es obsédé par le gosse, c'est ça ? », reprit Pellecchia, en changeant de ton. Fenoglio acquiesça.

— Ce n'est pas toi qui disais qu'il fallait du détachement, dans ce travail, pour ne pas devenir fou ?

— Oui, c'était moi. La cohérence ne fait pas partie de mes qualités.

Pellecchia sortit un morceau de cigare de la poche de sa chemise et le glissa entre ses lèvres : « Tu as trouvé quelque chose ? » Fenoglio eut une grimace involontaire et secoua la tête.

— C'est un casse-tête. On peut prendre l'affaire par n'importe quel bout, il y a toujours un truc qui cloche.

— C'est sûr, Lopez et ses potes auraient été les coupables parfaits.

— Si c'est eux et que nous ne l'avons pas compris, autant devenir paysans tout de suite. Mais si ce n'est pas eux, qui peut avoir fait le coup ? Qui pouvait être assez fou pour s'exposer à un danger pareil ?

Pellecchia remua légèrement sur sa chaise. Fenoglio se dit qu'il avait l'air un peu mal à l'aise.

— Je peux fumer ?

— Oui, vas-y.

Pellecchia alluma son cigare avec une allumette suédoise, puis souffla un nuage de fumée dense et grise. Fenoglio se dit que si cela avait été une scène de roman, l'hypothétique écrivain aurait parlé de « fumée bleutée ». Mais lui, dans le monde réel, il n'avait jamais vu cette fumée bleutée, à l'instar de beaucoup de choses dont certains romanciers parlaient.

— Et le maniaque classique ?

— J'y ai pensé et j'ai essayé de travailler là-dessus. Toutefois, le médecin légiste a exclu les violences sexuelles, même s'il y a des traces de coups. L'enfant avait une malformation cardiaque, comme son père. Personne ne le savait. Il a eu un arrêt cardiaque, peut-être au moment même où il a été enlevé, ou peu après.

— De toute façon, l'idée du maniaque ne colle pas avec la demande de rançon. Tu imagines un de ces porcs, une de ces merdes baveuses, qui planifie de rançonner un mec comme Grimaldi ?

— Un psychopathe pourrait faire une chose comme ça.

— Un psychopathe dans le sens d'un fou ?

— Un psychopathe dans le sens de quelqu'un qui a un trouble de la personnalité. Les psychopathes ne sont pas fous, ils sont totalement privés d'affects – ils n'éprouvent aucun type de sentiment – et ils sont manipulateurs. Ils raisonnent parfaitement et peuvent violer, torturer et tuer sans éprouver une once de remords. Les *serial killers*, par exemple, sont généralement des psychopathes. – Fenoglio s'interrompit et sourit. – On dirait Mister Perfect, c'est ça ?

— On dirait un prof, en effet. Mais j'ai compris. C'est un mec très mauvais, éventuellement aussi un maniaque, mais qui peut être intelligent. Il te sourit pendant qu'il te tranche les couilles.

— Exact. Les textes de criminologie sont pleins d'histoires avec des individus de ce genre. En théorie, ça pourrait coller.

— Et donc?

— Et donc, je me suis dit que, si cette hypothèse avait un sens, un gars comme ça ne devait pas en être à ses premières armes. Ça ne pouvait pas être la première fois. Pour faire un truc dans le genre, il faut non seulement le tempérament adéquat, mais aussi la pratique. Il faut de l'entraînement, pour ainsi dire. En plus, pour savoir qui est Grimaldi – et pour savoir qu'il peut rassembler tellement d'argent en peu de temps –, il faut être du coin. Du coup, j'ai fait quelques recherches sur des sujets ayant des antécédents spécifiques.

— Et qu'est-ce que tu as trouvé?

— J'ai vérifié ceux qui ont des antécédents pour viol, violence sexuelle, attentat à la pudeur ou acte obscène et qui habitent dans le nord de Bari. Des critères arbitraires, qui laissent beaucoup de place au hasard, je sais. Mais c'était juste une tentative, comme mettre une plaque sur un numéro, à la roulette.

— Et combien tu en as trouvé?

— À première vue, pas mal. Mais à bien y regarder, nombre d'entre eux n'étaient que de pauvres bougres qui se baladent le soir dans les jardins publics et qui, lorsqu'une fille passe, ouvrent leur imperméable pour faire voir leur engin. Quelques-uns avaient des condamnations pour agression sexuelle, mais il s'agissait d'épisodes isolés et qui remontaient loin dans le temps. Parmi ceux ayant des antécédents plus sérieux et répétés, beaucoup étaient en prison, et certains étaient allés vivre ailleurs. Bref, il n'en restait que deux qui, en théorie, pouvaient correspondre à la description.

— Et tu es allé vérifier ?

— Oui.

— Tu as travaillé seul ?

— Oui.

— Pourquoi tu ne t'es pas fait aider ?

— Je ne sais pas. Peut-être que je n'y croyais pas moi-même.

— Et alors, ces deux gars ?

— Je suis allé les voir pour les regarder en face. L'un d'eux est à moitié dément, une vraie brute. Retard mental, et une situation familiale épouvantable. Condamné deux fois pour abus sur des enfants. Tu aurais dû voir son appartement, au beau milieu du quartier du Cep. Il n'a pas le permis, il ne sait pas conduire, et avec la plus fertile imagination du monde, il est impossible de penser que ce soit notre homme.

— Et l'autre ?

— L'autre, je l'ai vu hier, il est en fauteuil roulant depuis plusieurs années. Il avait été accusé d'avoir violé une petite fille, mais à la fin du procès il avait été acquitté et libéré. Quelques jours plus tard, un groupe de personnes encagoulées est venu lui briser le dos. Les responsables n'ont pas été identifiés. Lui, il ne s'est plus jamais remis debout.

— Je connais le truc. Ce n'est pas du tout que les responsables n'ont pas été identifiés, il s'agit du père et des oncles, et ils ont bien fait. C'est la dernière gosse que ce merdeux a violée.

— J'apprécie ton concept de l'état de droit.

— Justice de mes deux. Rien d'autre ?

— J'ai pensé travailler sur les kidnappings éclairs.

— Ce truc dont nous a parlé la balance ?

— La balance ?

— Eh bien Lopez, l'infâme, le repenti.

— Maintenant, je me rappelle pourquoi on ne se parlait pas beaucoup, toi et moi.

— J'ai besoin d'un double expresso.

— Moi aussi. Et après, il faudra qu'on aille voir quelqu'un.

2

Ils prirent tous deux un café double servi dans une tasse à cappuccino au Bar Riviera. Pellecchia y mit trois cuillerées de sucre et deux de crème.

— Où va-t-on ? demanda-t-il en sortant du bar.

— Quartier Libertà, bavarder avec un ami.

Quelques minutes plus tard, ils étaient dans l'Alfa Romeo Arna vert bouteille que personne ne voulait jamais utiliser, à part Fenoglio.

— Décidément, cette bagnole, c'est une poubelle. Toujours aussi nulle, maugréa Pellecchia en luttant avec la manivelle défectueuse de la vitre.

— Tu oublies la Fiat Duna.

— Tu as raison. La Duna, c'était la plus merdique. Celle-là, c'est la deuxième dans le classement de la merdosité. C'est quoi, l'adresse ?

— Via Pizzoli, il y a un cercle récréatif...

— Chez l'Albinos ?

— Tu le connais, l'Albinos ?

— Qui ne le connaît pas ! Si c'est avec lui que tu dois parler, il vaut mieux que je n'entre pas. On a eu... un différend. Si je viens, il est possible qu'il se sente mal à l'aise et qu'il ne te dise pas ce qu'il pourrait.

Fenoglio s'apprêta à répliquer quelque chose, puis il réalisa que Pellechia – quel que soit le motif du différend avec l'Albinos – avait raison. « OK, attends-moi en voiture, je me dépêche. Ce n'est qu'une tentative. »

Quand il était jeune, Marasciulo Vito, *alias* l'Albinos, cambriolait des appartements. Mais ayant été interpelé à cause de ses cheveux tout blancs, reconnus « sans l'ombre d'un doute » par un témoin, il avait décidé que, pour quelqu'un comme lui, il était plus raisonnable de travailler en base arrière. Ainsi s'était-il consacré avec profit au recel de haut vol et à la gestion de tripots. De temps à autre, il était arrêté et passait de brèves périodes en prison : c'était une forme de frais professionnels qu'il acceptait sans se plaindre. Il était très respecté, sans jamais avoir été mafieux. Il avait toujours décliné – en faisant bien attention à ne pas froisser ses interlocuteurs – toutes les propositions d'affiliation qui lui avaient été adressées au fil des ans.

Il y avait peu de choses, dans certains milieux de Bari et des environs, que l'Albinos ne savait pas ou ne pouvait pas savoir.

Il avait fait la connaissance de Fenoglio plusieurs années auparavant.

Un jour, une patrouille de carabiniers avait arrêté un jeune qui slalomait en cyclomoteur parmi les passants dans la via Sparano, une voie interdite à la circulation. Ils lui avaient confisqué sa bécane et le garçon était parti en vrille, se mettant à les insulter. Les carabiniers l'avaient mal pris. Ils avaient embarqué le jeune, qui était le fils de l'Albinos, et l'avaient conduit à la caserne. Ils étaient en train de lui donner une leçon lorsque Fenoglio était arrivé et les avaient fait cesser. Le lendemain, l'Albinos était passé remercier le maréchal, en lui disant que dans l'avenir, s'il avait besoin de quoi que ce soit, il serait à sa disposition.

Ils se garèrent sur la piazza Garibaldi. En descendant, Fenoglio remarqua un des hommes de l'Albinos qui, à l'angle de la via Pizzoli, observait la scène du coin de l'œil. Le gars en question le remarqua aussi, naturellement : c'était son métier. Sans se presser, Fenoglio se dirigea vers le cercle. Devant l'entrée se tenait un type aux larges épaules et au ventre proéminent, avec des doigts disproportionnés et calleux. Fenoglio ne se souvenait pas de lui. « Vito est là ? »

Ce n'est pas l'homme qui répondit, mais une voix rauque provenant de l'intérieur : « Bonjour, maréchal. J'allais sortir prendre un café. Vous voulez venir avec moi ? »

Un café le matin au réveil, un deuxième en sortant de chez lui, le café double avec Pellecchia il y a un instant. Ce serait le cinquième, et il n'était encore que dix heures et demie. « D'accord. »

L'Albinos sortit à la lumière du jour. C'était inhabituel ; ils se rencontraient toujours à l'intérieur, dans des pièces mal éclairées et puant la cigarette. Des arrière-boutiques de tripots, des cagibis, des bureaux louches. L'Albinos était une créature de l'entre-deux.

Ils marchèrent en direction de la via Napoli. Le type aux gros doigts fit mine de les suivre, mais l'Albinos l'interrompit d'un geste de la main.

Devant l'entrée du café, un petit groupe de jeunes se disputaient violemment en dialecte. À l'arrivée de Fenoglio et de l'Albinos, ils se turent et s'écartèrent pour les laisser passer.

— On s'installe à l'arrière, lança l'Albinos à l'adresse du barman.

— Qu'est-ce que je vous sers ?

— Café et cognac pour moi. Et pour vous, maréchal ?

— Café sans cognac.

À l'évidence, l'arrière-salle n'était pas destinée au public. Il n'y avait qu'une seule table avec deux chaises, et partout autour des caisses de bières et des boîtes contenant des casse-croûte. Derrière la porte arrière, on apercevait une cour aux murs sales et décrépis. Ça sentait vaguement le chat.

Le barman apporta les cafés et le cognac. L'Albinos versa la moitié du verre de cognac dans sa tasse et but le tout d'un trait.

— Comment allez-vous, maréchal ? Ça fait un moment que je ne vous ai pas vu.

— Nous avons eu du travail.

L'Albinos acquiesça : « Je sais. Vous avez énervé beaucoup de gens. »

Fenoglio eut l'impression de saisir une note d'inquiétude dans la voix de Marasciulo. Il décida de ne pas y prêter attention.

— Vous savez quel est le problème ?

— Non, lequel ?

— C'est que vous avez arrêté Grimaldi et toute sa bande de merde. Des gens qui ne valent pas un clou. Ils se font appeler hommes d'honneur, hommes de Camorra, hommes d'omerta, et ils se gargarisent de mots comme le respect, mais ce ne sont que des dealers merdiques, à part qu'ils vendent par quintaux au lieu de vendre au sachet. Et puis ce sont des bouchers, ça leur plaît, de trucider les gens. Vous avez bien fait de les arrêter. Mais vous savez ce qu'on raconte partout ?

— Non, quoi ?

— On dit que maintenant les quartiers de Palese, Santo Spirito et Enziteto sont libres. La seule chose qu'on se demande, dans le milieu, c'est : comment faire pour s'emparer de ces quartiers, maintenant que Grimaldi est en taule.

— Et alors, qui peut s'en emparer ?

L'Albinos haussa les épaules.

— N'importe quel jeune qui s'est fait faire l'entaille en prison et raconte qu'il est *sgarrista*, *santista*, ces conneries-là. Je ne sais pas, moi. Mais chaque fois que quelqu'un débarrasse le plancher, ceux qui lui succèdent sont encore pires. Vous ne gagnerez jamais contre la drogue, c'est impossible. C'est comme la baise, il y aura toujours quelqu'un qui veut vendre, parce qu'il y aura toujours quelqu'un d'autre qui voudra acheter. La seule solution serait de légaliser. Mais ça, personne n'en aura jamais le courage. La drogue, ça arrange tout le monde, la pègre comme les flics, excusez-moi de dire ça. Avec la drogue, les flics n'ont jamais peur d'être au chômage, si vous voyez ce que je veux dire. De toute façon, moi je suis sûrement trop vieux pour ces trucs. Un de ces jours, quelqu'un va venir me voir et me demander de payer la taxe. Et alors, qu'est-ce que je ferai ?

— Et qu'est-ce que tu feras ?

— Je ne peux quand même pas leur donner du fric, à ces merdeux ! Alors, ou bien je leur fais tirer dessus, mais ça, ça va déclencher une guerre, et quelqu'un de ma famille ou moi-même finira par se faire flinguer ; ou bien, je m'en vais. Si tu commences à payer, tu es mort. Je reste ici tant que je réussis à me faire respecter et tant qu'on ne vient rien me demander. Le jour où je vois un de ces *killers* de merde débarquer chez moi pour me demander du fric, c'est que le moment de fermer boutique est arrivé.

Il prit dans la pochette de sa chemise un paquet de Nazionali avec filtre et en alluma une.

— Tu as quel âge, Vito ?

— Cinquante-deux.

Après quelques instants passés à méditer sur sa propre réponse, comme si lui-même avait été surpris de l'âge qu'il avait, il cria au barman de lui apporter un autre cognac.

L'homme apparut avec un petit verre à la panse rebondie, rempli d'eau-de-vie. Après l'avoir posé sur la table, il murmura quelque chose à l'oreille de Marasciulo, qui esquissa un sourire.

— De quoi avez-vous besoin ? demanda ensuite l'Albinos en regardant Fenoglio droit dans les yeux.

— Tu es au courant, pour le fils de Grimaldi, n'est-ce pas ?

L'Albinos ne put retenir une expression de dégoût.

— Tu sais que Lopez dit que ce n'est pas eux.

— Je sais, je l'ai lu dans les journaux.

— Et tu le crois ?

— Non. C'est vrai qu'il s'est accusé de meurtres, mais il est possible que pour l'enfant il ait trop honte. C'est vraiment moche. Et vous, vous le croyez ?

— Peut-être. Quoi qu'il en soit, rien ne les accuse. Il faut qu'on cherche ailleurs.

— Et comment je peux vous aider ?

— Tu dois me trouver des personnes qui ont été kidnappées, qui ont payé la rançon et qui n'ont pas porté plainte.

Marasciulo éteignit sa cigarette par terre – il n'y avait pas de cendrier sur la table – et vida son verre.

— Et même si je les trouve, qu'est-ce que vous en ferez ? Ils ne vous diront jamais qu'ils ont été kidnappés : les gens se chient dessus, et ils ont raison.

— Ça ne m'intéresse pas qu'ils fassent une déposition. J'ai juste besoin d'entendre ce qui s'est passé, pour trouver un point de départ. Tu me trouves quelqu'un et après, moi je me débrouille.

L'Albinos poussa un soupir, avec une expression pleine de scepticisme.

— Ça ne donnera rien, vous vous faites des illusions. D'après moi, c'est Lopez et ces deux autres connards qui ont fait le coup.

Fenoglio ne dit rien.

— Je vais quand même vous aider à trouver quelqu'un. Mais je ne peux rien vous garantir.

— Merci, Vito.

— Vous n'avez pas de téléphone portable ?

— C'est trop cher.

— Nombre de vos collègues en ont un. Ils sont mieux payés que vous ?

— Je ne pense pas.

— Ce soir, vous serez à la caserne ?

— Si tu me dis que tu viens, j'y serai.

— Vers vingt heures. Mais je vous le répète : je ne garantis rien.

— D'accord.

— Maréchal ?

— Oui ?

— Vous pouvez dire à l'adjudant Pellecchia que je ne lui en veux pas. Si une autre fois, il veut venir avec vous, il peut le faire. Il n'a pas besoin de vous attendre dans la voiture.

3

— Il fait chaud, hein ?

— C'est l'été.

— Et l'Albinos ?

— Il m'a dit de te dire qu'il ne t'en veut pas. Il ne te garde pas rancune.

— Comment savait-il que j'étais là, moi aussi ? J'étais garé à deux pâtés de maison.

Fenoglio haussa les épaules.

L'Arna avançait péniblement au milieu de la circulation. Une mobylette au pot d'échappement trafiqué, chevauchée par deux jeunes qui jouaient aux durs, les dépassa par la droite et se faufila parmi les voitures à la queue leu leu. Pellecchia fixa les garçons avec le regard distrait et menaçant du vieux chat qui observe deux souris idiotes en train de trop approcher.

— Tu ne m'as pas dit quel était ton problème, avec Marasciulo.

— Ça s'est passé il y a longtemps, pendant une perquisition. Je lui ai flanqué une beigne devant ses gosses. Je n'aurais pas dû, mais parfois ça m'échappe, tu le sais.

— Oui, je sais. Et comment il a réagi ?

— Il n'a pas réagi. Mais il n'était pas beau à voir. Pendant des mois, j'ai fait gaffe. J'étais presque sûr qu'il allait me le faire payer d'une manière ou d'une autre.

— Mais il ne s'est rien passé.

— Non, il ne s'est rien passé.

— Ce n'est pas dans le style de l'Albinos, de faire quelque chose à un flic. Il est de la vieille école, il sait que ça ne sert à rien, à part s'attirer des ennuis.

Pellecchia ne répliqua rien. Il se mit à siffloter un petit air, peut-être sans même s'en rendre compte. via Putignani, il tourna sur le corso Cavour. Il plaça son cigare entre ses lèvres. « Et maintenant ? On rentre à la caserne ? » Dehors, quelqu'un lança une insulte adressée aux défunts de quelqu'un d'autre. « Je dirais que oui. Pourquoi, qu'est-ce que tu veux faire ? »

Pellecchia regarda sa montre.

— Il est presque treize heures. Allons manger quelque chose à Torre a Mare. J'ai un copain qui tient un restaurant, ils font des spaghettis aux oursins de folie.

— Un copain ?

Pellecchia laissa passer une poignée de secondes, pour voir si Fenoglio ajoutait quelque chose. « Tu t'imagines que je ne paye pas dans les restaurants », finit-il par dire.

Fenoglio respira bruyamment. C'était exactement ça, le problème.

« D'accord, ça m'arrive de ne pas payer. Ce sont des copains, il n'y a rien de mal à ce qu'ils m'offrent de temps en temps un déjeuner ou un dîner. Parfois ils m'invitent, parfois je paye. Avec une petite ristourne, mais je paye. »

Fenoglio se demandait s'il devait lui seriner son impeccable discours de Nordiste sur le fait qu'un fonctionnaire, et en particulier un officier de police, ne devrait pas manger gratis dans les restaurants.

Il décida que non. C'était une période de grande confusion, il valait mieux laisser tomber les considérations moralisantes. Il se dit que lui aussi ça lui faisait envie, une belle assiette de spaghettis *al dente* à la chair d'oursin, accompagnée d'une bouteille de blanc bien frais.

— D'accord, on y va. Il y a un parking, dans le restaurant de ton copain ?

— Oui, pourquoi ?

— Parce qu'il ne manquerait plus qu'on gare la voiture de service dans la rue et qu'après les spaghettis aux oursins on s'aperçoive que quelqu'un l'a piquée pour aller faire un tour.

Le restaurant donnait sur le petit port de Torre a Mare, juste en face des bateaux de pêche. Il y avait des filets accrochés au mur, un étal de poissons frais et une véranda construite illégalement.

Comme c'était prévisible, ils ne se contentèrent pas des spaghettis aux oursins. L'ami de Pellecchia – il s'appelait Franco et portait, noué sur la tête, un mouchoir qui lui donnait des airs de pirate – leur dit qu'il fallait absolument goûter les petits poissons frits et le gratin de moules. Puis il fallut absolument goûter l'*affogato* au café. Ensuite, bien sûr, ils durent absolument goûter aussi aux biscuits aux amandes et aux *rosoli* de la maison.

— Je ne te l'ai jamais demandé, mais tu habites seul ? demanda Fenoglio en se versant encore un peu d'eau-de-vie de fenouil sauvage.

— De temps en temps, je dors chez ma compagne, mais je garde mon appartement. C'était celui de mes parents, et j'ai là toutes mes affaires pour travailler.

— Travailler ?

— J'aime faire de la menuiserie – puis, comme pour vaincre un soupçon de gêne, il poursuivit : chez moi, j'ai une grande pièce qui me sert d'atelier. Agnese, je ne lui permets même pas d'y mettre les pieds.

— Tu es heureux, Tonino ?

L'autre ne sembla pas s'étonner de la question.

— Je ne sais pas exactement ce que ça veut dire. Mais je crois n'avoir jamais été malheureux. Sinon, je m'en souviendrais, non ?

Fenoglio eut un petit rire.

— J'imagine que oui.

— Je ne suis peut-être pas assez raffiné pour éprouver de la tristesse. Je ne pense pas beaucoup. D'après moi, si les gens sont malheureux, c'est qu'ils pensent trop.

C'était une phrase lâchée comme ça. Pourtant, Fenoglio la prit au sérieux et y réfléchit, comme pour en extraire un sens secret.

Une voiture s'arrêta devant le restaurant. Les vitres étaient ouvertes et l'autoradio hurlait à plein volume une chanson napolitaine de Carmelo Zappulla. Pellecchia se tourna vers le bruit, les yeux plissés. « Ils me cassent les couilles, ceux-là. Je sors une minute », dit-il en faisant mine de se lever. Fenoglio secoua la tête : « Laisse tomber, ils vont s'en aller. Ce sont des gosses. »

À l'instant même, un serveur s'approcha du véhicule et dit quelque chose avec des gestes en direction de l'intérieur du restaurant. Le volume de la musique baissa. L'auto repartit.

— Qu'est-ce qu'on disait ? reprit Pellecchia. Ah oui. Les gens sont malheureux parce qu'ils pensent trop. En fait, ceux qui pensent trop pensent souvent trop à eux-mêmes. Alors ils finissent comme un mec que je connais.

— C'est-à-dire ?

— Un gars qui bosse à la mairie. Sa femme est une collègue d'Agnese, et on sort parfois ensemble. Il se donne des airs de celui qui a tout compris : en d'autres mots, de celui qui sait que la vie est une merde. Bon, moi aussi je le sais, que la vie est une demi-merde, mais le truc, c'est que passer la journée à le dire, ça n'arrange rien. Si tu es dans une barque au milieu de la mer et que la barque ne te plaît pas – si ça se trouve, elle pue –, et si tu n'aimes pas non plus les mecs qui sont avec toi, tu peux décider de te jeter à l'eau. Mais si tu ne veux pas te jeter à l'eau, alors il vaut mieux que tu ne casses pas les couilles à ceux qui sont dans l'embarcation avec toi. Bref, il y a quelque mois, on était dans une pizzeria, et le type s'est lancé dans un discours du genre : « Antonio (la dernière personne qui m'a appelé comme ça, c'était la bonne sœur au catéchisme, quand j'avais neuf ans), tu n'as jamais réfléchi à la période de la vie dans laquelle nous nous trouvons ? » Je lui ai répondu que non, je n'avais jamais réfléchi à la période de la vie dans laquelle nous nous trouvons ; alors lui, il m'a dit que je devrais, afin de comprendre notre condition.

— Mais c'est qui, ce « nous » ? questionna Fenoglio, qui prenait du bon temps – Pellechia révélait des talents de conteur inattendus.

— « Nous », ce sont les hommes d'une quarantaine d'années. Je n'avais pas compris non plus, hein ! Mais lui, il m'a expliqué.

— Et qu'est-ce qu'elle a de spécial, notre condition à nous, les hommes d'une quarantaine d'années ?

— Là, écoute bien son explication : « D'abord, que les choses soient claires : le meilleur est derrière nous.

On l'a vécu, disons, entre vingt et trente-cinq ans. L'espérance de vie moyenne d'un homme italien est de soixante-quatorze ans. Ça veut dire qu'il nous reste plus ou moins une trentaine d'années. Sur ces trente années, les dernières seront pourries, c'est clair. Mais des masses de problèmes vont se pointer dès maintenant, si ce n'est déjà fait. Bref, des années potables, si tout va bien, il nous en reste à tout casser une dizaine. Ce n'est pas marrant, de vivre en sachant qu'il nous en reste aussi peu. »

— Et ta réaction ?

— Eh bien voilà : même si je me disais que ce mec était vraiment une tête de nœud, ça m'a déprimé. Sur le coup, son raisonnement m'a fait de l'effet. J'ai quarante-trois ans. Quand je joue au foot, je vois que les gosses qui ont vingt ans de moins, même s'ils ne savent pas toucher un ballon, courent beaucoup plus vite et beaucoup plus longtemps que moi. Quand je fais de la plongée, ça va encore bien, mais j'ai des copains légèrement plus âgés qui commencent à avoir des difficultés, ils ont un peu peur. Bref, en soi, le raisonnement de la tête de nœud n'est pas faux. Il est basé sur des faits, non ?

— Certes, ce sont des faits.

— Pourtant, presque tout de suite, je me suis dit que ce n'était pas juste. D'accord, je ne suis qu'un pauvre con, mais je pense que si tu es un homme et que tu es vivant tu as le droit de vivre chaque instant.

— J'ajouterais que tu en as même le devoir.

— Oui, le devoir aussi, exactement. En tout cas, je crois en ce truc-là, le droit de vivre, et je pense qu'en fin de compte tout ce raisonnement-là il est pourri. Alors je lui ai lancé : « D'après moi, la conséquence d'un raisonnement de ce genre, c'est que tu n'as plus qu'à te jeter à la mer avec un beau bloc de ciment attaché au cou. C'est la seule solution. Tu éteins la lumière et tu tires ta révérence. Mais moi je reste, parce que ça me plaît, et parce que ça me semble juste, putain ! »

Pellecchia s'interrompit brusquement, comme gêné. « Pourquoi tu me regardes comme ça ? Je débite des conneries ? » Fenoglio sourit. « Non, je crois que tu as parfaitement raison. »

Ils demeurèrent silencieux quelques minutes. Puis Pellecchia renifla et appela Franco, le Pirate :

— Franco, l'addition !

— Si vous le permettez, c'est moi qui invite.

— Non, nous ne permettons pas, répliqua Pellecchia avant que Fenoglio ait pu ouvrir la bouche. J'ai invité le maréchal à déjeuner, si je ne paye pas l'addition, ce n'est pas valable.

4

L'Albinos passa la tête par la porte.

— Bonsoir, maréchal.

— Entre, Vito, assieds-toi.

Fenoglio indiqua à l'Albinos une chaise devant son bureau, et lui-même vint s'asseoir sur l'autre, laissant vide sa place habituelle.

— Tu as trouvé quelque chose ?

— J'ai trois noms.

Fenoglio prit la feuille que Marasciulo lui tendait.

— Tu as parlé à certains d'entre eux ?

— Non. J'ai demandé à un ami en qui j'ai confiance et qui ne pose pas de questions.

— Tu les connais ?

L'Albinos s'éclaircit la gorge et remua sur sa chaise. Il n'était pas à l'aise à la caserne.

— Non. À côté des noms, il est écrit où les trouver. Le reste, c'est à vous de le faire.

— Ça me paraît juste.

— Mais d'après moi, ils ne vous diront rien. Quand on a vécu un truc comme ça, on veut juste oublier. Pourquoi est-ce qu'ils se feraient chier, passez-moi l'expression, à aller parler aux carabiniers ?

Oui, en effet, pourquoi est-ce qu'ils se feraient chier ? médita Fenoglio tout en disant au revoir à l'Albinos.

Le lendemain matin, Pellecchia et Fenoglio arrivèrent en même temps à la caserne.

— L'Albinos est venu, hier soir ?

— Oui, il est venu. Il m'a apporté un papier avec trois noms.

— Comment veux-tu procéder ?

— Tu les identifies, et après on va les voir ensemble.

Pellecchia prit la feuille et la lut.

— D'après toi, ils nous raconteront quelque chose ?

— Je ne sais pas. Mais pour le moment, occupe-toi de les identifier. Une chose à la fois.

Pellecchia sortit. Fenoglio décida de s'occuper de rapports déjà prêts au brouillon, en attente d'être signés par le capitaine. Il travailla pendant quelques heures sur de vieux dossiers, écoutant de la musique et jouissant de ce sentiment d'accomplissement agréable et un peu obtus que l'on éprouve à se débarrasser d'arriérés peu exigeants.

Il rentrait tout juste d'une pause promenade lorsque son téléphone se mit à sonner.

— Chef, c'est l'adjudant Pellecchia Antonio, tu te souviens de moi ?

— J'aurais du mal à oublier.

— J'en ai trouvé deux. Tu me rejoins ?

— Où ça ?

Pellecchia l'attendait devant un café du quartier Japigia.

— C'est lequel, celui-là ? demanda Fenoglio.

— Patruno. C'est un bijoutier et, je te préviens tout de suite, il est spécial. Il y a deux ans, sa fille a été kidnappée. Il a payé et elle a été libérée deux heures plus tard, indemne. On ne lui a rien fait, elle n'a été ni frappée ni violée, et on dirait que ça ne lui a pas fait plaisir.

— Hein ?

— Tu verras.

La bijouterie se trouvait à quelques dizaines de mètres du café. L'ameublement était vieillot et l'échoppe sentait la cire pour bois. Une femme et un homme se tenaient derrière le comptoir, l'un près de l'autre, comme s'ils posaient pour une photographie. Lui pouvait avoir cinquante ans comme soixante-dix, grand, les bras longs et maigres. Il avait de rares cheveux gris et un ventre proéminent à la forme étrange. On aurait dit que des morceaux de corps différents avaient été agencés les uns avec les autres, créant un ensemble bizarre privé d'harmonie. Son visage aussi révélait une absence de proportions programmatique: trop large, avec une bouche trop petite et une exophtalmie frappante. La femme, c'était sa fille. Une version féminine et beaucoup plus jeune de cet assemblage discordant.

« M. Patruno dit qu'il veut bien nous parler, mais qu'il préférerait ne pas faire de déposition. Pareil pour sa fille. Je lui ai dit que nous pouvions arranger ça. »

Fenoglio tendit la main. Celle du commerçant était molle et inanimée, une sorte de créature invertébrée. « Bonjour, monsieur Patruno. Je suis le maréchal Fenoglio. Y a-t-il un endroit tranquille où nous puissions parler? Peut-être un bureau, à l'arrière? »

Le bijoutier et sa fille se regardèrent l'un l'autre. Puis l'homme fit le tour du comptoir et ouvrit le chemin aux carabiniers, s'engageant dans un couloir étroit qui menait à un petit bureau.

La table, les étagères, tout était rangé de manière parfaite, obsessionnelle; la machine à écrire, la calculatrice, le porte-document en similicuir et le porte-crayon avec deux crayons bien taillés.

Patruno prit place derrière son bureau et invita les deux carabiniers à s'asseoir sur les deux vilaines chaises qui se trouvaient devant.

— L'adjudant Pellecchia m'a déjà résumé la situation, commença Fenoglio, et je vous serais reconnaissant de bien vouloir nous raconter en détail ce qui est arrivé à votre fille.

— Je ne comprends pas comment vous êtes au courant, dit l'autre d'une voix nasale et neutre.

— Dans notre métier, il nous arrive d'avoir des informations provenant des sources les plus disparates. Souvent par des individus qui appartiennent au monde du crime.

— Ma fille et moi, nous voulons oublier toute cette histoire. Ils nous ont dit que si on en parlait à quelqu'un ils reviendraient. Ils savent où est la boutique et où nous habitons. Ils savent tout.

— Ne vous inquiétez pas, monsieur Patruno. Votre sécurité est notre priorité à nous aussi. Je vais vous expliquer pourquoi nous nous intéressons à l'affaire qui vous concerne, votre fille et vous-même. Mais avant tout, parlez-moi de votre famille : vous êtes combien ?

— Il n'y a que ma fille et moi. Ma femme est morte d'un cancer il y a cinq ans. Nous nous occupions de la bijouterie ensemble. Ma fille étudiait l'économie à la fac, mais ça ne lui plaisait pas tellement. À la mort de sa mère, elle a décidé de prendre sa place. Je lui verse un salaire. Tout est en ordre, les bulletins de salaire, les cotisations, tout.

— Bien sûr. À l'évidence, vous êtes une personne méticuleuse, qui aime que les choses soient en règle – Fenoglio esquissa un sourire.

— Oui, je suis une personne ordonnée.

— Nous voulons savoir ce qui est arrivé à votre fille parce que cela pourrait nous aider dans une autre enquête.

— Comme je vous l'ai dit, maréchal, nous...

— Ne vous inquiétez pas. Vous ne serez pas mis en cause.

Patruno regarda Pellecchia.

— C'est OK, Patruno. Si le maréchal te dit que vous ne serez pas mis en cause, tu peux lui faire confiance.

Le bijoutier ajusta sa cravate et s'éclaircit la gorge, émettant un bruit étrange, semblable au cri d'un petit animal.

— Ce matin-là j'avais un rendez-vous médical, et ma fille devait ouvrir le magasin. En rentrant de chez le médecin, j'ai trouvé le rideau de fer baissé et je me suis inquiété. Pendant que j'étais là à me demander ce qui avait pu lui arriver, un garçon a déboulé en mobylette et m'a dit d'aller près de mon téléphone, quelqu'un allait m'appeler.

— Vous seriez en mesure de décrire ce garçon ?

— Non. Il est juste passé, il m'a dit ce truc et il est reparti. Moi j'étais troublé, je n'ai pas pensé à regarder son visage. Il avait l'air normal, quoi.

— Vous l'aviez déjà vu dans les parages ?

— Non.

— Il parlait en italien ou en dialecte ?

— Je ne suis pas sûr, mais je dirais plutôt en dialecte qu'en italien. C'était un gosse des rues. Mais oui, maintenant que j'y pense, il m'a parlé en dialecte.

— Quand est-ce qu'on vous a appelé ?

— Tout de suite. Même pas une minute après.

Quelqu'un près de là l'observait, pensa Fenoglio, c'étaient des gens du quartier.

— Qu'est-ce qu'ils vous ont dit ?

— Qu'ils avaient enlevé Fiorella et que si je voulais la revoir, je devais leur apporter trente millions en liquide dans l'après-midi. Autrement, ils la tueraient.

— Ils parlaient en italien ou en dialecte ?

— Dialecte. Enfin, un mélange de dialecte et d'italien. Mais ils étaient de Bari, j'en suis sûr.

— Et après ?

— J'ai demandé qui était au téléphone, et le type m'a dit que si je lui posais encore une question, ils coupaient un doigt de ma fille et me l'envoyaient. Alors je lui ai expliqué que je n'avais pas trente millions en liquide, et là il m'a dit d'aller les chercher à la banque.

En racontant ces faits, Patruno s'anima un minimum, et l'évocation de ce moment effrayant sembla tempérer un peu l'inertie de sa physionomie.

« Et vous aviez cette somme à la banque ? » Patruno fit une pause plutôt longue, comme s'il avait tout à coup réalisé que ce qu'il racontait pouvait être utilisé contre lui.

— Monsieur Patruno, ne vous en faites pas. Nous ne sommes pas de la brigade des finances, et savoir si vous payez vos impôts et tout le reste ne nous intéresse pas. Nous voulons seulement savoir comment ces gens agissent. Vous avez rassemblé les trente millions ?

— Oui. J'ai deux comptes, j'ai retiré vingt millions sur l'un et dix sur l'autre, et puis je suis revenu ici.

— Ils vous ont rappelé immédiatement, cette fois encore ?

— Immédiatement, dès que je suis rentré. Ils m'ont ordonné d'envelopper l'argent dans un journal, de mettre le tout dans un sac plastique et d'aller au Bar Biancorosso, à deux pâtés de maison de chez moi. Là, je verrais un homme à côté d'une Panda, il m'ouvrirait le coffre et je mettrais le sac dedans. Puis je devais m'éloigner sans me retourner. Si je faisais tout comme ils me le disaient, Fiorella reviendrait directement au magasin.

— Vous avez suivi leurs consignes ?

— Oui.

— L'homme qui a ouvert le coffre...

— Je ne me souviens pas à quoi il ressemblait. Même si vous me l'aviez demandé une demi-heure après, je ne m'en serais sans doute pas souvenu. Justement parce que je n'ai pas voulu le regarder en face. Je ne voulais pas courir le risque de le reconnaître.

Fenoglio n'insista pas.

— J'imagine que vous n'avez pas jeté un coup d'œil à la plaque d'immatriculation ?

— Si, sans faire exprès. Elle était couverte d'un chiffon.

Banal, simple et efficace. On n'a pas toujours besoin de faire compliqué.

— Que s'est-il passé, après le paiement ?

— J'ai continué à faire ce qu'ils m'avaient dit : je suis rentré à la bijouterie sans me retourner. Une demi-heure plus tard, ma fille est revenue.

— Comment allait-elle ?

— Assez bien. Elle a surtout eu peur au moment où elle a été enlevée : elle pensait qu'ils voulaient la violer – Fenoglio dut se forcer pour éviter le regard de Pellecchia –, mais non, ils ne lui ont rien fait.

Le bijoutier avait posé les mains sur son bureau, dos tourné vers le haut, comme s'il attendait quelque chose. Pellecchia se leva, fit le tour de la table et lui posa une main sur l'épaule. Son geste se voulait amical, et pourtant on aurait dit une menace. « Écoute, Patruno, nous apprécions beaucoup ton aide. Mais nous devons encore te demander une faveur. Il faut que nous parlions avec ta fille. »

Patruno regarda Pellecchia, puis Fenoglio. Ensuite il chercha un espace, dans cette petite pièce, où son regard puisse circuler sans en croiser un autre. Une issue de secours. « On lui pose juste quelques questions pour avoir son point de vue sur l'affaire, et puis on s'en va », ajouta Fenoglio en se penchant légèrement par-dessus le bureau.

Patruno se leva et alla chercher sa fille, qui les rejoignit peu après dans la pièce. Fenoglio l'invita à s'asseoir et elle s'exécuta avec des gestes raides, comme un automate défectueux. En la regardant ainsi, tellement vulnérable et mécanique, une créature humaine diminuée, Fenoglio éprouva un sentiment de tristesse, presque d'angoisse. Il se mit à imaginer vaguement l'existence de cette fille seule et laide, qui habitait avec son père et allait passer ses jours, les uns après les autres, auprès de ce paternel vieillissant, occupée à défendre le misérable bien-être de cette vie et de ce travail. Des bijoutiers de banlieue, des vendeurs de bagues, petits colliers et boucles d'oreilles en or bon marché et de minuscules brillants ; de petits fraudeurs fiscaux, et peut-être parfois de petits receleurs. Voir à travers la vie des gens commençait à lui peser, se dit-il.

— Madame...

— Mademoiselle.

— Excusez-moi. Mademoiselle, votre père nous a déjà raconté la désagréable affaire dans laquelle vous avez été impliquée. Nous aurions cependant besoin de quelques détails supplémentaires, que vous seule pouvez nous fournir.

— Je vous en prie.

— Comment s'est passé le kidnapping ? J'entends par là le moment précis où ils vous ont enlevée.

— J'étais arrivée au magasin en voiture. Ce jour-là, c'est moi qui devais ouvrir parce que mon père était pris ailleurs...

— Un rendez-vous médical, c'est ça ?

— Oui. Je me suis garée et je m'apprêtais à mettre l'antivol lorsqu'un homme est monté de l'autre côté et...

— Vous voulez dire devant, côté passager ?

— Oui. Il a ouvert la portière et s'est assis, il tenait un couteau. Il l'a mis contre mon cou et a dit que je ne devais pas le regarder en face, sinon il me tranchait la gorge.

— Mais vous l'aviez vu, quand il était monté en voiture ?

— Un peu. Il avait un gros pansement sur le nez. Je ne me rappelle que le pansement.

Une vieille technique, toujours efficace. Si on est dans une situation de stress et qu'on voit quelqu'un avec un gros pansement sur le visage, quatre-vingt-dix-neuf fois sur cent, on ne se souvient que du pansement.

— Et après ?

— J'ai dû remettre le contact et démarrer. Nous sommes allés dans la campagne entre Torre a Mare et Noicattaro. À un moment donné, sur une petite route secondaire, il m'a dit de descendre de voiture, de faire deux pas en avant et de ne pas me retourner. J'ai obéi et un autre homme, derrière moi, m'a mis un capuchon sur la tête. Ils m'ont emmenée dans un endroit fermé et m'ont fait asseoir ; je suis restée là peut-être une heure. Puis nous sommes remontés en voiture, ils m'ont fait allonger sur le siège arrière et nous sommes partis. Un quart d'heure plus tard, nous nous sommes arrêtés, et l'homme qui était entré dans ma voiture, et qui a été le seul à parler, m'a dit de compter jusqu'à cent. Ensuite, je pouvais me relever et rentrer chez moi.

— Ils ont laissé les clefs sur le tableau de bord ?

— Oui.

— Où se trouvait le véhicule ?

— Ici, dans le quartier Japigia, au bout de la via Caldarola, dans une petite rue où je n'étais jamais passée, derrière la station d'essence.

Des criminels professionnels, tranquilles, sûrs d'eux. Selon toute probabilité, cet enlèvement n'était pas leur premier et, vu leur sang-froid, ils devaient certainement avoir aussi des expériences de braquages.

— Quand est-ce que ça s'est produit ?

— Le 26 avril 1990.

— Nous avons presque fini. Sauriez-vous nous décrire la voix des deux kidnappeurs ?

— Comme je vous le disais, je n'ai entendu que la voix du premier.

— Ils n'ont jamais parlé entre eux ?

— Non.

— Et comment était-elle, cette voix ?

— Je ne saurais pas dire.

— Je vais vous suggérer des adjectifs. Dites-moi si certains d'entre eux peuvent décrire cette voix. Aiguë ou grave ?

La femme sembla se concentrer.

— Elle n'était pas aiguë, ça c'est sûr. Elle était... comme celle de quelqu'un qui fume beaucoup.

— Rauque ?

— C'est ça, rauque.

— Y a-t-il une autre raison pour laquelle vous avez évoqué le tabac ?

— Maintenant que vous m'y faites penser, oui, il puait la cigarette. Vous savez, quand quelqu'un fume beaucoup et que cette odeur...

— Oui, cette odeur imprègne les vêtements. Quelque chose d'autre vous vient-il à l'esprit ?

Elle secoua la tête. Elle semblait étonnée de s'être souvenue de ce détail.

— Revenons à la manière dont il parlait. En dialecte ou en italien ?

— Un mélange, mais je dirais plutôt en dialecte.

— Donc, résumons : il avait une voix grave et rauque, c'était un gros fumeur, et il parlait surtout en dialecte. Et son physique ? Sa corpulence, sa taille ?

Elle secoua à nouveau la tête.

— Je ne sais pas. Il était... normal. Ni grand ni petit. Et il n'était certainement pas gros.

— Si vous deviez donner une estimation, comme ça, sans avoir à expliquer pourquoi : quel âge lui donneriez-vous ?

— Une trentaine d'années, peut-être davantage. Ce n'était pas un jeune.

— Est-ce que par hasard, au cours des mois suivants, vous avez eu l'impression de revoir cet individu ? même juste une impression. Vous avez pu croiser quelqu'un et entendre sa voix, ou bien reconnaître cette odeur de cigarette.

— Non.

Fenoglio laissa une ou deux minutes s'écouler pour voir si un autre souvenir remontait à la surface. Mais non, rien.

— Merci, mademoiselle. Si quelque chose d'autre vous revient à l'esprit, s'il vous plaît, appelez-moi. Je vous donne mon numéro de téléphone au bureau. Je suis le maréchal Fenoglio. Si vous ne me trouvez pas, laissez un message et je vous rappellerai.

— Mon père et moi, nous voulons juste oublier cette histoire.

5

L'homme d'une quarantaine d'années portait un costume gris bien coupé et avait des manières fuyantes.

Ils étaient assis autour d'une table, dans une salle de réunion meublée de façon anonyme. Le bureau se trouvait au dernier étage d'un immeuble moderne, sur le corso Vittorio Emanuele. Des fenêtres, on apercevait un panorama spectaculaire sur la vieille ville.

« Comment l'avez-vous appris ? » Fenoglio répéta le même discours qu'il avait tenu quelques heures plus tôt, avec les adaptations nécessaires. Il ne fallait pas s'inquiéter, les informations servaient pour une enquête sur un autre kidnapping, ils ne prendraient pas sa déposition, et leur conversation resterait confidentielle. L'important, c'était qu'il dise tout ce qui lui était arrivé lorsqu'il avait été enlevé.

— Ce n'est pas moi, qui ai été enlevé.

— Et c'est qui, alors ?

L'homme contracta la mâchoire, et un éclair peu rassurant passa dans son regard.

— Mon père.

— Ah bon. Et qu'est-ce qu'il fait, votre père ?

— C'était le propriétaire de cette entreprise de construction. Mais il est mort.

— Je suis désolé, monsieur Angiuli. Le décès est-il en rapport, d'une manière ou d'une autre, avec l'enlèvement ?

— Qui sait ? Six mois plus tard, on a découvert qu'il avait un cancer, et il a été emporté en six mois. On dit que le cancer est aussi lié au stress.

— Ça s'est passé quand, monsieur Angiuli ?

— L'an dernier, en février.

L'homme répéta ce que lui avait rapporté son père. Il sortait tout juste de chez lui quand un type barbu et moustachu aux cheveux longs s'était approché en se présentant comme un membre de la police : il lui avait dit de le suivre pour effectuer quelques vérifications. Le père avait demandé des explications et le gars lui avait flanqué deux coups de poing en plein visage, qui l'avaient assommé. Quand il était revenu à lui, quelques minutes plus tard, il se trouvait dans une camionnette, menotté et les yeux bandés. Peu après, quelqu'un avait téléphoné au fils pour lui réclamer quatre-vingts millions en liquide. Il avait répondu qu'il ne pouvait pas trouver une somme pareille en quelques heures, et ils avaient fini par se mettre d'accord pour cinquante. Le fils avait déposé l'argent sous une benne à ordures, à Valenzano. Son père avait été libéré à Bari, du côté du cimetière ; là, il avait appelé pour qu'on vienne le chercher. Du moment de l'enlèvement à la libération, cinq heures s'étaient écoulées.

— Le barbu a dit qu'il faisait partie de la police ?

— Apparemment. C'était sûrement pour lui tendre un piège.

— Les mots de votre père ont vraiment été « menotté et les yeux bandés » ?

— Oui, il me semble. Enfin, je crois...

— On lui a bandé les yeux, ou on lui a mis un capuchon sur la tête ?

— Bandé les yeux. Il n'a jamais parlé de capuchon.

— D'accord. Et il a vraiment dit « menottes », comme celles que nous utilisons, nous ?

— Ça, je ne sais plus. Il a dit un truc comme : ils m'ont menotté, mais...

— Faites un effort. Ça peut être important. Essayez d'entendre dans votre tête la voix de votre père, plus que ses mots.

— Il a dit... ils m'ont menotté... et puis, quand ils l'ont libéré, ils ont utilisé un sécateur pour couper...

— Ah, alors il était lié ?

— Non, il n'a pas dit « lié », ça je me rappelle bien, il a dit « menotté ».

Pellecchia intervint, avec une voix étrangement basse et une note sombre qui ne lui était pas coutumière.

— Menottes en plastique à usage unique.

— Oui. Vous rappelez-vous d'autres détails, dans le récit de votre père ? reprit Fenoglio.

— Il disait qu'ils lui avaient semblé... méchants. Je sais que c'est une expression un peu enfantine, mais c'est celle qu'il a utilisée. Il est revenu terrorisé. Évidemment, n'importe qui aurait été effrayé par une expérience de ce genre, mais lui était encore *plus* effrayé que ça, je ne sais pas si vous voyez ce que je veux dire...

— Si, je vois très bien. Il avait perçu une menace très intense, qui allait au-delà du fait, déjà grave, dans lequel il s'était retrouvé impliqué. J'ai bien compris ?

— Je crois que oui.

— Vous a-t-il dit quelque chose sur la façon de parler de ces deux hommes ? Ils parlaient en italien ou en dialecte ?

Angiuli réfléchit un instant. Il posa le coude sur la table, et le menton sur son poing fermé.

— Je ne me rappelle plus.

— Mais vous aussi, vous leur avez parlé au téléphone.

— Oui, même si les deux premiers appels, c'est la secrétaire que nous avions à l'époque qui les a pris.

— Elle ne travaille plus ici ?

— Non, elle vit à Milan.

— Comment était la voix de celui avec qui vous avez parlé ? Si c'était toujours le même.

— Oui, c'était toujours le même. Il avait une voix normale.

— Il parlait italien ou en dialecte ?

— Italien.

— Il était tranquille ou nerveux ?

— Très tranquille. Très froid. La voix de quelqu'un qui n'a aucune émotion. C'est bizarre, je n'y avais jamais pensé en ces termes. Il donnait des ordres. C'est ça, il avait le ton de celui qui donne des ordres.

— Dans quel sens ?

— Je ne sais pas. On ne peut pas dire qu'il menaçait, c'était plutôt comme si la menace allait tellement de soi qu'il n'avait même pas besoin de la formuler. Je devais obéir, un point c'est tout.

Fenoglio regarda Pellecchia, qui semblait absorbé dans ses pensées.

— Peut-être que j'écoute trop mon imagination...

— Au contraire, vous nous fournissez des éléments très utiles. Vous rappelez-vous quelque expression particulière que cet individu aurait utilisée au téléphone ?

— Dans quel sens ?

— Il vous a donné des ordres sur la façon de remettre l'argent et, en général, sur la manière de vous comporter. Avait-il quelque particularité dans sa manière de s'exprimer ?

Angiuli secoua la tête.

Au moment de s'en aller, Fenoglio lui recommanda, à lui aussi, de le rappeler au cas où quelque chose lui reviendrait à l'esprit. Pourtant, il était sûr qu'il ne le ferait pas. Il y avait quelque chose chez cet homme, qui pourtant avait collaboré et fourni des informations utiles, qui ne le convainquait pas. Quelque chose de caché, de perfide et, quelque part, de dangereux.

Ils rentrèrent à pied, comme ils étaient venus: la caserne était à un quart d'heure du bureau d'Angiuli.

— Que penses-tu de ce type? demanda Fenoglio tandis qu'ils arrivaient sur le front de mer. Le vent s'était levé et le ciel était d'un bleu absolu, presque tragique.

— Un connard. Je ne sais pas pourquoi, mais ça m'a tout l'air d'un connard.

— C'est mon impression aussi. En tout cas, ce n'étaient pas les mêmes gars que pour les Patruno.

Pellecchia répondit par une espèce de grognement, difficile à interpréter. C'était peut-être un oui, ou peut-être cela signifiait-il qu'il devait réfléchir.

— Le médecin légiste a établi que l'enfant avait des traces de liens aux poignets. Cela pourrait être un élément commun.

Nouveau grognement, égal au précédent.

— Tu es loquace, aujourd'hui.

— Loquace: c'est quelqu'un qui parle beaucoup, c'est ça?

— C'est ça. Qu'est-ce que tu as à me dire sur le troisième nom fourni par l'Albinos?

— Qu'il faudra lui demander de vérifier.

— Dans quel sens?

— Dans le sens où il n'existe pas de Bitonto dans les registres de l'état civil – c'était le nom écrit sur le papier. J'ai demandé aux collègues du poste si, en dehors de l'état civil, ce nom leur disait quelque chose, et ils m'ont tous dit que non. J'ai aussi contacté quelqu'un qui travaille au commissariat, un mec intelligent, un copain. Mais rien.

6

Fenoglio marcha jusque chez lui, soit trois kilomètres et demi environ. En entrant, il dut réprimer l'habituelle bouffée d'angoisse que lui procurait l'appartement sans Serena – pourtant, ces derniers jours, la situation semblait s'être légèrement améliorée : le choc était moins violent, l'impression de vertige moins intense.

Il prit une douche, se changea et mit ses vêtements sales dans le panier à linge. Si tu te laisses aller, tu es cuit. Tu commences à mal te raser, tu mets la même chemise trois jours de suite, et parler tout seul devient une habitude. On dit qu'être quitté, c'est comme une maladie. Après la période de crise aiguë, il y a la convalescence. Il ne voulait pas être réduit à un état misérable lorsque la guérison le surprendrait. Et pour guérir, il ne devait pas forcément chasser de son esprit toutes les pensées liées à Serena. Les chasser, cela équivaut à prendre un analgésique dont l'effet ne dure que quelques minutes. Ensuite la douleur revient, plus forte encore. Quand une pensée arrive, il faut la laisser passer, sans essayer de l'arrêter ni de la contrôler. Le problème, c'est que l'on voudrait tout contrôler – une idée stupide, vaine et nocive. Il faut adopter l'attitude contraire, et accepter le fait que personne ne maîtrise vraiment sa vie, c'est ce que lui avait dit une fois Nicola, le barman du Café Bohème. C'était un ancien alcoolique et un soir, à l'heure de la fermeture, il avait raconté à Fenoglio comment il s'en était sorti, en fréquentant les réunions des Alcooliques anonymes et en suivant leur programme des « Douze Pas ». Un jour à la fois. Nicola avait aussi ajouté qu'un bon principe était de ne pas tout prendre personnellement. Nous imaginons que tout tourne autour de nous, ce que font les autres comme ce qu'ils *ne* font *pas*. Or, ce n'est presque jamais le cas. Les faits se produisent, un point c'est tout. La plupart du temps, les autres se désintéressent de nous, que ce soit un bien ou un mal. « C'est juste », avait répondu Fenoglio avant de se lever et de le saluer, sur les notes de l'intermezzo de *Manon Lescaut*.

On était donc samedi. L'air était doux. La soirée idéale pour aller manger une bonne pizza ou voir un film dans un cinéma en plein air.

Seul.

OK, seul. Un instant, il songea à appeler Pellecchia. *Salut Tonino, j'ai décidé d'accepter ton offre : s'il te plaît, tu peux demander à ta compagne d'inviter une amie ?*

Il eut envie de pleurer, chose peu habituelle chez lui. Heureusement qu'il était seul. La dernière fois que quelqu'un l'avait vu pleurer, c'était à la mort de son père. Il avait cette conviction étrange et stupide que pleurer n'était pas digne. Un problème de vanité, en fin de compte.

Je pourrais aussi appeler D'Angelo. Elle est peut-être seule également, cela pourrait lui faire plaisir. Cette idée ne dura que quelques secondes de plus.

Tu manges une pizza, ensuite tu vas au ciné, et puis au lit. On réfléchira au reste demain. Un jour à la fois, comme dit Nicola le barman.

Et c'est ce qu'il fit. Il se rendit dans un restaurant du centre-ville, près de la gare. Il mangea une pizza et but deux bières. Puis il fit quelques centaines de mètres pour voir ce qui passait à l'Arena. Il y avait *Robin des Bois, prince des voleurs*, avec Kevin Costner. Un film de l'année précédente que, bizarrement, il avait raté. Bizarrement, parce que Robin des Bois était un de ses personnages préférés. Il acheta un billet et, après un instant d'hésitation – Serena aurait désapprouvé – prit une autre bière bien fraîche, avant de plonger dans l'atmosphère irréelle et hors du temps du vieux cinéma. Le film était bon, Kevin Costner aussi, bien que personne ne puisse jamais interpréter Robin des Bois mieux qu'Errol Flynn ; toutefois, le personnage le plus réussi était celui de Morgan Freeman. Un grand acteur, se dit Fenoglio, un de ces jours il allait gagner un Oscar.

Quand il rentra chez lui, il était presque de bonne humeur. Il alla se coucher après s'être brossé les dents et avoir plié avec soin son pantalon sur une chaise. Avant de s'endormir, il se dit que Serena aurait apprécié. Si elle revenait, elle ne trouverait pas qu'il ressemblait à un clochard.

Le lendemain matin, il se réveilla tard, ce qui était inhabituel. Cela lui fit plaisir. Un des désagréments qu'il y a à se réveiller tôt, quand il ne fait pas encore jour, c'est qu'on est confronté à l'angoisse. Et d'ordinaire, c'est cette dernière qui gagne, du moins tant que l'on reste couché. En revanche, si on se réveille pour découvrir, par exemple, qu'il est neuf heures et demie, cela veut dire que l'on a échappé aux tentacules de la nuit, et on peut même alors se permettre de traîner un peu. C'est ainsi qu'il alluma la radio et resta au lit encore une demi-heure, glissant, avec moins d'effort que les semaines passées, sur les vagues d'angoisse qui se propageaient depuis le côté vide du lit.

Enfin il se leva, prit une douche et prépara le petit déjeuner. Quand il eut fini de manger, il remit tout en place et décida de ne pas fuir pour échapper à la solitude. Avant tout, il n'irait pas au bureau, comme il l'avait fait presque chaque dimanche de ce début d'été. Il allait lire, écouter de la musique, regarder le journal télévisé, déjeuner, et puis sortir marcher un peu seulement dans l'après-midi. Pendant sa promenade, il chercherait à remettre de l'ordre dans ses idées sur l'affaire du petit Grimaldi. Toutefois, « remettre de l'ordre » n'était peut-être pas la bonne expression. En réalité, il n'y avait pas grand-chose à ordonner dans cette enquête. Ce qu'il fallait, c'était plutôt extraire une hypothèse sur laquelle travailler concrètement. Ce que, pour le moment, il n'avait pas réussi à faire.

Il écouta deux fois de suite le concerto *L'Empereur* de Beethoven et lut un peu de *La Vie intérieure* de Moravia, qu'il trouva très ennuyeux. Il finit par abandonner le roman pour passer à un livre de Bertrand Russell, *Science et religion*, et là la lecture devint plus agréable. Il souligna plusieurs phrases et en mit une en évidence en inscrivant un point d'exclamation dans la marge : « Vers la fin du XVIe siècle, Flade, recteur de l'université de Trèves mais aussi juge suprême à la cour de l'électorat, après avoir condamné un nombre incalculable de sorcières, se mit à penser que leurs confessions étaient peut-être dues au désir d'éviter le supplice de la roue et, par conséquent, il devint plus réticent à les condamner. Il fut accusé de s'être vendu à Satan et soumis aux mêmes tortures qu'il avait infligées à ses victimes par le passé. Comme elles, il avoua sa faute et, en 1589, il fut étranglé, puis brûlé. »

À treize heures, il cessa de lire, éteignit la chaîne hifi et passa à la cuisine, où il se prépara une omelette aux pommes de terre. Il déjeuna, regarda le journal télévisé, prit un café, puis nettoya et laissa tout parfaitement en ordre. Un instant, il se dit sérieusement que si Serena était rentrée sans prévenir elle n'aurait pas trouvé l'évier plein d'ustensiles et de couverts sales. Puis il se souvint qu'elle était à Pesaro pour les épreuves du baccalauréat – elle lui avait téléphoné quelques jours plus tôt pour le prévenir, et il n'avait pas su comment interpréter le ton hésitant de sa voix, comment saisir le non-dit.

Il sortit. Dehors, le temps était incertain, on ne se serait pas cru en juillet, l'air avait la fraîcheur ambiguë de septembre. Il n'avait jamais aimé les couleurs violentes, les contrastes nets, l'absence de doutes et de mélancolie du plein été. Septembre, en revanche, lui avait toujours plu, depuis l'enfance. C'était un mois insaisissable, difficile à classer. Dans le jeu classique « si tu étais un train ? si tu étais un animal ? si tu étais une fleur ? », quand la question était « si tu étais un mois ? », il répondait toujours septembre.

Quelqu'un avait dit « septembre, c'est le mois des nouvelles responsabilités ». Cela lui semblait une bonne définition, et « responsabilité » était un mot qui lui plaisait. Il avait souvent réfléchi à ça : il détestait l'idée du sentiment de culpabilité, et il aimait celle du sentiment de responsabilité.

Il passa devant un immeuble de la via De Ruggiero. C'était un de ces très beaux ensembles de logements populaires des années vingt, avec de grands appartements hauts de plafond, aux larges fenêtres et aux escaliers lumineux. Il connaissait un couple de sexagénaires qui avait vécu là pendant trente-cinq ans. Ils avaient eu deux filles qui s'étaient mariées et étaient parties. Un couple normal, d'après les voisins, quoique très réservé – ils ne se liaient avec personne. Un matin, l'épouse s'était présentée au poste des carabiniers du viale Unità d'Italia. Sa robe de chambre était couverte de sang. J'ai tué mon mari, avait-elle déclaré en posant son marteau, lui aussi plein de sang, sur le bureau du brigadier sidéré. À cette époque, Fenoglio venait d'arriver à la Division des affaires criminelles. Ce fut lui, accompagné de deux collègues et de la femme, qui entra dans l'appartement pour y découvrir le mari en marcel, assis dans un fauteuil, devant le téléviseur encore allumé. À première vue, on aurait dit qu'il était assoupi, avec à son côté une tasse de café et un cendrier rempli de mégots. De plus près, on voyait son crâne défoncé. Dans ses yeux écarquillés, il y avait une infinie stupeur.

L'épouse était paisible, elle ne disait rien. Quand ils lui demandèrent pourquoi elle avait fait ça, elle se leva, souleva sa chemise et montra les traces de coups de fouet. Puis les marques de brûlures. Et elle raconta sa vie avec cet homme que, quelques heures plus tôt, elle avait tué à coups de marteau. Je ne voulais plus de tout ça, expliqua-t-elle. Je me suis réveillée et je me suis dit que je ne voulais plus qu'il me fasse tous ces trucs. Alors j'ai pris le marteau et, quand il a fini son café, j'ai fait ce que j'ai fait. Elle était sereine. Le plus étrange, c'était qu'elle communiquait aux autres cette sérénité. Comme si son geste avait remis un morceau du monde à sa place.

Ces événements s'étaient produits il y a longtemps. Ou bien non, peut-être que ce n'était pas si ancien que ça. Le temps – long, court – dépend de la manière dont on le mesure.

Quoi qu'il en soit, l'enquête avait été très facile. À vrai dire, il n'y avait même pas eu d'enquête, vu que l'affaire était résolue au moment même où la femme s'était présentée à la caserne.

Dans une hypothétique échelle des difficultés investigatrices, cet homicide valait un. La mort du petit Grimaldi, elle, valait dix. Cela servait-il à quelque chose, ce qu'ils avaient appris sur les kidnappings de Mlle Patruno et d'Angiuli ? L'épisode de Japigia semblait vraiment différent. Des gens du coin, c'était presque sûr. Des individus qui circulaient dans les rues du quartier comme des prédateurs dans leur territoire. Il était très improbable – c'était déjà ce qu'ils s'étaient dit, avec Pellecchia – que des gars de Japigia se soient déplacés dans les quartiers nord pour enlever rien de moins que le fils du chef de clan qui régnait sur cette partie de la ville.

En revanche, le cas du constructeur semblait moins réductible à une action purement locale. Les kidnappeurs avaient l'air plus cruels et moins idiots ; ils ne parlaient pas en dialecte ; ils étaient violents, même lorsque ce n'était pas nécessaire ; ils s'étaient souciés de bien maîtriser la personne kidnappée avec des liens ou des menottes en plastique et un bandeau sur les yeux, alors qu'ils n'avaient guère pris de précautions pour aller chercher la rançon. Ces deux aspects étaient assez contradictoires : beaucoup de soin mis dans le contrôle de la victime, moins d'attention portée à la phase pourtant extrêmement délicate de la récupération de l'argent. C'était le contraire du *modus operandi* des hommes de Japigia, moins préoccupés de contrôler leur victime et plus attentifs à la récupération.

Pourquoi cette différence ? En admettant qu'elle ait une quelconque importance. Comme Lopez l'avait expliqué, les kidnappings express étaient devenus une activité répandue, commode et peu risquée. Réfléchir au sens de ces différences pouvait donc s'avérer un exercice inutile.

Il lui revint à l'esprit l'apologue de l'ivrogne qui a perdu les clefs de chez lui et les cherche dans la rue, sous un réverbère. Il les cherche mais ne les trouve pas. À un moment donné, un passant lui demande ce qu'il est en train de faire et l'autre répond, justement, qu'il a perdu ses clefs et qu'il les cherche. *Vous avez donc perdu vos clefs sous ce réverbère ?* lui demande le passant. *Non, je les ai perdues là-bas, dans cette ruelle*, répond l'ivrogne. *Et alors, pourquoi les cherchez-vous ici? Parce qu'ici il y a de la lumière, alors que là-bas il fait noir, on n'y voit rien.* Une petite histoire très, très fine. Elle explique ce que nous faisons souvent, sans nous en rendre compte, lorsque nous cherchons à résoudre un problème sans disposer des bonnes coordonnées. Nous cherchons où il y a de la lumière, bien que ce soit exactement ce qu'il *ne* faut *pas* faire pour résoudre le problème.

Fenoglio avait atteint le corso Cavour. Maintenant le ciel était couvert et le vent avait fraîchi. Le *maestrale* se lève, se dit-il en enfilant la veste qu'il portait jusqu'alors sur l'épaule.

Il entendit qu'on l'appelait: «Maréchal!» Cette voix avait un accent local tellement prononcé qu'on aurait dit une caricature. Il se retourna et reconnut Albanese Francesco, le braqueur maladroit.

«Bonjour, maréchal!» Fenoglio sourit: «Tu n'arrives décidément pas à te débarrasser de ton accent de Bolzano!» L'autre le fixa un instant, perplexe. Puis il comprit la plaisanterie et sourit à son tour.

— Alors comme ça, tu es libre?

— Oui, maréchal. J'ai fait la procédure de conciliation, comme vous me l'aviez conseillé. J'ai pris un an, mais comme je n'avais pas de casier, ils m'ont libéré tout de suite.

Fenoglio le fixa un instant.

— Et maintenant, qu'est-ce que tu fais?

— Les braquages, j'ai arrêté, je le jure. Je fais les cigarettes, et des fois un peu la fumette.

— Un travail normal, quoi.

— Un travail normal ? Et qu'est-ce que vous voulez ? C'est vous qui allez m'embaucher ? Je suis aussi gardien de parking.

— Officieux.

— OK, officieux. Mais je me tiens bien, hein ! D'abord, je ne réclame pas. Si on veut me donner quelque chose, merci, très bien. Sinon, je ne dis rien, je ne menace personne. Rien de rien. Et si on me confie les clefs, je les utilise seulement pour garer la voiture quand elle est en double file, pour éviter l'amende. Je suis honnête.

— Ça te dit, un café, Albanese ?

Voilà une qualité que Fenoglio possédait certainement : il n'oubliait jamais un visage et un nom, et un visage accompagné d'un nom. Cela lui venait naturellement, or c'est quelque chose qui aide dans beaucoup de métiers. Dans celui de flic en particulier, pour de nombreuses raisons – certains évidentes, d'autres beaucoup moins.

Albanese sourit, étonné : « Merci, maréchal. Un café, ça ne se refuse jamais. »

Ils entrèrent dans le Saicaf. Le jeune homme disait bonjour à tout le monde comme un habitué, et tous le saluaient cordialement.

— Tu es connu ici, on dirait, fit remarquer Fenoglio.

— Les gens me connaissent, et ils savent qu'ils peuvent me faire confiance. Si jamais quelqu'un se fait voler son moteur, tout le monde vient me voir, et souvent j'arrive à le leur faire récupérer.

— Comme ça, par amitié, c'est ça?

— OK, OK, parfois, après ils me font un cadeau.

— Bravo. Et comme ça, un de ces jours, tu vas te retrouver arrêté pour complicité d'extorsion.

— C'est quoi, le rapport, avec l'extorsion? Je rends seulement de petits services, moi!

Fenoglio décida de laisser tomber. Inutile de se lancer dans de subtiles questions juridiques sur le concept de complicité d'extorsion de la part d'un intermédiaire. Quand ils sortirent, Albanese recommença à bavarder.

— Vous dites que mes activités sont illégales. Bon, OK, elles le sont. Mais vous savez ce qu'ils font, ceux des parkings officiels, ceux qui ont tout en règle et ont l'autorisation de la mairie? Ceux de la gare ou près du port?

— Non, qu'est-ce qu'ils font?

— Si le parking est plein, ils se font laisser les clefs de la voiture. Ils ont l'air de rendre un service, hein, ils ont l'autorisation de la mairie, ils ont même l'uniforme et tout, hein?

Là, il fit une pause, comme s'il attendait une confirmation de Fenoglio sur le fait qu'ils soient autorisés par la mairie, ou sur autre chose encore.

— Et alors?

— Et alors, ils filent les bagnoles à leurs copains délinquants quand ceux-ci ont un travail à faire : une livraison, un braquage, un truc dans le genre. Comme ça, les gars ont une voiture « propre » et, même si quelqu'un relève le numéro d'immatriculation, eh ben après, les emmerdes c'est pour vous, vous le propriétaire, je veux dire. Si ça se trouve, vous avez pris le train ou le ferry en croyant votre voiture bien en sécurité, et en fait elle a servi de taxi pour des mecs de la pègre.

À présent, Fenoglio était intéressé.

— Et c'est ce qu'ils font à la gare et au port, c'est ça ?

— Oui, ils font ça tout le temps, les gardiens de parking qui ne sont pas officieux, ceux qui ont un uniforme, vous avez compris le truc. Car les gens imaginent que si t'as un uniforme t'es quelqu'un comme il faut, et ils te font confiance. Mais si tu l'as pas, comme moi, t'es forcément un voyou. Vous imaginez pas les saloperies qu'ils font, les mecs en uniforme. Quand j'ai fait mon service militaire, certains connards de maréchaux – sans vouloir vous vexer, hein – volaient l'essence, piquaient les trucs à manger et même les couvertures...

Le jeune continua à parler, mais le maréchal avait cessé de l'écouter.

Peu après, ils se dirent au revoir. Fenoglio aurait pu répéter mot pour mot ce qu'il lui avait raconté jusqu'à un instant précis, mais rien de la dernière partie de la conversation.

Car, en l'écoutant parler de voyous en uniforme, une idée lui était venue. Une de ces idées face auxquelles il est inutile de se dire qu'on est dimanche et que, maintenant, on va rentrer à la maison pour regarder la télé, ou continuer à se promener un peu ou, pourquoi pas, retourner au cinéma ou quelque chose comme ça.

Alors que toutes ces pensées lui traversaient l'esprit, il s'était déjà engagé dans la via Imbriani, en direction de la caserne. Il avait des choses à vérifier. Et il fallait qu'il le fasse cet après-midi, hors de question d'attendre le lendemain.

7

Le lendemain matin, il chercha Pellecchia, qu'il découvrit dans la cour de la caserne, occupé à bavarder amicalement avec un gros type menotté. La scène était d'une banalité grotesque.

— Viens dans mon bureau, il faut qu'on parle.

— Qu'est-ce qui se passe ?

— Une idée. Tellement absurde que, pour le moment, je ne pourrais en parler ni avec mes supérieurs ni avec la juge. Comme nous avons mené cette partie de l'enquête ensemble, il n'y a que toi à qui je peux en parler.

— Putain, j'ai rien pigé. Mais d'accord.

Ils montèrent dans le bureau de Fenoglio. Celui-ci referma la porte et s'assit derrière son bureau.

— Alors ?

— Et si l'enlèvement du petit Grimaldi avait été commis par des policiers ou des carabiniers ?

Pellecchia ne répondit pas tout de suite, et ne manifesta aucune surprise. Il alla s'asseoir, comme s'il en avait besoin, et alluma un cigare sans demander la permission.

« Comment t'est venue cette idée ? » Fenoglio non plus ne répondit pas tout de suite. La réaction de Pellecchia était étrange. Sa *lenteur* était étrange. Le maréchal tenta de la déchiffrer, sans y parvenir.

« Cela m'a d'abord traversé l'esprit quand Angiuli a parlé de menottes, lorsqu'il a expliqué que son père a été menotté. C'est une association évidente : tu entends menottes, tu penses flics. En plus, les kidnappeurs avaient dit qu'ils étaient de la police. Mais quand on a compris qu'il s'agissait de menottes en plastique, j'ai laissé tomber l'idée. Ces trucs-là, n'importe qui peut s'en procurer dans une quincaillerie. » Pellecchia renifla, puis se passa la main sur le menton. Il opina du chef, lèvres serrées. On aurait dit qu'il savait déjà ce que Fenoglio allait lui dire.

— Hier, je suis tombé sur un garçon que j'ai arrêté pour une tentative de braquage il y a deux mois, le jour même où nous avons appris l'enlèvement de l'enfant, et où il y a eu l'échange de coups de feu à Enziteto. On a bavardé un peu ensemble et, à un moment, un truc qu'il m'a dit m'a remis mon hypothèse en tête. Du coup, j'ai décidé de procéder à quelques vérifications.

— À savoir ?

— J'ai vérifié les antécédents des personnes enlevées et de leurs familles, et les litiges en cours les concernant.

— Putain ! très juste, approuva Pellecchia après un instant de réflexion. Et ça a donné quelque chose ?

— Le bijoutier n'a même pas une condamnation pour conduite sans permis.

— Et l'autre ?

— Angiuli aussi a un casier vierge mais, en consultant le centre de traitement des données et en passant quelques coups de téléphone, j'ai découvert que le parquet de Naples s'est intéressé à lui, en relation avec la Garde des finances d'ici. Je reviens de la caserne de la Garde, où j'ai discuté avec un ami, un maréchal de la brigade des stups. Ils sont convaincus qu'Angiuli est impliqué dans un gros trafic international de drogue, du Venezuela à l'Italie en passant par l'Espagne. En tout cas, c'est leur hypothèse de travail. Il est marié à une Vénézuélienne qui, d'après eux, appartient à une famille de trafiquants de ce pays. Ils ont enquêté sur lui pendant des mois.

— Avec quel résultat ?

— Aucun. Ils sont convaincus que sa femme et lui sont les moteurs de ce trafic, et que l'entreprise de construction ne sert qu'à blanchir l'argent. Mais rien de concret n'a émergé.

Le visage de Pellecchia, jusqu'à présent inexpressif, parut reprendre vie.

— Un trafiquant. Je savais que cette tête de cul ne me revenait pas.

— Exactement. Supposons un instant que mon hypothèse ait un sens. Supposons que parmi les responsables de l'enlèvement d'Angiuli père et du kidnapping de l'enfant il y ait un carabinier, quelqu'un des finances ou un policier. Cette personne a accès à des informations confidentielles, en tout cas elle sait qui sont les délinquants, qui a de l'argent, et aussi qui serait très peu enclin à s'adresser aux forces de l'ordre pour signaler l'enlèvement.

— En réalité, *aucun* de ceux ayant subi des kidnappings éclairs n'a jamais porté plainte.

— Tu as raison. Mais imaginons que toi et moi, nous décidions de nous lancer dans les enlèvements. Nous souhaitons maximiser nos gains et réduire au minimum des minimums les risques. Qui choisissons-nous comme victimes, si nous sommes des fils de putes vraiment déterminés, intelligents et sans scrupules ? Des gens qui ont un accès immédiat à de grosses sommes en liquide, et qui n'ont pas du tout envie que cette disponibilité vienne à la connaissance des forces de l'ordre et de la magistrature. En tant que pandores, nous avons accès à des informations confidentielles, et en tant que flics criminels, nous avons les couilles d'aller kidnapper le fils d'un chef comme Grimaldi – peut-être même que cette idée nous excite –, profitant d'une guerre mafieuse qui laisse croire à tout le monde que les responsables de l'enlèvement sont les rivaux de Grimaldi.

Pellecchia ne dit mot. Il se dirigea vers la fenêtre qui donnait sur la cour. Il regarda dehors, yeux mi-clos. Comme s'il ne reconnaissait pas ce qu'il voyait; ou bien comme si soudain, à ce moment précis, il remarquait quelque chose qu'il n'avait jamais vu auparavant.

« Tout va bien ? », demanda Fenoglio. Son collègue se retourna, comme s'il se rendait compte à cet instant qu'il n'était pas seul dans la pièce. « Ça te dit de marcher un peu ? » Fenoglio le fixa longuement. « D'accord », finit-il par répondre.

À peine furent-ils dehors qu'un gigantesque nuage blanc couvrit le soleil. Pellecchia enfonça les mains dans ses poches. Il marchait en regardant autour de lui. Comme perdu. Fenoglio réalisa qu'il ne l'avait jamais vu les mains dans les poches. Les discordances. Les altérations. Les rythmes qui soudain se modifient et se réagencent d'une autre façon.

— Allons vers le rivage, dit Pellecchia en traversant, sans attendre la réponse de Fenoglio. J'aime l'eau. J'aime la mer. J'aime entrer dans l'eau, nager, faire du bateau. J'aime regarder la mer. Ça me donne l'impression d'être propre, et c'est une bien belle sensation.

— Être propre ?

— Oui, c'est une belle sensation. Quand ça arrive.

Il s'arrêta près d'un réverbère en fonte et observa l'horizon. Puis il secoua la tête.

— Un jour, je t'ai entendu dire que tu étais devenu carabinier par hasard.

— Plus ou moins, oui.

— Je n'arrive pas à comprendre comment on peut être carabinier par hasard.

Fenoglio haussa les épaules. Les nuages se déplaçaient rapidement, poussés par le vent. L'air sentait bon le sel. Il y avait quelque chose de dramatique et de doux dans la toile de fond de cette scène.

« Nous faisons presque tout par hasard. Même si, généralement, nous n'en sommes pas conscients », commenta Fenoglio. Il regretta immédiatement cette phrase, se disant qu'elle était banale.

— Parfois, je ne comprends pas ce que tu dis, répliqua Pellecchia. Mais moi, j'ai *voulu* être carabinier.

— Pourquoi ?

— Parce que je n'étais pas assez bon au foot.

— Comment ça ?

— Je jouais au foot. J'ai même fait des essais pour des équipes de deuxième division, mais il a vite été évident que je ne dépasserais pas les championnats interrégionaux, et que je ne gagnerais pas ma vie avec le ballon rond. Enfant, lorsqu'on me demandait ce que je voulais faire quand je serais grand, je disais : joueur de foot ou carabinier. La possibilité d'être footballeur, mon rêve numéro un, ayant été écartée, je suis passé à carabinier, mon rêve numéro deux.

Mais en dehors de mes désirs d'enfant, tu sais pourquoi je suis devenu carabinier?

— Pourquoi?

— Parce que je n'aimais pas les voyous. Parce qu'ils me faisaient peur, même si je ne l'aurais jamais avoué. Je voulais prendre parti, je voulais que les choses soient claires. Les bons et les mauvais. Les connards et les autres, nous. Les règles: ceux qui les respectent et ceux qui ne les respectent pas. Je suis entré dans le métier à dix-huit ans, et j'ai vite compris que les choses n'étaient pas du tout claires.

— Déterminer qui sont les bons et les mauvais, ce n'est pas aussi facile que ça.

— Exactement.

Exactement, pensa Fenoglio. Quant à la question des règles, elle est encore plus compliquée. Il ne faut pas les violer de façon systématique, mais il est également impossible de toujours les respecter. Parfois, on laisse filer quelqu'un que l'on devrait arrêter. Parfois, on a la main lourde et on en met un autre sous les verrous, alors qu'on n'a pas les éléments suffisants pour le faire. On ne peut pas se mouvoir dans certains milieux sans entretenir un rapport élastique avec les règles. Il y a des règles, et en général on les respecte, mais il faut aussi être disposés à les mettre de côté, au moins de temps en temps. Autrement, il vaut mieux laisser tomber certains métiers. Le noir et le blanc sont des concepts abstraits. Il y a un vaste territoire gris dans lequel il faut se mouvoir avec circonspection, parce que les cartes sont imprécises.

« Supposons que j'aie fait des choses... pas bien. Et supposons que je te les raconte. Qu'est-ce que tu ferais de ces informations ? », demanda Pellecchia. Fenoglio se surprit à renifler, exactement comme l'adjudant.

— Ça dépend.

— De quoi ?

— De ce que tu me racontes. Et des raisons pour lesquelles tu me le racontes.

— Je parle de délits. Que j'ai commis.

Les nuages continuaient à bouger rapidement, faisant apparaître et disparaître le soleil. « À moins que tu n'aies de très bonnes raisons, il vaut peut-être mieux que tu ne m'en dises pas plus. » Pellecchia tira une bouffée de cigare, souffla la fumée.

— Et si c'était utile pour l'enquête ?

— Laquelle ?

— Celle sur l'enfant.

Fenoglio le regarda. Il le regarda comme il ne l'avait probablement jamais fait auparavant. Il fit pour ainsi dire un inventaire de chacun de ses traits, encore plus exhaustif que s'il avait dû les mémoriser afin de les décrire ensuite avec une extrême précision. Le nez un peu tordu, la peau épaissie par beaucoup de soleil pris sans aucune précaution ni protection, les sourcils très longs, les yeux gris qui devenaient verts au soleil, et les cheveux grisonnants, courts et épais.

C'était vrai, qu'il ressemblait à De Niro. C'était étrange de ne l'avoir jamais remarqué, songea Fenoglio.

— Peut-être que ça n'a rien à voir. Mais peut-être que c'est important. Putain ! je sais pas.

— Voyons si je te suis. Il y a des choses que tu as faites, ou dans lesquelles tu as été impliqué, qui pourraient nous aider dans l'enquête sur l'enlèvement de l'enfant ?

— Oui.

— Des choses survenues récemment ?

— Non. Des choses du passé... – Et là Pellecchia eut un geste d'exaspération avec les mains, d'exaspération et de colère. – Oh et puis merde ! j'en ai marre de ce pas de deux. Bon, je te dis tout, et tu fais ce que tu veux. C'est toi qui décides. De toute façon, à ce stade, je ne peux plus garder ces trucs pour moi.

Fenoglio s'apprêtait à répéter qu'il ne pouvait lui donner aucune garantie. Mais il ne dit rien, cela n'avait pas de sens. Ils étaient en pleine zone grise. Le noir et le blanc sont des concepts abstraits.

— Ça t'embête si on reste là pour parler, devant la mer ? Je n'ai pas envie d'être entre quatre murs.

— Bien sûr, restons là.

— Tu te rappelles, quand on est allés chez la voyante ?

— Eh bien ?

— Je t'ai dit que j'avais honte. Tu as cru que j'avais honte de moi en général. C'est vrai en partie, mais à ce moment-là, j'avais quelque chose de précis en tête, que je n'ai jamais été capable de me pardonner.

Pellecchia semblait en pleine prise de conscience, il n'avait pas son expression habituelle.

— Tu connais Guglielmo Savicchio ?

— Celui qui est au Centre de commandement, avec le colonel ?

— Oui. Tu le connais ?

— Très peu, je n'ai jamais travaillé avec lui.

— Il y a quelques années, avant que tu arrives à Bari, nous étions ensemble à la Division des affaires criminelles.

— Attends, attends. C'est celui qui a tué un gars lors d'une fusillade ?

— Oui.

Puis, après une longue pause, Pellecchia reprit : « Ce jour-là, nous étions ensemble. J'avais eu un bon tuyau sur un type qui devait transporter un demi-kilo de cocaïne pour le compte de mecs du quartier Libertà. Nous l'avons attendu près d'un box de garage, où il devait déposer la marchandise. Quand il est arrivé, il nous a repérés. Nous avons essayé de le bloquer, mais il a fait une manœuvre de fou avec sa moto, et il a réussi à nous éviter et à prendre la fuite. Savicchio avait déjà son pistolet à la main. Il a visé, il a tiré. Cinq coups. La moto a fait une embardée et le gars est tombé. On s'est approchés, il était en train de mourir. Savicchio a pris dans sa sacoche un autre pistolet, un petit, et il a tiré deux fois vers l'endroit où nous nous tenions un instant avant. Les deux balles ont atteint l'aile d'une voiture. J'entends encore ces tirs. En fait, de ce soir-là, ce sont les bruits dont je me souviens le mieux. Les cinq tirs de son arme de service et les deux coups du 6.35, qui faisaient un bruit de branches cassées. Puis il a nettoyé le putain de joujou avec sa chemise pour enlever ses empreintes, et il l'a mis dans la main du mec. »

Fenoglio eut besoin d'un peu de temps pour réaliser qu'il retenait sa respiration.

— Je lui ai dit : « Putain ! qu'est-ce que tu fais ? » Et lui, très calme, il a répondu que je ne devais pas m'inquiéter, qu'il s'occuperait de tout, du rapport et du reste. Moi, j'étais tombé par terre et je n'avais pas vu l'action. Je devais simplement confirmer que j'avais entendu l'autre mec tirer.

— Qu'est-ce que tu racontes ?

— Tu as bien compris.

Un instant, Fenoglio fut submergé par une suffocante et insupportable sensation d'irréalité.

— Le numéro de série du 6.35 était effacé ?

— Bien sûr.

— Tu savais qu'il avait cette arme ?

— Non.

— Et tu as confirmé sa version.

— Oui. J'ai signé le rapport, et quand j'ai été entendu par le magistrat, j'ai répété les mêmes trucs.

— Pourquoi ?

— Je ne savais pas quoi faire, je me sentais pris au piège. Tout s'est passé trop vite. Les autres flics sont arrivés, il a raconté son histoire. Puis ils se sont tournés vers moi, j'ai confirmé. Tu sais, quand il t'arrive des trucs et que tu réalises que tu ne contrôles plus rien ? C'était comme ça.

— Putain de merde !

— Mais ce n'est pas tout. J'avais peur. Nous avions fait des trucs ensemble. – Maintenant, Pellecchia semblait avoir pris son élan, et il ne s'arrêterait plus. – Des trucs illégaux. Des trucs qui arrivent quand tu travailles trop longtemps sur des affaires de drogue.

— Continue.

Pellecchia renifla et se frotta les yeux, avant de poursuivre : « Quelquefois, quand nous faisions des saisies de drogue, nous en gardions une partie. Ça servait pour les indics. » Puis il se secoua, comme si une idée désagréable lui était soudain passée par la tête et qu'il fallait mettre aussitôt les choses au clair.

— Mais je n'ai jamais mis un sachet dans la poche de quelqu'un pour le coincer, hein. Je le jure. Je m'en servais juste comme cadeaux pour les toxicos qui me filaient des tuyaux.

— Et puis, vous en preniez un peu.

Pellecchia ne tenta même pas de nier et confirma.

— C'est arrivé, avec des filles qu'il connaissait, des filles qui voulaient s'amuser. Avec la neige, tout était plus facile.

— Qu'est-ce que tu as fait d'autre ?

— Rien. Juste la drogue.

Cette phrase resta suspendue en l'air quelques minutes. L'odeur de la mer était devenue plus intense.

— Savicchio, il faisait aussi d'autres trucs.

— Quoi donc ?

— Plus d'une fois, il m'a proposé de faire des braquages. Il parlait de braquer un tripot, des putains. Moi, je répondais que je n'étais pas d'accord, et que de toute façon c'était trop dangereux. Il répliquait que je ne comprenais que dalle, qu'on ne ferait rien de mal, qu'il s'agissait juste de piquer du fric à des voyous, pas à des honnêtes gens. Personne ne porterait plainte. Et puis c'était un boulot sans risque, nous étions carabiniers. « On y va avec le passe-montagne et la voiture de service, mais avec une plaque d'immatriculation volée. Aussitôt après l'action, on enlève le passe-montagne, on remet notre plaque et on recommence à patrouiller. Si ça se trouve, on fait une arrestation peu après. »

— Tu penses qu'il les a faits, ces braquages ?

— Oui.

— Avec qui ?

— Je ne sais pas.

— Avec un... – Fenoglio se rendit compte qu'il n'arrivait pas à utiliser le mot « collègue ». – Avec un autre militaire ?

— C'est possible. Il a aussi pu travailler avec des délinquants classiques. C'est un fou. Quoi qu'il en soit, après l'histoire avec le motard, j'ai demandé à changer de section. On m'a mis à la brigade des vols, et deux ans après, je suis passé à la criminalité organisée.

— On lui a accordé la légitime défense ?

— Oui.

— Et quel rapport avec l'histoire de l'enfant ?

Pellecchia plissa les yeux. Quand le soleil parvenait à percer les nuages, il était aveuglant.

— Savicchio parlait tout le temps de comment se faire du fric facile, c'était une obsession. Une fois, il a suggéré de kidnapper la femme d'un gros trafiquant et de demander une rançon. Je ne savais pas si je devais t'en parler, parce que si je le faisais, j'étais obligé de te parler de moi aussi. Je n'arrivais pas à me décider, mais quand il y a eu l'épisode des menottes en plastique – et tu m'as dit que l'enfant avait ce genre de marques sur les poignets –, j'ai pensé que je ne pouvais plus me taire.

— Pourquoi ?

— Parce que Savicchio avait la manie des gadgets de flics comme on en voit dans les films américains. Menottes en plastique, spray au poivre, matraques électriques. En fait, il était bourré d'idées fixes en tout genre. Par exemple, il était obsédé par la propreté. S'il serrait la main à quelqu'un, il courait aussitôt se laver – pour se débarrasser des microbes, disait-il. Il s'épilait, y compris les aisselles. Il faisait une fixation sur les anagrammes, et il adorait lire les mots à l'envers. Des fois, il m'appelait Oninot.

— Hein ?

— C'est Tonino à l'envers. Il faisait ça tout le temps. Parfois il disait des phrases entières à l'envers, parfois il faisait des anagrammes. Moi, j'étais Pennichella Coito[*]. Tonino Pellecchia.

Fenoglio se tapota la tempe avec l'index et le majeur.

— Il est timbré.

— Oui, timbré. Mon erreur a été de ne pas le comprendre tout de suite.

— Comment est-il possible qu'une info aussi importante que celle-là – Savicchio projetait d'enlever des gens – ne te revienne en tête que maintenant ?

— Savicchio disait un tas de trucs, souvent rien que pour le plaisir d'épater la galerie. Il parlait de braquer une banque ou de ramener un chargement de coke du Pérou. Une fois, il a dit que ce serait marrant de violer une fille de la brigade volante. Si on baisait une fliquette jusqu'au sang, disait-il, qui pourrait jamais imaginer que ce sont des carabiniers qui ont fait le coup ? Il avait besoin d'impressionner : c'est moi le plus méchant, le plus dangereux. « Je suis l'Antéchrist », disait-il parfois. Tu te rappelles, quand tu m'as expliqué ce que c'était, un psychopathe ?

— Oui.

— Ce jour-là, je me suis dit que si j'avais déjà rencontré un véritable psychopathe, eh bien c'était lui. Mais son histoire d'enlever la femme d'un trafiquant, ça m'est juste revenu il y a quelques jours, quand j'étais aux Tremiti.

---

[*] « sieste crapuleuse » en italien.

Fenoglio réfléchit à cette réponse. C'était une explication plausible, il n'y avait pas de raison de penser que Pellecchia mentait.

— Il y a autre chose que tu ne m'as pas dit ? D'autres éléments qui te font penser que c'est lui ?

— Non. Et je n'ai pas d'éléments concrets qui me permettent de le dire. Mais réfléchis un peu : si c'était lui, tout collerait.

Oui, tout collerait.

— Et tu penses que je devrais faire quoi, maintenant ? demanda Fenoglio.

— Si tu décides de mettre par écrit ce que je t'ai raconté, je ne nierai pas. Mais j'ai une autre idée sur ce qu'on pourrait faire.

Fenoglio s'éloigna d'une dizaine de mètres. Il avait la mer devant lui et sur le côté ; à l'horizon, les nuages et l'eau se mêlaient. Il eut l'impression que cela voulait dire quelque chose, que c'était une métaphore. Il resta quelques minutes à regarder cette combinaison de couleurs – blanc, bleu, vert. Pour finir, il fit volte-face et revint sur ses pas. « Explique-moi ton idée. »

8

Ils étaient allés s'asseoir dans un café avec des tables sur le trottoir. Il n'y avait pas d'autres clients, et ils pouvaient parler sans être dérangés ni entendus.

— Disons que c'est un receleur de haut vol. Mais receleur est peut-être un terme inexact. Si tu as besoin d'acheter quelque chose, n'importe quoi, il est capable de te le procurer. Si tu as besoin de vendre quelque chose, il peut trouver quelqu'un qui te l'achète. Et je ne parle pas de Bari, hein, je parle de toute l'Italie, et même de l'étranger.

— Comment s'appelle-t-il ?

— Ambrosini Luigi.

— Jamais entendu parler.

— Il est invisible. Pas une condamnation, pas la moindre procédure contre lui, pas une perquisition. C'est une espèce de Mandrake, je ne sais pas comment il fait pour passer sous les radars depuis autant de temps.

— Comment se fait-il que personne ne le connaisse, un gars d'une telle envergure ?

— C'est un magicien, je te dis. C'est peut-être le seul cas connu d'un gars qui soit un délinquant professionnel sans être connu des forces de police.

— Il a une couverture ?

— Il tient un magasin de jouets.

— Tu as déjà parlé de lui au boulot ?

— Non. Quelquefois, il me file des tuyaux. C'est lui qui décide de le faire, quand il a quelque raison pour ça, liée à ses affaires.

— Un criminel adulte, commenta Fenoglio, comme se parlant à lui-même.

— Un quoi ?

— Un criminel adulte. Je distingue les criminels adultes – il y en a très peu – des criminels enfants, la grande majorité.

— Qu'est-ce que ça veut dire ?

— Quand ils se comportent mal, les enfants le font presque toujours parce qu'ils veulent attirer l'attention des parents, qui représentent l'autorité. Ils ont un sentiment ambivalent par rapport à la violation des règles. Ils ne veulent pas être punis, mais ils veulent être découverts. La plupart des criminels agissent ainsi ; ils reproduisent, dans des conditions différentes, ce même mode de comportement. Ils veulent être remarqués par l'autorité, même au risque d'être punis.

— C'est pour ça qu'ils racontent ce qu'ils font, qu'ils se vantent, et qu'on finit par les choper ?

— Exactement. Ils parlent à quelqu'un qui parle à quelqu'un d'autre, et ainsi de suite jusqu'à ce que cela parvienne à nos oreilles. C'est pour ça que, comme tu dis, d'une manière ou d'une autre, on finit par les choper. À part les adultes.

— Et ça serait qui, les adultes, alors ?

— Ceux qui commettent des délits uniquement pour obtenir des gains, comme des commerçants ou des entrepreneurs. Ils n'éprouvent pas le besoin de se faire remarquer – et donc, de raconter. Ils sont poussés à agir exclusivement par des raisons utilitaristes. Ils veulent des profits et *ne* veulent *pas* être pris. Très souvent, ils y parviennent. Ce sont des adultes qui poursuivent rationnellement des objectifs, pas des gamins en quête d'attention.

Pellecchia renifla : « Putain ! Des fois, je me demande si... » Il laissa sa phrase en suspens. Comme s'il ne savait que dire, ou comme si ce qu'il avait à dire lui procurait un sentiment de gêne. Fenoglio laissa quelques secondes s'écouler, avant d'en revenir au fait.

— Où est le magasin d'Ambrosini ?

— Via Bovio, derrière l'école Garibaldi. Il a aussi un entrepôt près d'ici, et d'autres que je ne connais pas.

— Pourquoi penses-tu qu'il pourrait nous aider ?

— Il avait d'excellents rapports avec Savicchio. C'est par l'intermédiaire de ce dernier que je l'ai connu ; nous passions le voir, il nous offrait un café et nous filait quelques tuyaux. J'avais l'impression que tous les deux se rencontraient souvent, pas uniquement lorsque nous passions ensemble au magasin. Parfois, ils s'isolaient et discutaient entre eux. Pour se dire au revoir, ils se lançaient « on s'appelle » ou d'autres expressions dans le genre. Ils avaient l'air d'avoir des affaires en commun.

— D'accord, admettons qu'ils soient amis. Et admettons, en nous basant sur une série de conjectures, que Savicchio soit lié aux enlèvements en général, et à celui du petit Grimaldi en particulier. Qu'est-ce qu'il pourrait savoir là-dessus, Ambrosini ?

— Je ne sais pas. Mais je crois qu'il faut tenter le coup. Savicchio parle beaucoup, et Ambrosini est un type très intelligent. Si leurs relations n'ont pas changé et si Savicchio est impliqué dans les kidnappings, je suis pratiquement sûr qu'Ambrosini sait quelque chose.

— Et pourquoi nous aiderait-il ?

— Parce qu'on va le faire chier dans son froc. On lui fait le coup de l'article 41*, toi et moi, tout seuls. Il ne s'attend pas à une perquisition, il est trop sûr de lui. Alors nous on lui fout la pression. On lui fait

* L'article 41 du texte unique de sécurité publique consent à la police judiciaire, si elle a connaissance de l'existence d'armes dans des lieux publics ou privés, de procéder à une perquisition immédiate, même sans le mandat d'un magistrat. Parfois, la recherche d'armes est utilisée comme prétexte pour procéder à des perquisitions urgentes sans l'aval du parquet, et avec d'autres objectifs d'enquête. Cette procédure est quelquefois considérée comme source d'abus.

comprendre que, s'il ne nous aide pas, il ne pourra plus jamais travailler en paix. Putain ! on n'a que dalle, essayons ça.

Ça ne faisait pas un pli, comme on dit. Il n'y avait pas d'indices, pas de suspects, pas la moindre piste. On n'avait que dalle, pour le dire avec l'esprit de synthèse de Pellecchia. Alors, autant aller voir comment il était, cet Ambrosini. *Au pire, j'en tirerais un matériau nouveau pour mes élucubrations criminologiques bancales*, se dit Fenoglio, pour conclure son soliloque intérieur.

— D'accord. On y va quand ?

— Je pense que le mieux c'est à la réouverture du magasin, cet après-midi. Dès que le gars arrive, on entre avec lui et on lui fait refermer sa boutique, comme ça personne ne viendra nous casser les couilles, et là, on commence à le travailler au corps.

— Il est tout seul, au magasin ?

— À mon époque, il y avait parfois une vendeuse, mais pas toujours. Si c'est elle ou quelqu'un d'autre qui fait l'ouverture, on remet à plus tard. Il faut qu'il soit seul.

— OK. Les magasins ouvrent à cinq heures. On se voit au coin de la via Bovio et de l'école Garibaldi à cinq heures moins le quart, dit-il en se levant.

— Pietro...

Fenoglio fit un geste de la main, comme pour dire : *Je ne veux pas en entendre davantage.* « Paye l'addition », dit-il. Puis il secoua la tête, tourna les talons et s'en alla.

9

Il traversa la piazza Risorgimento en observant distraitement l'école primaire : l'Edificio scolastico Garibaldi. Il y a quelques années seulement, un film hollywoodien à gros budget sur la vie de Toscanini avait été tourné dans les deux grandes constructions aux extrémités de la via Putignani – l'école Garibaldi, justement, avec son style vaguement colonial, et le théâtre Petruzzelli. Le premier rôle féminin était tenu par Elizabeth Taylor, qui jouait la soprano Nadina Bulicioff.

À présent, l'école et le théâtre étaient tous deux fermés, inutilisables. La première, usée par le temps, le second, détruit par l'incendie.

Fenoglio réprima l'envie de chercher un sens à cette symétrie. Le problème est toujours le même : nous cherchons sans cesse des significations, y compris à ce qui n'en a aucune.

D'ailleurs, les enquêtes sont précisément une tentative pour mettre en ordre, pour donner un sens. Toutefois, le risque existe que ce besoin de rationalité conduise à perdre de vue les caractéristiques les plus communes d'un tas de crimes : leur *absence* de sens et leur banalité, vertigineuse et indéchiffrable.

Il arriva par l'arrière de l'école, là où commence la via Bovio. Des gosses jouaient à se courir après. Un jeu inoffensif en apparence, mais dans lequel Fenoglio eut l'impression de percevoir une violence latente, presque sauvage.

Pellecchia était déjà sur le lieu du rendez-vous. Le magasin de jouets se trouvait quelques dizaines de mètres plus loin.

Ambrosini arriva à dix-sept heures précises. C'était un homme de petite taille, portant bizarrement un costume-cravate en plein mois de juillet, avec des lunettes rondes à la monture légère. On aurait dit un pharmacien de province.

« Bonjour, monsieur Ambrosini. On est carabiniers », annonça Fenoglio en montrant sa carte d'un geste lent. Ce n'était pas la peine. L'homme avait vu Pellecchia et l'avait reconnu. Les deux hommes ne se saluèrent pas.

— Bonjour, maréchal, que se passe-t-il ? demanda Ambrosini.

— Cela vous ennuie si on entre ?

— Non, je vous en prie.

— Refermez derrière nous, s'il vous plaît. On a besoin d'être tranquilles un petit moment.

— Mais il faut que j'ouvre le magasin...

— Refermez, s'il vous plaît. Nous devons perquisitionner, vous ne pouvez pas ouvrir le magasin.

— Une perquisition ? Pourquoi ?

— On entre.

— Vous avez le mandat d'un juge ?

Fenoglio sourit sans amabilité.

— Entre, Ambrosini, et fais pas chier, lança Pellecchia en le poussant par l'épaule.

— Nous allons procéder à une perquisition en vertu de l'article 41 du texte unique de sécurité publique, monsieur Ambrosini. Vous savez de quoi il s'agit ?

— Non.

D'un ton exagérément courtois, Fenoglio récita par cœur :

— L'article 41 du texte unique de sécurité publique consent à la police judiciaire, si elle a connaissance d'une détention abusive d'armes, de munitions ou de matériel explosif dans des lieux publics, privés, ou quelque lieu que ce soit, de procéder immédiatement à une perquisition et à une saisie. Même sans l'ordre d'un magistrat.

— Qu'est-ce que ça veut dire ?

— Ça veut dire que nous avons reçu une information confidentielle selon laquelle se trouveraient ici diverses armes détenues illégalement. Il nous a paru indispensable de venir contrôler immédiatement.

Comme vous le comprenez, nous n'avions pas le temps de demander l'autorisation du parquet. Vous n'avez jamais subi de perquisition de ce type?

Autre sourire glacial, tandis que Pellecchia baissait de l'intérieur le rideau de fer.

«Putain, on y voit que dalle, avec le rideau fermé, râla Pellecchia. S'te plaît, Ambrosini, allume la lumière.» Le commerçant tourna le bouton d'un vieil interrupteur. Le local s'illumina, révélant de multiples étagères montant jusqu'au plafond, qui débordaient de boîtes en carton, marionnettes, poupées, fusils en plastique, sacs de confettis, serpentins, robots, jeux de l'oie, farces et attrapes, pistolets à eau.

— Je peux appeler mon avocat? demanda Ambrosini.

— Alors comme ça, tu as quelque chose à cacher? Pourquoi tu veux un avocat? dit Pellecchia en lui faisant une caresse sur le visage – un geste terriblement intimidant, beaucoup plus qu'une claque.

— Monsieur Ambrosini a raison. Si vous voulez un avocat, vous pouvez l'appeler. Enfin, si vous pensez que c'est une bonne idée. Vous pensez que c'est une bonne idée, *monsieur*? Je dis ça parce que nous pouvons être assez flexibles ou bien très rigides, ça dépend des cas. Quand il y a un avocat, on se sent obligés de faire bonne figure. On perquisitionne le moindre recoin, on y met du zèle. Et puis on fiche tout en l'air jusqu'à ce qu'on trouve quelque chose.

Si nous ne trouvions rien, on pourrait nous dire que nous faisons des perquisitions arbitraires, sans le mandat d'un juge, et que nos sources ne sont pas fiables. Il faut toujours se méfier des avocats. Vous me suivez ?

Ambrosini bougea à peine la tête pour dire oui : il suivait. Pellecchia avait posé une main sur son épaule.

— Par contre, si vous abordiez la question d'une manière moins formelle, de notre côté, nous ne serions pas obligés d'être trop tatillons. Et puis, imaginons que vous ayez quelque chose d'intéressant à raconter. La perquisition deviendrait, comment dire, moins invasive. Peut-être n'avez-vous rien à craindre, aucun objet détenu illégalement, et alors vous pouvez nous dire : *Faites ce que vous avez à faire, ça ne me pose aucun problème*. J'apprécierais, j'aime les gens qui n'ont rien à cacher. Mais dans le cas contraire, bavarder un petit moment, en bons camarades, pourrait aussi être une idée judicieuse. Parce qu'autrement, si nous trouvions quelque chose d'illicite, c'est tout un mécanisme qui se mettrait en branle, et ce serait difficile de l'arrêter. Saisies, arrestations, procès. Il me semble que vous n'avez pas de casier judiciaire.

— C'est exact.

Pellecchia fit glisser sa main sur le cou d'Ambrosini et commença à lui faire un massage.

— Que voulez-vous savoir ? demanda le commerçant.

— Nous travaillons sur l'enlèvement du fils de Grimaldi Nicola.

Ambrosini amorça un mouvement de la tête de droite à gauche, pour dire non. La gifle de Pellecchia l'interrompit net. « Fais pas le couillon, Ambrosini. Si tu nous obliges à fouiller, c'est sûr qu'on va trouver un truc. Et si les choses sont comme je l'imagine, ce qu'on trouvera sera suffisant pour t'arrêter. Et si jamais on ne trouvait rien au bout de plusieurs heures, de toute façon, à partir de maintenant, faire ton malheur serait à notre ordre du jour. Tu as travaillé peinard, pendant toutes ces années, hein ? Eh bien, ça serait fini. *Game over.* »

Pellecchia saisit Ambrosini par le menton et l'obligea à le regarder dans les yeux.

— Tu me suis, pas vrai ?

— Oui.

— On peut s'asseoir quelque part, monsieur Ambrosini ? demanda Fenoglio.

— Dans mon bureau.

— Bien, allons-y, si ça ne vous ennuie pas.

Ils parcoururent un étroit couloir haut de plafond, au bout duquel se trouvait la pièce qu'Ambrosini appelait son bureau. Là aussi s'entassaient cartons, boîtes et contenants en plastique de tout genre avec des petits soldats, des voitures miniatures, des chars, des animaux en plastique, des jeux de construction, des circuits de voitures ou des trains. Il y avait même quelques boîtes de véritables Meccano, le jeu préféré de Fenoglio lorsqu'il était enfant. Entre les jouets émergeait un bureau recouvert de classeurs, registres et autres documents.

«Tu aurais trois chaises, Ambrosini?», demanda Pellecchia. Derrière le bureau se trouvait un petit fauteuil dont le faux cuir tombait en lambeaux. Ambrosini plongea parmi ses monceaux de marchandises pour en tirer deux chaises pliantes.

— Je peux fumer? demanda Pellecchia en allumant son cigare.

— Monsieur Ambrosini, nous ne voulons pas vous faire perdre votre temps, et nous ne voulons pas perdre le nôtre non plus. Nous avons de bonnes raisons de croire que vous pouvez nous aider, d'une manière ou d'une autre, dans l'enquête que j'ai mentionnée.

L'homme les regarda.

— Si jamais je sais quelque chose et que je vous en parle, qu'est-ce qui se passera ensuite?

— On va dire que si ces informations sont très intéressantes il faudra peut-être qu'on aille immédiatement les vérifier. Ce qui signifie que nous n'aurons pas le temps de perquisitionner ni de dresser un procès-verbal. Bref, c'est comme si on ne s'était même pas vus.

— Et si j'évoque des choses que j'ai faites?

— Mais t'es vraiment un crétin, Ambrosini! s'exclama Pellecchia. J'ai l'air de quoi, moi, devant le maréchal? Je lui avais dit que t'étais un gars intelligent, qui comprenait les choses, alors que non, tu poses des questions à la con.

— Parlez, intervint Fenoglio. Nous trouverons le moyen d'utiliser vos informations sans vous impliquer. Je sais que, par le passé, vous avez vu l'adjudant Pellecchia avec Savicchio. L'adjudant prend pleinement part à cette enquête, vous ne devez avoir aucune inquiétude.

L'autre parut réfléchir quelques secondes. Puis il lâcha simplement : « D'accord. »

— Avant tout, parlez-nous de Savicchio et de vos relations avec lui.

— Ça fait des années qu'on se connaît. Il m'apportait souvent de la marchandise à acheter.

— Quel genre de marchandise ?

— Il faisait partie d'un groupe de carabiniers et de policiers qui volaient des produits à la suite de casses dans des magasins.

— Expliquez-vous mieux.

— Imaginez un casse, la nuit, dans une boutique. Vêtements, produits électroniques, parfois même bijoux. On appelle le 113 ou le 112, une patrouille arrive sur les lieux et trouve le rideau de fer forcé. On remplit les voitures de marchandises avant que le propriétaire du magasin arrive, et on met le vol sur le compte de ceux qui ont fait le casse.

— C'est donc ce qui se passait quand Savicchio était encore en uniforme, à la brigade rapide d'intervention ?

— Oui, c'était il y a plusieurs années maintenant. Mais il a continué à m'apporter de la marchandise même lorsqu'il s'est mis à travailler en civil.

— Il ne vendait qu'à vous ?

— Je crois, mais je n'en suis pas sûr.

— Combien de carabiniers et de policiers étaient impliqués ?

— Je ne sais pas. Plusieurs, je pense. Il parlait d'un groupe, disait qu'ils étaient soudés. Il n'a jamais donné de noms. Mais il disait que c'étaient *eux*, les patrons de la ville, et que lui-même était intouchable.

— Vous l'avez déjà vu avec d'autres ? En dehors de l'adjudant, ici présent.

— Il y en a un qui a commencé à venir avec lui, il y a deux ans.

— Vous connaissez son nom ?

— Ruotolo, Antonio. Lui aussi, c'est un carabinier.

Fenoglio regarda Pellecchia qui acquiesça, lèvres serrées. Il le connaissait.

— D'accord, continuons. Vous vous rappelez la première fois où il est venu avec ce Ruotolo ?

— Je devais livrer des bijoux à Pérouse. Ils provenaient d'un gros cambriolage dans une villa de Trani.

— Pourquoi Pérouse ?

— Parce que je connais un bijoutier qui achète ce genre d'articles très précieux sans faire trop d'histoires, et à des prix corrects.

— Combien valait la marchandise ?

— Le gars de Pérouse m'en a donné cinq cents millions. Pour transporter une telle somme, j'avais besoin d'une escorte. C'est pourquoi j'ai sollicité Savicchio.

— Par le passé, il vous avait déjà fourni des services de ce genre ?

— Oui.

— Pourquoi demander à un carabinier ?

— L'escorte d'un carabinier ou d'un policier permet surtout d'éliminer le risque d'un contrôle. Et puis, cela évite un éventuel braquage. Cette fois, il est venu avec un autre homme, qu'il m'a présenté comme un collègue, un associé et un véritable ami. Ce sont ses mots.

— Vous avez effectué ce transport et tout s'est bien passé, je présume. Combien les avez-vous payés ?

— D'ordinaire, le tarif était de vingt millions. Dans ce cas, Savicchio a dit qu'ils étaient deux et que, du coup, il voulait davantage. Nous avons fini par nous mettre d'accord pour vingt-cinq, et c'est à lui que j'ai remis la totalité de la somme. Je ne sais pas comment ils ont partagé, mais ça m'étonnerait qu'ils aient fait moitié-moitié.

— Et après cette occasion ?

— On s'est revus à de nombreuses reprises. L'autre était sympathique, un brave garçon. Lors de notre voyage à Pérouse, aller et retour, nous sommes pratiquement devenus amis. Parfois, il venait me voir comme ça, sans raison particulière. On prenait un café, on bavardait. Il avait toujours besoin d'argent.

— Pourquoi ?

— Il était séparé, peut-être divorcé, et versait pas mal d'argent à son ex-femme. Et puis il sortait avec une fille, un mannequin ou un top-modèle. Une salope qui lui revenait très cher.

— Elle s'appelle comment, cette fille ?

— Je ne connais que son prénom : Marina. Il m'a fait voir des photos. Vraiment une beauté.

— Ruotolo vous parlait de ce qu'il faisait avec Savicchio ?

— Non. Il parlait surtout de Savicchio lui-même. Il disait qu'il était génial, mais aussi qu'il était fou et capable de tout. Ce que je savais déjà.

— En dehors de ces rencontres et de ces discussions, avez-vous fait d'autres affaires ensemble ?

— Tous les deux m'ont servi d'escorte plusieurs fois encore.

Fenoglio fut sur le point de demander de plus amples informations sur ces services d'escorte. Puis il se dit qu'ils n'étaient pas là pour ça, et qu'il devait se concentrer sur leur objectif.

— Peut-on dire qu'entre les deux Savicchio était le chef?

— Sans aucun doute. Ruotolo est un garçon athlétique, champion d'arts martiaux, qui a le coup de poing facile. Mais le chef, c'est Savicchio.

— Très bien, Ambrosini. Venons-en aux faits. Est-ce que tu sais quelque chose qui puisse les rattacher à l'enlèvement de l'enfant ? demanda Pellecchia après avoir écrasé son mégot par terre.

Ambrosini ferma les yeux et se massa la racine du nez avec deux doigts, soulevant ses lunettes.

— Un jour où ils étaient passés ici, la conversation était tombée sur les enlèvements éclairs. Savicchio disait qu'une idée géniale serait d'enlever la femme ou l'enfant d'un délinquant bourré de fric. Le genre à pouvoir payer tout de suite et à ne jamais aller porter plainte, parce qu'incapable de justifier devant la loi le fait d'avoir tant d'argent. Et il a dit que nous devrions nous lancer là-dedans.

— Qui ça, nous ?

— D'après lui, on aurait dû faire ça à trois, eux et moi. J'étais censé repérer les personnes à kidnapper. Par exemple, des gens avec qui j'avais fait des affaires et qui disposaient de grosses sommes en liquide. Eux, ils se seraient occupés du reste. Pour différentes raisons, son idée ne me plaisait pas, mais je ne suis pas entré dans les détails. J'ai juste répondu que je trouvais ça trop risqué et que le jeu n'en valait pas la chandelle.

— Et eux ?

— Ruotolo est resté silencieux. Quand l'autre était là, il ne parlait presque jamais. Savicchio a insisté. Il a dit que s'il était de la partie nous étions intouchables, que par le passé il s'était déjà tiré de situations incroyables, dont il était sorti apparemment aussi innocent que l'agneau qui vient de naître.

— C'est ce qu'il a dit?

— Oui. Mais j'ai répété que ça ne m'intéressait pas. C'était une bonne idée, et ils la mettraient certainement très bien à exécution, avec une opération propre et rapide, mais je préférais ne pas y être mêlé.

— Vous pensez qu'ensuite ils sont passés à l'action?

— Oui. Quelques mois plus tard nous nous sommes revus, et Savicchio s'est vanté d'avoir déjà fait deux coups.

— Il a donné le nom des personnes kidnappées?

— Non.

— Cette rencontre a eu lieu avant l'enlèvement de l'enfant, n'est-ce pas?

— Oui, plusieurs mois avant.

— Et vous les avez vus, après l'enlèvement du petit Grimaldi?

— Non.

Ambrosini se tut quelques secondes, comme s'il prenait son élan avant de dire le plus important:

— Mais je crois que c'est eux.

— Pourquoi?

— Pendant deux ans, ils sont venus me voir au moins deux ou trois fois par mois. La dernière fois, c'était une dizaine de jours avant qu'on apprenne ce qui était arrivé à l'enfant. Après ça, plus rien. Moi, je ne crois pas au hasard. Vous croyez au hasard, maréchal?

— Au hasard ? Je ne sais pas. Vous ne vous êtes même pas parlé au téléphone ?

— Non. Quelques semaines plus tard, je me suis dit que je pourrais avoir besoin de leurs services, et j'ai réalisé alors que cela faisait un bon moment que je ne les avais pas vus ni entendus. C'est à ce moment-là que j'ai pensé qu'ils étaient peut-être impliqués dans l'histoire du gosse. Je n'y ai pas vraiment réfléchi, ça m'est venu comme ça. Et je ne les ai plus appelés.

— Pourquoi ?

— Si c'était eux, je ne voulais rien savoir de cette histoire. Certains trucs, moins on en sait, mieux ça vaut.

Fenoglio se leva et fit quelques pas, mesurant la distance entre le bureau et les boîtes.

— Et tu ne les as jamais revus ?

— Il y a quelques jours, je suis tombé par hasard sur Ruotolo.

— Vous vous êtes parlé ?

— Il m'a dit qu'il n'était pas bien et qu'il était en arrêt maladie. En effet, il avait l'air souffrant, il était amaigri et avait les yeux cernés.

— Il t'a dit quelque chose ? demanda Pellecchia, de l'urgence dans la voix.

— Non.

— Tu as pris des nouvelles de Savicchio ?

— Non, c'est lui qui m'a dit que cela faisait un moment qu'ils ne s'étaient pas vus.

Ils demeurèrent silencieux deux ou trois minutes. Immobiles, comme dans un tableau. Ambrosini derrière son bureau, Pellecchia en face de lui, et Fenoglio debout, près d'une pile de boîtes.

— D'après vous, comment pourrions-nous convaincre Ruotolo de collaborer ?

— Je ne sais pas. On dirait un zombie, il a peut-être besoin de se libérer. Si vous essayez de le secouer...

— Pour se libérer, il serait obligé d'avouer des trucs qui lui feraient perdre son poste et qui le conduiraient en taule. S'il réfléchit, il préférera garder son sentiment de culpabilité et son boulot et son salaire avec, commenta Pellecchia.

Ambrosini haussa les épaules. Au fond, comment faire parler Ruotolo, ce n'était pas son problème.

— Bien sûr, si tu acceptais de porter un micro sur toi et de bavarder un peu avec Ruotolo..., commença à dire Pellecchia, avant que l'autre ne l'interrompe.

— Ça, vous ne pouvez pas me le demander. Tout le monde serait au courant, je passerais pour un infâme et j'aurais fini de travailler dans cette ville. Pour tout dire, j'aurais fini de *vivre* dans cette ville. Vous avez promis...

— OK, OK. Vous avez raison. On laisse tomber le micro. Et si on essayait une sonorisation ? intervint Fenoglio.

— Qu'est-ce que c'est ?

— Une captation sonore. On place un micro espion à un endroit où vous vous rencontrez tous les deux. Ça se fait avec l'autorisation du juge. Le résultat est le même, mais personne ne pourra dire que vous avez collaboré.

— Maréchal, désolé, mais là vous vous moquez de moi. S'il y a un micro et que je me mets à lui poser des questions bizarres sur ce qu'il a fait ou n'a pas fait – en admettant qu'il me réponde –, à la lecture de la transcription, tout le monde comprendra que j'étais de mèche avec vous. Sans compter que si on commence à parler de délits on va finir par évoquer des trucs que nous avons faits ensemble. À ce point, corrigez-moi si je me trompe, ces trucs-là seront écrits dans un procès-verbal qui finira devant le juge, et alors, vos promesses de ne pas me mêler à tout ça, on pourra s'asseoir dessus.

Fenoglio soupira.

— Vous n'avez pas tort.

— Maréchal, j'ai fait ce que vous m'avez demandé. J'ai dit tout ce que je savais. Vous croyez peut-être que c'était par peur d'être perquisitionné. Mais ce n'est pas ça, vous pouvez perquisitionner tant que vous voudrez, vous ne trouverez ici que des jouets. Cela faisait longtemps que cette histoire me trottait dans la tête et que j'avais envie d'en parler à quelqu'un. Et aujourd'hui, vous êtes arrivés. Ça non plus, ce n'est pas un hasard. Pensez un peu à la facilité que vous avez eue à me convaincre, à part la petite comédie que je vous ai jouée au début. Je *voulais* vous aider et je vous ai aidés, mais ne me demandez pas de faire quelque chose qui me mettrait dans la merde.

— Vous avez raison, admit Fenoglio en échangeant un regard avec Pellecchia.

— Essayez ce que j'ai suggéré. Essayez de secouer Ruotolo. Selon moi, il est fort probable qu'il ne soutienne pas le choc.

Le receleur parlait bien, il employait même le subjonctif.

— Qu'est-ce que vous avez fait comme études, Ambrosini ?

— Pourquoi me posez-vous cette question ?

— Vous parlez très bien italien...

— ... pour un receleur ?

Fenoglio secoua la tête et pourtant, à l'évidence, c'était exactement ce qu'il voulait dire.

— J'ai passé un bac comptabilité, mon lycée était près de votre caserne.

— Le lycée Vivante ?

— Oui. Ensuite, j'ai fait des études de droit. J'ai réussi quatorze examens, parmi lesquels celui de droit pénal. Mais j'en avais encore sept à passer. J'aurais aimé être magistrat. Puis je me suis mis à travailler. Quand on travaille et qu'on gagne de l'argent, on a du mal à continuer à se concentrer sur les études.

Fenoglio et Pellecchia le dévisagèrent, à la recherche d'une quelconque trace d'ironie. Ils n'en trouvèrent pas. Ambrosini était tout à fait sérieux. Il se contenta d'ajouter que souvent, dans la vie, on ne faisait pas ce qu'on voulait. Et que de toute façon ce qu'on voudrait faire n'était pas forcément ce que l'on faisait le mieux.

Ce qui, cela va sans dire, était juste.

10

— Et alors ? Qu'est-ce qu'on fait, maintenant ? demanda Pellecchia quand ils se furent éloignés du magasin d'Ambrosini.

— La première question, c'est : faut-il en parler immédiatement au capitaine, ou vaut-il mieux attendre un peu ?

— Si on en parle au capitaine, deux minutes après, il va en parler au colonel...

— Je sais. Savicchio travaille au Centre de commandement, son bureau est juste à côté de celui du colonel, et ce fils de pute est intelligent, dès que la nouvelle va commencer à circuler, on court le risque qu'il se doute de quelque chose.

— Exactement. Laissons passer quelques jours, Pietro. On fait quelques vérifications, et après on décide quand on en parle au capitaine. Tu trouveras certainement la bonne manière de lui annoncer la chose.

— Je ne sais pas qui c'est, ce Ruotolo. Où travaille-t-il ?

— Il bosse à la police judiciaire auprès du parquet, sur le front de mer. Il a été en poste pendant de nombreuses années à la brigade rapide d'intervention, puis il est passé à la Division des affaires criminelles de la compagnie de Bari Centre. Un gars qui a la main leste, autant que je m'en souvienne. Il a dû être champion d'une quelconque connerie orientale, karaté, judo, un truc dans le genre. On l'appelle Bruce Lee.

Pellecchia décrivant quelqu'un comme ayant « la main leste », ça faisait vraiment drôle, ne put s'empêcher de penser Fenoglio.

— Mais Ambrosini a raison, poursuivit l'autre, s'il faut aller secouer quelqu'un, c'est Bruce Lee.

— Il a dit les mêmes choses que toi sur Savicchio. Il a dressé le portrait d'un psychopathe.

— Savicchio a l'air d'être encore pire qu'à l'époque où je traînais avec lui.

— Le problème, c'est que nous n'avons rien de concret sur Ruotolo non plus, même en admettant qu'il soit aussi fragile qu'Ambrosini le dit. Nous n'avons aucune charge contre lui, aucun moyen de pression. Qu'est-ce qu'on fait ? On va le voir et on lui dit : *Écoute, Ruotolo, on pense que tu es impliqué dans l'enlèvement du fils Grimaldi, ça te dit de cracher le morceau et de foutre en l'air ta carrière, ta liberté, bref, tout?*

— Il faut réfléchir un peu. Trouver quelque chose qu'on puisse lui envoyer à la gueule.

— Le problème, c'est que, si nous n'en parlons pas au capitaine, nous ne pouvons pas non plus en parler au parquet. Et sans un mandat du juge, on ne peut accéder à rien. Pas de relevés téléphoniques, pas de document bancaire. Ne parlons même pas d'écoutes téléphoniques: aucun juge ne nous donnerait d'autorisation sur la base d'informations confidentielles. Et pour le moment, c'est tout ce que nous avons.

— Donne-moi une demi-journée pour poser quelques questions. Je vois si j'arrive à dénicher quelque chose, et puis on en reparle. Demain matin, on considère que je suis libre, d'accord?

Fenoglio acquiesça, c'était d'accord. Il éprouva une étrange sensation de soulagement.

Pellecchia réapparut le lendemain, en début d'après-midi. Fenoglio rentrait de sa pause déjeuner, et il le trouva qui l'attendait devant son bureau.

«On peut parler?» Ils entrèrent, Fenoglio referma la porte.

— Alors?

— Primo: Ruotolo est en arrêt maladie depuis le mois de mai. Le dossier médical indique «céphalée en grappe». Tu sais ce que c'est?

— Je crois que c'est un mal de tête particulièrement douloureux.

— C'est ça. J'ai fait une recherche : on l'appelle la migraine du suicide. Le problème, c'est qu'il n'y a aucune manière objective de la diagnostiquer. En pratique, le médecin se fonde sur ce que dit le patient. Quoi qu'il en soit, le premier certificat date de six jours après la découverte de l'enfant.

— Pal mal, comme coïncidence.

— En effet, pas mal. Deuzio : les deux mecs ont un téléphone portable. Mais ils ne font pas comme moi, qui m'en sers seulement pour recevoir des appels. Savicchio et Ruotolo, eux, ils dépensent un tas de fric, dans les quatre cent mille lires par mois, l'un comme l'autre. Ils téléphonent sans arrêt, à n'importe quelle heure.

— Tu as un portable, toi ?

— Me regarde pas comme ça. Je te l'ai dit, je l'utilise seulement pour recevoir des coups de fil. Appeler quelqu'un, ça coûte les yeux de la tête. Toi aussi, tu devrais en prendre un, comme ça les mecs de la caserne pourraient te casser les couilles même quand t'es pas là.

— J'y penserai, rétorqua-t-il pour liquider le sujet. Comment as-tu obtenu ces infos sur les factures des deux gars ?

— Un copain de la SIP me devait une faveur.

Fenoglio omit de préciser que cette faveur n'était ni plus ni moins qu'un délit. Ce n'était pas le premier et ce ne serait pas le dernier de cette enquête. Ils étaient en pleine zone grise.

— Tu sais ce qu'il y a de plus intéressant ? reprit Pellecchia.

— Quoi ?

— Avant, ils se parlaient tous les deux quatre ou cinq fois par jour. Après l'enlèvement de l'enfant, les communications se sont espacées, presque jusqu'à s'interrompre. À partir de ce jour-là, il n'y a plus eu que neuf coups de fil entre eux, qui sont tous partis du téléphone de Savicchio. Et tous très brefs, moins d'une minute.

— Tu as trouvé autre chose ?

— Ambrosini a fait une bonne description de Ruotolo. Des gens qui l'ont vu il y a quelques jours disent qu'il traîne comme un clochard. Il n'était pas du tout comme ça avant : un peu tête de cul, mais beau gosse, toujours bien sapé, avec des trucs coûteux.

— Ce qui...

— Attends, on arrive au plus intéressant. Tu sais ce que m'a raconté un collègue de sa section, à la police judiciaire ?

— Quoi ?

— Au cours de ces dernières semaines, on a vu Ruotolo plusieurs fois au cimetière.

Fenoglio eut besoin de quelques secondes pour pleinement saisir cette information.

— Le cimetière où est enterré le petit Grimaldi ?

— Exact.

— Comment il a appris ça, le collègue ?
— Ça lui a été rapporté par des policiers.
— Des policiers ?
— La brigade volante est en planque devant le cimetière, ils surveillent une bande de mecs qui dealent entre les tombes. Ils ont vu Ruotolo à plusieurs reprises et l'un d'eux le connaissait, ils se sont demandé ce qu'il faisait là. Je veux dire, autant de fois. Un inspecteur de la brigade volante a parlé avec un maréchal de la section… tu me suis ?
— Oui.
— Bref, ils se sont demandé pourquoi ce Ruotolo allait si souvent au cimetière. Ils voulaient savoir s'il y avait une enquête de la section, et si c'était pour cette raison qu'il était là. Ils craignaient qu'un des dealers le remarque et que cela fiche leur travail en l'air ou, pire, que ça finisse par une fusillade, comme il y a deux ans.

Fenoglio s'en souvenait bien. Policiers et carabiniers étaient parvenus à identifier les auteurs d'une tentative d'extorsion de fonds. Le problème, c'est qu'ils étaient arrivés ensemble sur les lieux, sans être au courant de leurs enquêtes respectives. À l'insu les uns des autres, ils s'étaient tous postés pour exécuter une arrestation en flagrant délit au moment du paiement. Il y avait eu un échange de coups de feu. Un malfrat et un carabinier avaient été blessés, et s'il n'y avait pas eu de mort, c'était juste un coup de chance.

— Le maréchal qui dirige sa section de la police judiciaire a appelé Ruotolo. Il lui a demandé s'il avait eu un deuil, et il lui a dit que son habitude de traîner au cimetière créait des problèmes.

— Et lui ?

— Il a bredouillé un truc sur une personne chère morte récemment, et il a promis d'arrêter ces visites.

— Une personne chère morte récemment, répéta Fenoglio.

— C'est ça.

— Il ne peut pas s'agir d'un parent ?

— Ruotolo vient de la province d'Avellino. Il n'a pas de parents au cimetière de Bari.

— Tu as déjà vérifié ?

— Oui.

Un bruit de sirène monta de la cour, deux notes et rien d'autre. Comme si quelqu'un avait appuyé sur le bouton par erreur.

— C'est eux qui ont fait le coup, Pietro.

— Oui, c'est eux.

— On va le chercher et on le fout au trou.

Fenoglio se leva, prit sa veste et se dirigea vers la porte.

— Qu'est-ce que tu fais ? demanda Pellecchia.

— Il faut que je réfléchisse. À tout à l'heure.

11

Au moins trois ou quatre fois par an, Fenoglio avait l'habitude de visiter la Pinacoteca metropolitana. Ce lieu était pour lui un des mystères de Bari. Un musée regorgeant d'œuvres splendides de grands artistes, où il n'y avait jamais personne. Chaque fois, il faisait le compte des visiteurs présents : au maximum, il en avait compté huit.

C'était quelque chose qu'il ne comprenait pas, et qui l'énervait. Il lui semblait absurde qu'une richesse pareille reste là, comme cachée, et gâchée. D'un autre côté, au fil du temps, il s'était mis à considérer cette galerie un peu comme sa collection privée, et il appréciait de plus en plus ces visites dans la solitude. La Pinacoteca se trouvait à trois minutes à pied de la caserne, sans trop se presser. Il y allait quand il était fatigué, quand il voulait réfléchir tranquillement, ou simplement pour revoir une des œuvres qui lui plaisaient le plus.

Cet après-midi-là, la galerie était presque bondée, selon ses critères habituels. Il y avait un monsieur d'une cinquantaine d'années qui observait à la loupe les œuvres des maîtres des Pouilles en prenant des notes dans un cahier, et un petit groupe de cinq touristes allemands qui passaient de salle en salle, plutôt incrédules devant ce privilège d'avoir un musée rien que pour eux.

Fenoglio passa rapidement en revue ses œuvres préférées, du XIXe et du XXe siècle, s'arrêtant comme d'habitude devant une petite huile de Silvestro Lega, *La Lettura*, qui lui avait toujours semblé un tableau parfait. Puis il alla s'asseoir devant une peinture de Casorati, *Jeune fille dans un fauteuil*, une de ses petites obsessions.

Qui était cette adolescente aux cernes précoces ? Que regardait-elle en dehors du tableau, derrière le peintre ? Qu'avait-elle compris, si jeune, qui lui donnait cette conscience mélancolique ?

Chaque fois qu'il se trouvait là, Fenoglio se demandait quel métier il aurait dû faire – magnat du pétrole, producteur de cinéma, industriel ? – pour pouvoir s'offrir une collection pareille. Mais dans le fond, se répétait-il souvent, quel est le plaisir du collectionneur ? Avoir à portée de main ses œuvres et pouvoir les voir et revoir dès qu'il en a envie. C'est-à-dire la même chose qu'il faisait lui, pour la modique somme que coûtait le billet d'entrée.

Après avoir examiné la jeune fille de Casorati pendant une dizaine de minutes sans parvenir à percer son mystère, il décida que le moment était venu de se concentrer à nouveau sur ses problèmes au travail.

Étaient-ce vraiment ces deux-là qui avaient fait le coup ? Sans doute. Il était difficile d'imaginer que ce qui avait émergé n'était qu'un ensemble de coïncidences. Quoi qu'il en soit, il ne semblait pas y avoir d'alternative au simple plan qui consistait à essayer de faire pression sur Ruotolo pour l'inciter à collaborer. Simple et risqué. Si le gars ne cédait pas – ou s'il n'avait rien à voir avec cette histoire, ce qui était improbable mais pas impossible –, Pellecchia et lui allaient avoir de sérieux ennuis. Au cours de ces derniers jours, ils avaient mené une enquête à charge sur des collègues sans en informer leurs supérieurs, et sans rien documenter.

Si Ruotolo avouait, toutes ces irrégularités se dissoudraient dans le lointain, personne ne remarquerait rien, et de toute façon nul ne viendrait demander des comptes. Dans le cas contraire, ils devraient fournir beaucoup d'explications, et il est tout à fait probable qu'elles seraient jugées insuffisantes. Aller chercher Ruotolo, l'emmener quelque part – où, d'ailleurs ? – et l'interroger durement, sans avocat et en dehors de tout cadre légal : au moins trois ou quatre délits graves se dégageaient de cette séquence, de la séquestration à l'abus d'autorité.

Presque par inadvertance, il se dit qu'il aurait voulu en discuter avec Serena. Ils ne parlaient presque jamais de ses enquêtes, mais quand cela se produisait, elle avait toujours des idées, qu'elle lui donnait généralement sous formes de remarques légères, fortuites. Un instant, il eut l'impression d'être en apnée, tant il ressentit son absence.

Dans une enquête, on suit différents types de règles. Il y a les règles juridiques, celles qui régissent les techniques d'investigation, et celles dictées par les circonstances. Cependant, les plus importantes, ce sont celles qui ont à voir avec la conscience – ce qui, finalement, vaut pour n'importe quelle activité.

Ne pas se mentir à soi-même (mentir aux autres est inévitable), ne pas en faire une affaire personnelle (le principe exprimé par Nicola, le barman), ne pas trop s'accrocher à ses propres hypothèses, et ne pas abuser de son pouvoir. Pour respecter au mieux cet ensemble de règles, il faut toujours être conscient d'une vérité fondamentale : tôt ou tard, on les violera toutes. On marche toujours sur un fil, dans un équilibre précaire. Il faut toujours être sur ses gardes pour ne pas trébucher et tomber du mauvais côté.

Tout cela ne concerne pas l'enquêteur dont le travail consiste à mettre des tampons sur des dossiers et à vérifier que les statistiques sont à jour.

À vrai dire, il y a aussi une autre règle, plus importante que les autres – Fenoglio ne l'aurait pas énoncée à haute voix, par crainte qu'elle sonne creux : il faut toujours faire de son mieux. Une phrase lui revint à l'esprit – de qui était-elle ? il n'arrivait pas à s'en souvenir –, qui plaisait beaucoup à Serena : « Si on est toujours prudent, peut-on rester un être humain ? »

Sa réflexion s'acheva sur cette citation.

Il sortit de la Pinacoteca à peu près une heure après y être entré. Il se sentait serein, comme celui qui a pris une décision et n'a plus maintenant qu'à la mettre en œuvre. Le plus difficile était fait. Avant de rentrer chez lui, il appellerait un vieil ami pour lui demander un service, de façon à pouvoir agir dans une relative tranquillité. Le lendemain, avec Pellecchia, ils iraient chercher Ruotolo, et ils feraient ce qu'il fallait.

Voilà tout.

Il se dit que Serena aurait approuvé ce plan qui manquait de prudence, et cette pensée le rendit absurdement joyeux.

12

Ruotolo était un homme grand, à la silhouette athlétique. Il marchait tête baissée, en traînant les pieds ; il portait un pantalon de toile trop large et un polo non repassé.

Il aperçut Fenoglio et Pellecchia alors qu'il se trouvait à une vingtaine de mètres de son immeuble, devant lequel ils l'attendaient. Il s'arrêta et, un instant, sembla sur le point de faire volte-face et de s'en aller. Puis il dut se dire que ce n'était pas une bonne idée.

— Salut, Ruotolo, qu'est-ce que tu fais dans les parages ? demanda Pellecchia sur un ton joyeux.

— J'habite ici, répondit l'autre prudemment.

Ses traits avaient quelque chose de faible et fuyant. Ses lèvres frémissaient, un signe que Fenoglio avait appris à associer aux personnes ayant tendance à abuser de leur pouvoir avec les faibles et à se soumettre aux forts.

— Tiens donc. Et moi qui me disais déjà : oh, c'est notre collègue Ruotolo, il est à pied et nous en voiture, si on l'emmenait ?

— Merci, mais j'habite ici.

Il fit un mouvement vers la porte de l'immeuble. Pellecchia lui barra le chemin.

— Qu'est-ce que tu fais chez toi à cette heure-ci, Ruotolo ? Tu n'es pas de service ?

— Je suis en convalescence.

— Ah, désolé. Tu as été malade ?

Ruotolo acquiesça, sans conviction. Puis il balaya les alentours du regard, jaugeant la situation.

— En effet, tu n'as pas bonne mine. Je ne voudrais pas paraître indiscret, mais qu'est-ce que tu as, comme problème ?

— Des maux de tête. J'ai de très violents maux de tête.

— Ah bon. Ça ne te suffit pas, une aspirine ? Je ne sais pas, mais quand j'ai mal à la tête, moi je prends une aspirine ou un Ibuprofène, et ça finit par passer.

— Moi, ce n'est pas un mal de tête banal.

— Allez, fais pas cette tronche, on n'est pas des contrôleurs de la Sécu. C'est quoi, ces maux de tête ? Des céphalées en grappe ?

— Comment tu...

— Oh là là ! Ruotolo, stresse pas. On fait quoi, comme boulot ? Carabiniers, non ? On aime bien être renseignés sur tout, tu devrais le savoir. D'ailleurs, toi aussi, tu sais un tas de trucs. En tout cas, j'espère que ça va mieux. Tu es allé te balader ?

— Oui, je...

— Tu serais pas allé au cimetière, par hasard ?

— Au cimetière ? Pourquoi...

— Comme ça, juste une idée. Tu m'as l'air d'un mec qui va au cimetière.

L'autre demeura silencieux.

— Pardon, Ruotolo, mais je ne me rappelle plus ton prénom.

— Antonio.

— Ah oui. Allez, faisons un petit tour, ce sera sympa. On va prendre un café, ça te détendra un peu. Et comme ça, on bavardera un moment.

— Non merci, il faut que je rentre.

Pellecchia s'approcha de lui. Il souriait, mais avec les yeux mi-clos, et immobiles. Il saisit le bras de Ruotolo au-dessus du coude, il serra. L'autre esquissa un mouvement pour se dégager, mais Pellecchia serra plus fort. Voici la première phase délicate. Le maréchal se tint prêt, au cas où Ruotolo aurait réagi. Personne n'aurait eu envie de se castagner avec Pellecchia, il suffisait de voir sa tête, mais Ruotolo était un spécialiste en arts martiaux.

Toutefois, Fenoglio n'eut pas besoin d'intervenir.

« Viens avec nous », dit Pellecchia, et il le conduisit à la voiture, sans lui lâcher le bras.

Fenoglio les accompagna en se plaçant de l'autre côté de Ruotolo. Quiconque aurait assisté à la scène aurait cru qu'ils l'arrêtaient.

Quand il descendit du véhicule, Fenoglio prit le code pénal qu'il avait emporté avec lui. Le commandant du poste les attendait devant la porte. En plein cœur du plateau des Murge, à quatre cents mètres d'altitude, il faisait plus chaud qu'à Bari.

— Salut, Michele.

— Salut, Pietro.

Le maréchal Michele Iannantuono était un homme de taille moyenne très costaud, sa tête rasée était posée directement sur ses épaules, sans l'intermédiaire d'un cou, et il avait des yeux bleus de Slave. C'était un bon carabinier, un gars honnête, et un amoureux des chiens qui, pendant son temps libre, dressait des bergers allemands.

Fenoglio et lui avaient fréquenté ensemble l'école des sous-officiers, et ils étaient restés amis depuis. Quand son vieux camarade de promotion lui avait demandé s'il pouvait utiliser les locaux de son poste – un grand bâtiment de construction récente – pour un acte d'enquête confidentiel, il n'avait pas posé de question.

Il les accompagna le long de couloirs déserts, jusqu'à une pièce sans fenêtre utilisée pour entreposer les archives. À part les étagères métalliques chargées de classeurs, il y avait un bureau avec un petit fauteuil bon marché, et quelques chaises en bois le long du mur. Fenoglio posa le code bien en vue sur une étagère libre.

Iannantuono lui demanda s'il avait besoin de quelque chose. Fenoglio répondit que non merci, ça allait comme ça. Michele esquissa un imperceptible salut et s'éclipsa.

— Installe-toi, Tonio, dit Pellecchia. Tu te fais appeler Tonio, c'est ça ?

— Non.

— Comment, alors ?

L'autre ne répondit rien.

« J'imagine qu'on t'appelle Tony. Tony Ruotolo. Un chouette nom, ça fait chanteur de *sceneggiata napoletana*. Je vois d'ici les affiches : « Soirée avec le grand Tony Ruotolo, qui présente son dernier disque autobiographique, *Ragazzo di malavita* ». Pellecchia éclata de rire. Il faisait peur.

« Assieds-toi », intervint Fenoglio en poussant une chaise vers Ruotolo. Celui-ci s'assit, et le maréchal l'imita. Pellecchia resta debout. « Alors, tu as envie de nous raconter quelque chose, Tony ? » Il accentua le prénom – « Tony » –, qu'il prononça avec un ton condescendant et faussement bienveillant, comme si c'était une insulte.

« Mais je sais pas ce que... »

La claque partit, ni trop rapide ni trop lente. Elle dessina une trajectoire précise et géométrique, du haut vers le bas, Pellecchia étant debout et l'autre assis. La main tout entière atterrit sur le visage de Ruotolo, le dissimulant totalement, du menton à l'oreille. Un pianiste couvrant toute une octave, se dit Fenoglio sans parvenir à contrôler ses pensées.

« Désolé, ça m'a échappé. » Puis, s'adressant à Fenoglio : « Mais il faut peut-être que je me méfie, hein, car on a affaire à un champion d'arts martiaux. Et s'il s'énervait ? » Ruotolo tenta de se lever. Pellecchia le repoussa sur sa chaise.

« Reste assis, Ruotolo, dit Fenoglio. Tu as une idée de pourquoi on est ici ? »

L'autre secoua la tête, sans croiser son regard. Si le langage du corps était recevable comme preuve, ce geste à lui seul aurait été un aveu.

— Il paraît que, ces dernières semaines, tu t'es souvent rendu au cimetière. Cette information est-elle erronée ?

— C'est interdit, d'aller au cimetière ?

— Bien sûr que non, ce n'est pas interdit. Tu peux nous expliquer qui tu es allé voir ? Parce que, si je ne me trompe pas, tu viens de la province d'Avellino. Tu as une personne chère au cimetière de Bari ?

Ruotolo chercha quelque chose à dire, mais il ne trouva rien.

— Je te repose ma question, intervint Pellecchia. T'as envie de nous raconter quelque chose ? Par exemple : comment vous avez kidnappé le gosse, comment il est mort, et qu'est-ce que vous avez fait du fric, ton copain et toi ?

— C'est de l'abus de pouvoir, ça. Vous retenez illégalement un sous-officier des carabiniers. Vous avez fait usage de la force. Vous allez avoir des problèmes, je vous le dis.

Pellecchia se tourna vers Fenoglio : « Tu vois, chef. On a affaire à un vrai dur. Toi, tu disais : "Je suis sûr que ce pauvre fils de pute regrette d'avoir enlevé et tué un gosse de dix ans. On n'aura qu'à lui demander et il nous aidera, parce qu'il veut soulager sa conscience." Moi, je te disais : "Non non, Ruotolo, c'est un dur." Et en effet, tu vois : il a dit qu'on allait avoir des problèmes. Et même qu'on avait fait usage de la force. Et ça, ça se fait pas, hein, Ruotolo ? Toi, t'as jamais touché personne, pas vrai ? T'as jamais porté la main sur un pauvre connard de toxico, hein ? » Avant que l'autre puisse élaborer la moindre réponse, la deuxième claque arriva, suivie d'un revers de la main. Beaucoup plus forts que la première gifle. Ce fut comme un arrêt sur image. Pendant quelques secondes, tout sembla suspendu. Fenoglio se dit qu'ils étaient en train de passer à tabac un carabinier. Ne pas empêcher un acte, quand on a le pouvoir de le faire, équivaut à le cautionner. *Ils étaient* en train de le tabasser, bien que lui-même n'ait pas bougé le petit doigt.

« Maintenant, ça suffit. Va te fumer un cigare », dit-il.

Pellecchia émit un sifflement, laissant passer l'air par un interstice entre ses incisives supérieures et sa lèvre inférieure. Il fit volte-face et sortit.

Fenoglio approcha sa chaise de celle de Ruotolo ; les traces de gifles étaient bien visibles. Il se dit que, lui aussi, il aurait voulu lui en coller une. Pas pour le faire parler. Pour se défouler. Par colère. Parce que ce gars était un carabinier, et parce qu'il avait fait ce qu'il avait fait.

« À quoi tu penses ? demanda-t-il. Tu crois qu'on joue au gentil et au méchant ? » Il lui posa une main sur l'épaule : « Tu crois que Pellecchia c'est le méchant, et moi le gentil. Je sais que c'est ce que tu penses, mais tu as tout faux. Lui il t'a filé quelques baffes, mais celui qui va te démolir pour de vrai, c'est moi. »

Ruotolo voulut ouvrir la bouche, Fenoglio l'interrompit avant qu'il ne puisse dire un mot : « Tu te tais et tu m'écoutes. Tu penses qu'on n'a que dalle. C'est faux. Nous savons que jusqu'à l'enlèvement de l'enfant Savicchio et toi, vous étiez tout le temps en contact ; ensuite, pour des raisons que tu devras fournir, presque plus rien. On sait quel était ton niveau de vie : portable avec des factures de quatre cent mille lires par mois. Il faudra que tu t'expliques. Comme il faudra que tu expliques cette histoire bizarre de certificats médicaux. Pendant que tu essayeras de justifier ça, nous on continuera à bosser sur ton cas. On entendra tous les gens que tu as fréquentés au fil de ces dernières années, et tu sais que beaucoup d'entre eux ne sont pas vraiment reluisants. Quelque chose finira par sortir, tu peux en être sûr. »

Il laissa passer une dizaine de secondes, de façon à ce que le message soit bien intégré. Puis il reprit : « Aujourd'hui, je veux te donner une chance. Je vais éviter les avant-propos inutiles, nous savons très bien tous les deux pourquoi tu es là. Alors, je vois trois options. La première, la voici : à la fin de notre entretien, tu continues à dire que tu ne sais pas de quoi nous parlons, et que tu n'as aucune intention de collaborer. Nous on continue le travail déjà en cours et nous trouverons peut-être, je dis bien peut-être, des preuves suffisantes pour t'arrêter et te faire condamner. Je suis sûr que tu le sais déjà, mais l'article 630 du code pénal – enlèvement de personne à fin d'extorsion – prévoit la réclusion de trente ans si le décès de la personne enlevée *résulte* de l'enlèvement, de quelque façon que ce soit. Cela veut dire que cette peine s'applique si la victime n'a pas été tuée délibérément ; autrement, c'est la perpétuité. »

Le visage de Ruotolo avait la couleur grise des morts. « Naturellement, il est possible que nous ne trouvions pas de preuves suffisantes, et que tu échappes à l'arrestation et à la condamnation. Ça, c'est la deuxième option. Dans ce cas, je crois que ceux qui s'occuperont de toi – de vous –, ce seront les copains de Grimaldi, qui ne s'embarrasseront pas trop de subtilités juridiques de type indices, preuves et procès. On peut le dire comme ça : dès que le bruit courra que c'est vous qui avez pris l'enfant et qui l'avez tué, quelle que soit l'issue du procès, ton ami et toi, vous serez des morts qui marchent.»

Ses paroles restèrent suspendues dans l'air. La pièce puait l'encre et le papier poussiéreux. Le silence accentuait les odeurs, pour qui savait les percevoir.

«La troisième, c'est quoi?», demanda Ruotolo d'une voix très basse.

Fenoglio se leva et alla chercher le code, qu'il ouvrit. «L'article 630 du code pénal, dont je te parlais, prévoit aussi des circonstances atténuantes. En particulier pour "l'acolyte qui, se dissociant des autres, s'emploie à éviter que l'activité délictueuse mène à des conséquences ultérieures, c'est-à-dire qui aide concrètement les autorités policières et judiciaires dans la collecte de preuves décisives pour l'identification ou la capture de ses complices". Le texte est clair, je n'ai pas besoin de t'expliquer, pas vrai?»

L'autre remua à peine la tête. Non, il n'avait pas besoin d'explication.

Pellecchia revint, sans dire un mot. Il s'appuya le dos contre le mur le plus éloigné de Ruotolo, et il ne bougea plus.

« Pour aller vite, et sans entrer pour le moment dans les calculs précis: si tu collabores, entre les circonstances atténuantes prévues par l'article 630, les circonstances atténuantes générales, et la remise de peine pour procédure accélérée, tu pourrais t'en tirer avec six ans. Sans compter la possibilité d'avoir recours à la loi sur les collaborateurs de justice pour la protection et tout le reste. Voilà la situation. Maintenant, tu réfléchis à ce qui est bon pour toi. »

Lui aussi, il réfléchit. Sur le silence irréel de cette caserne, pour commencer. Puis sur l'homme qu'il avait devant lui, et dont la vie était brisée, quoi qu'il advienne. Il pensa à ce que lui avait dit Tonino Pellecchia, aux raisons pour lesquelles il avait voulu devenir carabinier. Qui sait si, enfant, le brigadier Ruotolo Antonio rêvait lui aussi d'être carabinier afin d'être du bon côté de la barricade ? Inutile de préciser que le problème, c'est que la barricade est pleine de brèches ; et certaines sont tellement bien cachées qu'on ne se rend même pas compte qu'on les traverse et qu'on se retrouve autre part, à faire autre chose.

« Je peux avoir un peu d'eau ? », demanda Ruotolo, rompant soudain le silence.

Fenoglio se tourna vers Pellecchia, sans rien dire. L'autre acquiesça, sortit de la pièce et, quelques minutes plus tard, revint avec une bouteille d'eau minérale et des gobelets en plastique.

— Je peux fumer ? demanda Ruotolo qui, après avoir bu, avait repris un peu de couleur.

— Bien sûr, et Fenoglio balaya la pièce du regard. Il n'y a pas de cendrier, utilise un gobelet.

Ruotolo sortit un paquet de Multifilter et prit une cigarette, qu'il alluma avec un briquet d'aspect coûteux. Il toussa.

— C'est peut-être mieux comme ça.

— Oui, c'est mieux, confirma Fenoglio.

— Comment vous avez fait ?

Le maréchal haussa les épaules. À quoi bon ?

« Raconte-nous toute l'histoire, Ruotolo. Puis on appellera un avocat, et on décidera ensemble comment dresser le procès-verbal, et quoi y inscrire. Si tu nous aides, on t'aidera aussi, dans les limites du possible. »

Ruotolo tira deux bouffées de cigarette, et il commença à raconter.

13

Ils ne s'étaient pas connus au travail, mais dans une discothèque où Ruotolo travaillait comme videur pour arrondir ses fins de mois.

Un soir, il y avait eu un problème avec des jeunes gens éméchés. Savicchio était à l'intérieur en tant que client, en compagnie d'une femme.

— Il nous a aidés à résoudre le problème et à mettre les gars dehors. Certains ont réussi à s'échapper, et il y en a d'autres qu'on a frappés et identifiés. Je me souviens qu'on était à l'arrière de la boîte, les mecs étaient à genoux, visage contre le mur et mains croisées derrière la nuque. Savicchio prenait leurs portefeuilles, examinait leurs papiers, notait leurs coordonnées dans un carnet, et il disait à chacun d'entre eux : « Maintenant, je sais où tu habites, je te trouve quand je veux. » Puis il remettait les papiers d'identité en place et prenait le fric, qu'il fourrait dans sa poche.

— Aucun d'entre eux n'a protesté ?

— Un seul, et il s'est pris une raclée. Après, ses amis ont dû le porter sur leurs épaules.

— Savicchio t'a donné une partie de l'argent ?

— Non, il a tout gardé.

— OK, continue.

— Après s'être débarrassés des jeunes, on est retournés dans la boîte et on est allés boire des coups dans un salon privé : un des propriétaires a offert le champagne pour remercier Savicchio. On a bavardé et bu jusque tard et, à un moment donné, Guglielmo a voulu savoir combien je touchais pour faire la sécurité dans la discothèque. Je me faisais trois cent mille par soirée, il m'a dit que c'était une misère. Il m'a demandé si j'avais envie de vraiment gagner du fric, et si je me considérais comme un homme d'action. J'ai répondu que oui, et il a dit qu'il me contacterait. Quelques jours plus tard, il m'a appelé pour me dire que, si je voulais, je pouvais l'aider.

— Pour faire quoi ?

— Pour récupérer des dettes.

— Pour des usuriers ?

— Ça, c'est arrivé par la suite, mais là, c'était pour un entrepreneur normal, un gars qui vendait des matériaux de construction. Un de ses clients ne lui avait pas réglé une grosse commande de béton ou de briques, je ne sais plus. J'ignore pourquoi, mais ce type, le créancier, au lieu d'aller voir un avocat, s'était adressé à Savicchio. Je crois que c'était une habitude.

— Alors, qu'est-ce que vous avez fait ?

— On est allés voir le type. Savicchio lui a parlé, et il lui a dit que s'il ne payait pas il pourrait avoir de très gros problèmes. Pour résumer, le mec a fini par régler sa dette.

— Pourquoi Savicchio t'a impliqué dans cette affaire ?

— Il disait qu'il avait besoin d'un assistant pour ses nombreuses activités. Ceux qu'il avait eus avant ne lui avaient pas donné satisfaction. Je lui avais fait bonne impression, il pensait pouvoir me faire confiance.

Fenoglio eut une sensation de malaise. Pendant quelques secondes, il perdit le contact avec son environnement. Il avait l'impression d'avoir déjà entendu ces réponses, sans arriver à comprendre quand. Puis cela lui revint : deux mois auparavant, Lopez lui avait fait un récit similaire, plus ou moins avec les mêmes mots, quand il lui avait raconté sa rencontre avec Grimaldi.

« On servait d'escorte pour le transport de marchandises de valeur. Parfois c'étaient des bijoux, des bijoux volés. Une fois aussi, un tableau précieux. »

Ruotolo retraça ainsi trois années de vie criminelle en uniforme. Fenoglio le laissa parler presque sans l'interrompre ni lui poser de questions. Enfin, ils en arrivèrent aux enlèvements.

« Un jour, Mino, c'est-à-dire Savicchio, est venu me voir en disant que nous devions nous lancer dans une nouvelle activité, un moyen de nous faire vraiment beaucoup de fric facile. J'ai voulu savoir de quoi il retournait, et il m'a demandé si j'avais déjà entendu parler des kidnappings éclairs. Je ne savais pas ce que c'était et il m'a expliqué. Ça avait commencé à Cerignola, mais maintenant ça se pratiquait aussi chez nous. Il disait que c'était une mine d'or, et que nous devions réfléchir à la façon de nous y mettre. Moi, je n'étais pas d'accord. Escorter des transports de marchandises recelées, récupérer des dettes ou braquer des prostituées, c'était une chose. Commettre un délit aussi grave, impliquant des personnes n'ayant rien à voir avec le monde criminel, c'en était une autre. »

Voilà la note d'autojustification qui apparaît toujours, à des degrés divers, dans tous les aveux. Que les choses soient claires : moi, je ne voulais faire de mal à personne. Je me suis peut-être fourvoyé, mais j'ai des principes. Braquer les putains, c'est une chose, enlever des personnes honnêtes, c'en est une autre.

— Bref, j'ai commencé par répondre que ça ne me disait rien, que ça ne me semblait pas une bonne idée, mais il m'a dit de le laisser terminer d'abord. Il ne voulait certainement pas enlever des personnes honnêtes : son idée géniale, c'était d'enlever des proches de malfrats. Il disait : « Imagine un trafiquant de drogue qui vient de vendre un chargement et a des centaines de millions en liquide. Nous on kidnappe sa femme, et une demi-heure après, on l'appelle en lui demandant cent millions s'il ne veut pas qu'on la lui rende morte. Lui il paye immédiatement, personne ne se fait mal, et nous on gagne deux ans de salaire en bossant une demi-heure. »

— Et comment pensait-il choisir vos victimes ?

— C'était simple : il fallait des mecs ayant beaucoup d'argent sale en liquide à disposition. Pour identifier les candidats, on aurait utilisé soit des informations provenant du boulot, soit nos contacts dans le milieu.

— Vous avez commis combien d'enlèvements ?

— En tout, trois.

— Le petit Grimaldi, Angiuli, et qui est le troisième ?

— Comment vous êtes au courant, pour Angiuli ?

À nouveau, Fenoglio eut envie de le gifler. « Écoute, Ruotolo, ne t'inquiète pas de ce que nous savons et de comment nous l'avons appris. Inquiète-toi seulement de bien tout nous raconter, du début à la fin. Les avantages dont je t'ai parlé tout à l'heure, ils ne valent pas si on découvre des mensonges ou des omissions. C'est compris ? »

Ruotolo acquiesça. Il raconta le troisième kidnapping qui, par ordre chronologique, était le premier : ils avaient enlevé l'épouse d'un gros usurier, ce qui leur avait rapporté quarante millions.

Ils utilisaient des voitures – dans un cas, une camionnette – empruntées chez des concessionnaires amis de Savicchio ; ils changeaient les plaques d'immatriculation contre d'autres volées peu auparavant, et ils les remettaient en place après.

— Explique-moi une chose, Tony. C'est vrai que vous avez dit à Angiuli que vous étiez de la police? demanda Pellecchia.

— Oui, et à la femme aussi. C'était une idée de Mino. Il disait que si la nouvelle circulait que les kidnappeurs s'étaient fait passer pour des représentants des forces de l'ordre il serait encore plus improbable que quelqu'un pense que c'était vrai. Mais vous voulez que je vous dise un truc?

— Quoi?

— Moi, je crois que ça lui plaisait de commettre un délit en disant qu'il faisait partie de la police. Ça lui semblait... amusant. Comique.

— Oui, très comique. Venons-en à l'enfant. Avant tout: d'où est venue cette idée?

— Un jour, début mai, il m'a expliqué que la guerre qui faisait rage en ville était interne au clan Grimaldi: un petit groupe s'était révolté contre le chef. D'après Savicchio, c'était le moment idéal pour enlever le fils Grimaldi. Tout le monde penserait que c'était un coup des rebelles. Le Blond, qui à coup sûr était blindé de liquide, payerait immédiatement pour sauver son gosse. Puis il lancerait une chasse impitoyable contre ses ennemis et, d'une manière ou d'une autre, il arriverait à les descendre. Nous on serait comme des toréros.

— Des toréros?

— Oui, il sort des conneries comme ça. Il voulait dire que nous frôlerions une situation dangereuse, comme le toréro avec le taureau, et qu'on en sortirait indemnes, et les poches pleines de fric.

— Mais le toréro peut aussi se ramasser un coup de corne dans le cul, interrompit Pellecchia.

— C'est ce que je lui ai dit, exactement avec ces mots, reprit Ruotolo et, un instant, un sourire lui échappa. Lui, il a répondu que je commençais à le faire chier, qu'à chacune de ses idées moi, je le gonflais avec tous mes doutes, et qu'il s'était peut-être trompé quand il avait pensé que j'étais son compagnon idéal. Si ça ne m'intéressait pas, je pouvais le dire, et on mettait fin sur-le-champ à notre collaboration. Si ça ne m'intéressait pas, deux cents millions à partager en deux, on pouvait même se dire au revoir tout de suite. Il trouverait quelqu'un d'autre.

— Et tu t'es dit qu'en fait ça t'intéressait, deux cents briques, c'est ça ? fit Pellecchia.

Ruotolo alluma une cigarette.

— J'ai été débile. Je le sentais, que ça allait mal tourner.

— Comment vous avez procédé ?

— Il avait déjà tout préparé. Il savait quelle école fréquentait le garçon, quel trajet il empruntait, à quelle heure il partait et quel était le meilleur moment pour s'emparer de lui.

— Il avait fait les repérages lui-même, ou ces informations lui avaient été fournies par quelqu'un d'autre ?

— Je ne sais pas. Il ne me l'a pas dit. Sur certains sujets, il était toujours évasif. Il laissait entendre qu'il pouvait tout savoir, soit sur les milieux criminels, soit sur... nos milieux. Il disait que, travaillant au Centre de commandement, il avait accès à tout, et que rien ne se passait sans qu'il soit au courant. Il est mégalo. Mais quand même, c'est vrai que, d'une manière ou d'une autre, il arrive à savoir un tas de trucs.

— Il ne t'a jamais parlé d'autres carabiniers ou d'autres membres des forces de l'ordre qui collaboraient avec lui ?

— Il disait que, par le passé, il avait fait affaire avec d'autres – là, Fenoglio évita de regarder Pellecchia. Mais il disait que pour le moment j'étais son seul associé.

— Tu crois que c'était vrai ?

Ruotolo haussa les épaules.

— Oui, je crois. On était toujours ensemble. Il me semble difficile qu'il ait trouvé le temps de... enfin, de faire ce genre d'activités avec d'autres personnes aussi. Mais bon, avec Mino Savicchio, on n'est jamais sûr de rien.

— Revenons à l'épisode de l'enfant, dit Fenoglio.

Épisode. Un instant, Fenoglio songea à la façon disciplinée dont il respectait les règles de l'interrogatoire. Le choix des mots est fondamental pour obtenir un résultat. Il faut choisir des expressions les plus neutres possibles, comme « fait, accident, épisode», etc., et éviter des termes comme «viol, meurtre, mort, crime». Les expressions chargées du point de vue émotionnel (comme, justement, «viol, meurtre, mort, crime») ramènent le sujet à la gravité de ses actes et suggèrent des conséquences floues et effrayantes, réduisant les probabilités d'un aveu.

— On a approché l'enfant à quelques centaines de mètres de son école, là où on risquait le moins de se faire remarquer. Nous avions une BMW Touring avec vitres teintées que Savicchio, comme d'habitude, s'était fait prêter par un de ses amis concessionnaires. Nous avions échangé les plaques contre d'autres, que nous avions volées un peu avant dans un garage.

— Pourquoi dans un garage?

— Savicchio gardait un œil sur les voitures qui, dans son garage – celui où il laissait sa voiture – n'étaient jamais utilisées. Nous prenions les plaques de ces voitures-là parce qu'il était peu probable que les propriétaires s'aperçoivent du vol.

Fenoglio acquiesça et lui fit signe de continuer.

— Moi, j'étais au volant. Savicchio est descendu de voiture, il a raconté à l'enfant que nous étions des amis de son père et que nous devions le ramener chez lui parce qu'il y avait un problème. Le garçon a demandé quel était le problème, et Savicchio a répondu que sa mère s'était fait tirer dessus. Je me demande d'où lui venaient certaines idées. En tout cas, à partir de là, le gosse est monté à bord sans faire d'histoires.

— Vous avez agi à visage découvert ?

— On avait des perruques et de fausses moustaches. Savicchio a pris place sur le siège arrière avec l'enfant. Quand il s'est rendu compte que nous n'allions pas chez lui, le gosse a commencé à s'agiter. Savicchio lui a filé deux claques en lui ordonnant de ne pas faire d'histoires, mais l'autre ne s'est pas calmé, il s'est mis à crier que son père allait nous tuer et d'autres trucs dans le genre, alors Savicchio l'a frappé, lui a enfoncé un capuchon sur la tête et lui a attaché les mains et les pieds avec des liens en plastique. Puis on s'est arrêtés et on l'a mis dans le coffre.

Son récit continua, monotone et banal. Comme presque tous les aveux de choses atroces.

Ils allèrent ensuite téléphoner à la famille, laissant toujours le gosse dans le coffre – celui-ci était spacieux, ils pensaient que cela ne posait aucun problème. Puis ils passèrent le deuxième et le troisième coup de téléphone, en se déplaçant de village en village. Non, le choix des lieux d'où appeler ne répondait à aucun critère ou aucun motif particulier, l'idée était justement de se déplacer au hasard, pour n'offrir aucune prise dans le cas d'une éventuelle enquête. Une fois que le père avait consenti au paiement – ils avaient réclamé deux cents millions –, ils devaient patienter quelques heures pour que la somme soit rassemblée. Ils décidèrent alors de se rendre dans une carrière abandonnée du côté de Trani, pour faire sortir l'enfant et attendre là.

Quand ils ouvrirent le coffre, l'enfant ne bougeait pas. Ils l'en sortirent, ôtèrent le capuchon, lui délièrent les mains et tentèrent de le réanimer.

— J'ai dit qu'il fallait tout de suite le conduire à l'hôpital, et Savicchio a répondu que j'étais fou. Il répétait que le gosse était mort, et que si je voulais aller aux urgences, autant aller directement en taule. Là, j'ai piqué une crise de nerfs, je me suis mis à pleurer et lui, pour que j'arrête, il m'a filé une claque. Puis il a dit qu'il fallait immédiatement se débarrasser du corps, il n'y avait pas une minute à perdre. Alors on est allés dans la campagne près de Casamassima, où il y avait un puits, et... on...

Il ne trouvait pas le mot. Il ne voulait pas dire « on l'a jeté », ça faisait trop penser à un sac poubelle.

— On l'a mis là, dit-il enfin.

— Tu es sûr qu'il était mort ?

— Oui, j'en suis sûr. Il n'avait pas de pouls ; on a passé la lame d'un canif sous son nez, il n'y avait pas la moindre buée ; on a même essayé de le piquer avec, pour voir si cela provoquait une quelconque réaction. Il était mort, je vous le jure. S'il n'était pas mort, je me serais chargé de le conduire à l'hôpital. Mais ce connard avait raison : si on était allés aux urgences, on n'aurait pas sauvé l'enfant, et on aurait signé notre condamnation.

— Pour quelle raison, les environs de Casamassima ?

— Pour la bonne raison qu'il n'y avait pas de raison.

— Hein ?

— C'est l'expression de Savicchio. Emmenons-le dans un endroit avec lequel nous n'avons aucun lien, c'est ce qu'il a dit. Ils chercheront un sens et ils feront toutes sortes d'hypothèses – les maniaques de cette zone, par exemple – qui seront toutes fausses, parce qu'il n'y aura aucun sens à découvrir. Comme un jeu de la *Settimana Enigmistica** pour lequel il n'existerait pas de solution.

— C'est ce qu'il a dit ?

— Oui. C'est un passionné de jeux. Il adore les rébus et les anagrammes, il aime lire les mots à l'envers. « Je suis comme l'Antéchrist », qu'il dit.

— Quel fils de pute, grommela Pellecchia.

— Après avoir mis l'enfant dans le puits, qu'est-ce que vous avez fait ? demanda Fenoglio.

— Savicchio a affirmé que nous devions continuer à réclamer la rançon. Pas tant pour l'argent que pour gagner du temps. Si on ne donnait plus signe de vie, il pouvait se produire n'importe quoi. Grimaldi pouvait même prévenir la police ou les carabiniers, des recherches et une enquête risquaient d'être déclenchées, et ils trouveraient peut-être des témoins, bref, ce serait très dangereux. Il fallait se faire verser le fric, le récupérer avec précaution et disparaître.

Ruotolo alluma une autre cigarette, se frotta le visage et regarda quelque part entre Pellecchia et

---

* Célèbre hebdomadaire de jeux italien.

Fenoglio. Il remua la tête comme pour accompagner une phrase qu'il ne prononça pas. Il avait les yeux embués.

— Je lui ai dit que pour moi c'était fini. Lui, il pouvait faire ce qu'il voulait, mais moi, j'arrêtais tout. Il m'a déposé en ville, et je lui ai dit que je ne voulais plus jamais entendre parler de lui ni de tout le reste. Il m'a demandé si j'avais l'intention de faire une connerie, s'il pouvait être sûr que je n'allais pas immédiatement cracher le morceau. Je lui ai répondu que je savais très bien que si je passais à table j'étais foutu. Je voulais seulement qu'il me foute la paix, c'était fini.

Il se frotta les yeux.

— Il a récupéré l'argent, pas vrai ?

— Tu n'es pas au courant ? demanda Pellecchia, incrédule.

— Non. Enfin, c'est ce que j'ai supposé, mais il ne me l'a pas dit clairement.

— Après ce jour-là, vous ne vous êtes plus revus ?

— Non. On s'est juste parlé au téléphone, quelques jours après l'événement. Il m'a demandé si on pouvait se voir. Il a dit qu'il avait quelque chose à moi, qu'il devait me rendre. J'ai pensé que c'était ma part de la rançon. J'ai répondu que je n'étais pas en mesure de le rencontrer. Je crois que le motif de son appel, c'était de me demander si c'était moi qui avais permis de retrouver l'enfant, mais il a fait très attention à ne rien dire de compromettant.

— C’est toi qui as appelé le 112, n’est-ce pas ?

— Oui. Je ne supportais pas de penser à l’enfant là-dedans, qui ne serait pas enterré, ou bien qui serait retrouvé... enfin, comme on retrouve les cadavres quand beaucoup de temps s’est écoulé.

— Après ce coup de fil, il y en a eu d’autres ?

— Il m’a appelé à peu près tous les dix jours. Il disait qu’il voulait savoir comment j’allais. Il disait aussi des choses du genre : « Quand tu veux venir récupérer le truc... » et il laissait sa phrase en suspens.

— Il parlait de l’argent ?

— Je pense, même s’il ne l’a jamais mentionné explicitement. En réalité, il appelait pour voir si je ne craquais pas, et s’il y avait un risque que je parle à quelqu’un.

— Quand est-ce qu’il t’a appelé pour la dernière fois ?

— Il y a une vingtaine de jours. Je lui ai dit de ne pas s’inquiéter, qu’il n’y avait pas de problèmes, et que s’il avait des craintes il pouvait s’en libérer. J’avais juste besoin d’être un peu seul.

— Et lui, qu’est-ce qu’il a dit ?

— Que si j’avais besoin de quelque chose je n’avais qu’à l’appeler.

14

Au début, le capitaine n'avait pas eu l'air de comprendre. Mais qu'était-ce donc, cette histoire de brusque développement de l'enquête – un développement *fortuit*, avait dit Fenoglio – et surtout, qu'est-ce que cela voulait dire, que des carabiniers étaient impliqués ?

Oui, mon capitaine, malheureusement c'est ça, des carabiniers. Oui, deux carabiniers. Oui, l'individu a *spontanément* – il entendit le son de sa propre voix tandis qu'il prononçait cet adverbe, un mensonge – décidé de collaborer. Non, il vaut mieux éviter de l'emmener chez nous, à la caserne, je crois qu'il est souhaitable de garder cette information confidentielle le plus longtemps possible, ne serait-ce que pour conjurer le risque que l'autre se doute de quelque chose, et soit encore plus sur ses gardes. Oui, nous avons pensé qu'il serait préférable d'organiser cette rencontre autre part. Je crois que le mieux, ce serait de l'emmener directement chez la *dottoressa*. Très bien, mon capitaine, je me charge de l'avertir. Si je peux me permettre, il faudra recommander au colonel, avec tout le respect dû, la plus grande discrétion. Savicchio travaille au Centre de commandement ; le problème, c'est sa proximité physique avec le bureau du colonel, et la facilité avec laquelle il peut accéder à toutes les informations importantes. Si vous êtes d'accord, pour le moment, j'éviterais toute communication écrite. Oui, bien sûr, je vous préviens quand nous sommes en route vers le parquet, et on se retrouve là-bas.

Fenoglio se trouvait dans le bureau du maréchal Iannantuono, qui avait compris combien la question était grave, mais n'avait posé aucune question. Il avait laissé la pièce à son collègue afin qu'il puisse parler librement au téléphone, en ordonnant à ses hommes de ne le déranger sous aucun prétexte.

Une fois son entretien avec le capitaine terminé, Fenoglio resta longtemps la main posée sur les touches du téléphone. Il ne pensait à rien. Le plus étrange, remarqua-t-il au bout d'un moment, c'était qu'il n'éprouvait aucune satisfaction devant le développement de l'enquête. Rien que de la fatigue. Et aussi un intérêt d'autiste pour des petites fissures sur le mur qu'il avait devant les yeux. Cette caserne est neuve, d'où peuvent-elles bien venir ? se demanda-t-il, juste avant de composer le numéro de D'Angelo.

Le téléphone sonna quatre fois. Il entendit la voix de la juge, qui répondit alors qu'il s'apprêtait à raccrocher.

— Bonjour, *dottoressa*, c'est Fenoglio.

— Bonjour, maréchal.

— Vous êtes occupée ?

— Dans quel sens ?

— On aurait besoin de dresser un procès-verbal. C'est assez urgent.

— Un procès-verbal ?

— Nous avons avec nous l'un des responsables de l'enlèvement du petit Grimaldi. Il veut faire une déposition.

— Qui est-ce ?

— Un carabinier.

— Comment ça ?

— Ce sont deux carabiniers qui ont fait le coup.

— Où êtes-vous ?

— On peut vous rejoindre dans une heure. Avec l'individu.

— Il a un avocat ?

— Je me suis permis de dire que vous chercheriez un avocat disponible immédiatement, en évitant de faire appel à des professionnels liés à la criminalité organisée.

— D'accord, je m'en occupe. Je vous attends dans mon bureau. Avant de dresser le procès-verbal, j'espère que vous m'expliquerez ce qui s'est passé.

Ils retrouvèrent le capitaine devant le palais de justice.

Fenoglio ne savait pas à quelle réaction s'attendre de la part de l'officier. À l'évidence, ce tournant était le fruit d'une enquête menée à son insu et, à juste titre, il aurait pu mal le prendre.

— Ce brigadier veut avouer devant le magistrat l'enlèvement de l'enfant, c'est bien ça? demanda Valente.

— Oui, mon capitaine.

— J'imagine que ce n'est pas une décision spontanée.

— Non, mon capitaine, répondit Fenoglio sans trop savoir comment poursuivre, et en se demandant comment il répondrait à d'autres questions sur cette enquête informelle – mais il n'y eut pas d'autres questions.

— Vous avez fait un excellent travail.

— Une grande partie du mérite revient à l'adjudant Pellecchia, ajouta Fenoglio, sans réussir à déchiffrer l'expression du capitaine.

— Avant de monter chez la *dottoressa*, dites-moi ce que je dois savoir pour ne pas avoir l'air d'un touriste.

Son ton était amical, presque complice.

Un quart d'heure plus tard, ils entrèrent dans le bureau de la juge. Le capitaine lui expliqua tout – en excluant ce qui aurait pu mettre un magistrat dans l'embarras – de manière claire et précise, comme s'il avait été constamment informé de l'enquête et de ses développements, mais sans s'en attribuer le mérite. Fenoglio se dit qu'il avait sous-estimé cet homme.

Quand D'Angelo déclara que ces informations étaient suffisantes pour procéder à l'interrogatoire, on fit entrer Ruotolo et son avocat commis d'office, qui avaient attendu avec Pellecchia au secrétariat. L'audition dura trois heures. À la fin, la juge fit glisser une dizaine de feuillets vers le suspect, de l'autre côté de son bureau: «Lisez et dites-moi s'il y a quelque chose à corriger, s'il y a quelque point où j'aurais déformé votre pensée.»

Ruotolo secoua la tête et fit un geste, la main ouverte.

— Je n'ai pas besoin de lire. Si vous avez un stylo…

— *Lisez*, s'il vous plaît. Ce n'est pas une question de confiance. Vérifiez que tout correspond bien à votre récit et à votre pensée. À la fin du procès-verbal, il est écrit «Lu, approuvé et signé». Donc, vous lisez, vous approuvez – ou vous rectifiez, s'il y a quelque chose à rectifier – et, *ensuite*, vous signez.

Le ton de D'Angelo n'était neutre qu'en apparence. «Vous aussi, maître, lisez, s'il vous plaît», conclut-elle.

Ruotolo et l'avocat examinèrent ensemble le procès-verbal, corrigeant quelques imprécisions au stylo avant de le signer tous les deux, page après page.

— Quand s'achève votre période de convalescence, Ruotolo?

— J'ai encore deux semaines, *dottoressa*.

— Demandez un nouveau certificat à votre médecin. Encore un mois, après on verra. Au revoir, maître, et merci.

« Et maintenant, comment procédons-nous, *dottoressa* ? demanda le capitaine lorsque Ruotolo et l'avocat furent sortis. D'Angelo ne répondit pas. Elle regarda autour d'elle, comme si elle ne reconnaissait pas son bureau. Elle s'approcha de la fenêtre et l'ouvrit, comme pour chercher du réconfort dans le bruit de la circulation. Elle prit une cigarette et l'alluma, appuyée contre la fenêtre. Dehors, il faisait nuit.

C'était l'été, mais cela n'y ressemblait pas.

15

La question du capitaine était rhétorique. Ce qu'il fallait faire était évident et, conceptuellement, simple : recouper les déclarations de Ruotolo afin de les rendre utilisables contre Savicchio. Exactement comme pour Lopez. Sans recoupements, aucune arrestation possible, aucune condamnation.

D'Angelo rédigea un mandat détaillé et minutieux avec les objectifs suivants :

1) identifier le concessionnaire ayant prêté la voiture utilisée pour l'enlèvement de l'enfant, et prendre sa déposition pour vérifier s'il confirmait les circonstances décrites par Ruotolo ;

2) prendre la déposition de tous les habitants et commerçants se trouvant près de l'endroit où, d'après le récit de Ruotolo, l'enlèvement s'était déroulé ;

3) contrôler la situation financière de Savicchio – propriétés, véhicules, comptes bancaires ;

4) se procurer les relevés téléphoniques des portables de Savicchio et de Ruotolo ;

5) mettre sur écoute le téléphone portable, le téléphone fixe du domicile et du bureau de Savicchio, et mettre en place un dispositif de captation dans son appartement et à l'intérieur de sa voiture.

En pièces jointes, la juge avait mis les ordonnances pour la consultation des relevés téléphoniques et pour les écoutes. En conclusion, elle recommandait une discrétion maximale, et demandait que soient indiqués au bureau du parquet les noms des officiers de police judiciaire impliqués dans cette enquête, ou qui en avaient connaissance.

Ils se mirent au travail en commençant par chercher un témoin oculaire qui confirme les propos de Ruotolo quant aux conditions matérielles de l'enlèvement. Il apparut aussitôt que savoir avec précision où avait été effectué le kidnapping ne changeait pas vraiment la situation rencontrée au moment des premières recherches. En fait, cela ne la changeait aucunement. Personne n'avait rien vu, personne ne s'était aperçu de rien, et de nombreux riverains interrogés ne savaient même pas qu'un fait aussi grave s'était produit à deux pas de chez eux.

Le problème, se dit Fenoglio après deux journées passées en vain à appuyer sur des boutons d'interphones, à entrer et sortir d'appartements en tout genre, à discuter avec des personnes âgées et des jeunes, des petits voyous et des employés, des femmes au foyer et des prostituées, c'était qu'on ne pouvait absolument rien savoir avec certitude.

Il était même possible que personne, en effet, n'ait rien vu. Il y a tant de choses que nous ne voyons pas alors qu'elles se déroulent juste sous nos yeux. Parfois, de véritables tragédies, voire des événements historiques nous effleurent, sans que nous en ayons la moindre conscience.

Le sens commun suggère que, si nous nous trouvons à proximité d'un épisode dramatique, nous ne pouvons que nous en rendre compte. Mais en réalité, les gens sont généralement concentrés sur leurs problèmes ; l'attention et la perception sont subjectives, et la capacité à saisir les modifications du rythme ordinaire des choses dépend de nos prédispositions et des circonstances. Bref, il n'est pas du tout surprenant que des faits très importants se déroulent sous les yeux de tous sans que personne s'en aperçoive.

Et puis, naturellement, il y a aussi l'omerta, qui est liée à la peur ou, pire, au choix délibéré de ne s'occuper que de ses propres affaires – se comporter autrement ne créant que des problèmes. Dans tous les cas, et qu'elle qu'en soit la raison, parler à l'ensemble des habitants et commerçants proches du lieu où s'était produit l'enlèvement n'ajouta rien au dossier.

Les relevés téléphoniques montrèrent ce qu'ils savaient déjà grâce à l'enquête, comment dire, informelle de Pellecchia – mais qu'ils n'avaient pu dire à la juge, pour des raisons évidentes. C'était un début de recoupement des déclarations de Ruotolo, mais rien de plus.

Les conversations téléphoniques – le fixe et le portable – de Savicchio étaient totalement inutiles pour l'enquête : de brèves communications de travail sur le ton de celui qui n'a pas de temps à perdre et qui, de toute façon, par une vieille habitude, parle comme si ses téléphones étaient toujours sur écoute. Les captations n'apportèrent aucun résultat non plus, à part l'enregistrement déplorable de longues heures de *heavy metal*.

Ruotolo avait expliqué que Savicchio se faisait prêter des voitures par quelques amis concessionnaires et vendeurs de véhicules d'occasion. L'un d'eux avait un garage dans les faubourgs de Bari, du côté de la zone industrielle, mais Ruotolo ne savait rien des autres.

Les carabiniers identifièrent le concessionnaire et écoutèrent sa déposition.

L'homme admit qu'il connaissait Savicchio, qu'il lui avait vendu une voiture il y a quelques années, et qu'il lui en avait prêté d'autres ; en revanche, malgré l'insistance des enquêteurs, il nia lui avoir prêté un véhicule au cours de ces derniers mois.

Il avait l'air sincère, pensa Fenoglio. Alors, ils interrogèrent à nouveau Ruotolo, pour essayer d'identifier quelques-uns des autres vendeurs amis de Savicchio, mais le brigadier ne put que confirmer ce qu'il avait déjà dit dans sa première déposition : il ne connaissait qu'un seul concessionnaire, et s'il savait qu'il y en avait d'autres, il ignorait tout d'eux.

Les enquêtes patrimoniales, surtout les enquêtes bancaires, prennent du temps. Les premiers résultats montrèrent que Savicchio était propriétaire de l'appartement où il habitait seul, qu'il avait un emprunt, et que ses mensualités étaient tout à fait compatibles avec son salaire de maréchal des carabiniers. Il avait deux voitures et un compte courant – celui où était versé son salaire –, sur lequel il n'y avait aucun mouvement d'argent suspect. Certes, son niveau de vie était un peu plus élevé que celui d'un sous-officier des carabiniers lambda, et il fallait encore attendre le résultat des autres enquêtes patrimoniales – comptes et titres dans toutes les banques du territoire national. Mais au bout de dix jours d'enquête à la recherche de recoupements, les carabiniers et la juge durent prendre acte d'une désagréable réalité. Presque rien de ce qu'avait déclaré Ruotolo n'avait trouvé de confirmation dans les enquêtes de la police judiciaire.

16

Si quelqu'un t'accuse d'avoir commis un délit avec lui, ses déclarations seules ne suffisent pas à te faire arrêter, encore moins condamner. Même si elles apparaissent tout à fait crédibles, et qu'il n'y a aucune raison de suspecter qu'il s'agisse de calomnies. Il faut néanmoins que le parquet ou la police judiciaire recoupent ces informations – c'est-à-dire qu'ils trouvent d'autres éléments de preuve qui confirment la véracité des accusations du coaccusé.

Au cours d'une réunion pour faire le point sur l'enquête, voilà ce que D'Angelo dit au capitaine et à Fenoglio. Dehors, une pluie obstinée, presque automnale, tombait.

Le seul élément concret provenait des relevés téléphoniques, maintenant obtenus officiellement. Ruotolo et Savicchio s'étaient parlé très régulièrement presque jusqu'à la mi-mai. Certains jours, ils s'étaient appelés jusqu'à dix fois. À partir du 14 mai, le lendemain de l'enlèvement, leurs échanges téléphoniques s'étaient brusquement espacés. Un élément qui confirmait les déclarations de Ruotolo mais qui, en soi, n'était pas univoque. Les raisons derrière la raréfaction de leurs contacts pouvaient être des plus variées ; cette circonstance seule ne suffisait pas pour justifier une garde à vue.

Sur cette base, répéta D'Angelo, il était tout à fait inutile et même contre-productif de demander un mandat d'arrestation. Le juge d'instruction ne l'accepterait pas ; et même si, commettant une grave erreur, il le faisait, le juge des libertés ferait aussitôt ressortir Savicchio. À ce stade, l'enquête serait gravement, peut-être irrémédiablement, compromise.

— Vous savez ce qui est le plus énervant, maréchal ? dit la magistrate en allumant une autre cigarette.

— Quoi ?

— En l'état actuel de l'enquête, comme on dit, Ruotolo serait condamné pour enlèvement à but d'extorsion parce que *ses* déclarations, c'est-à-dire *ses* aveux complets, suffiraient à motiver une condamnation. En revanche, toujours en l'état actuel de l'enquête, Savicchio en sortirait indemne.

Ils demeurèrent silencieux un moment. D'Angelo termina sa cigarette avec une sombre détermination.

— *Dottoressa*, nous travaillons avec calme. Cela prendra le temps qu'il faudra, mais nous trouverons quelque chose.

— Nous ne pouvons pas nous permettre le calme. Dans quelques jours, Ruotolo devra être transféré et puis suspendu.

— Et alors, tout le monde sera au courant.

— Précisément. C'est une information que nous ne pourrons pas garder confidentielle. Quand Savicchio apprendra le transfert de Ruotolo, il commencera par faire disparaître toute trace restante, de quelque nature qu'elle soit. En admettant qu'il y ait encore des traces quelconques. En admettant qu'il y en ait jamais eu.

Fenoglio tenta d'analyser la situation. En réalité, il n'y avait pas grand-chose à analyser : l'enquête n'avait presque rien apporté, et dès que Savicchio soupçonnerait son existence, elle se figerait dans son insuffisance. Et Savicchio s'en tirerait. D'Angelo avait raison, cela donnait envie de casser quelque chose.

« Et si on essayait de lui envoyer Ruotolo avec un micro espion ? Ruotolo le provoque d'une manière ou d'une autre, le prenant au dépourvu, Savicchio laisse échapper un propos compromettant, et comme ça on obtient un recoupement. »

La magistrate réfléchit quelques dizaines de secondes. Puis, avant même de répondre, elle se mit à secouer la tête, lèvres serrées.

— On ne peut pas, pour deux motifs opposés et convergents. Tant qu'il n'est pas officiellement suspendu, Ruotolo reste un officier de police judiciaire. On serait donc, en fin de compte, dans le cas d'un officier de police judiciaire qui sollicite illégalement l'aveu d'un suspect, sans aucun respect des droits de la défense.

— Mais Ruotolo est aussi un suspect.

— Justement. Ça, c'est le second motif. Lui-même étant un suspect, nous ne pouvons l'inciter à faire quoi que ce soit en dehors du contexte d'un interrogatoire ou d'un autre acte dans lequel la présence d'un avocat est garantie. Alors que fait-on ? On l'envoie parler avec Savicchio en présence de son avocat ?

— Mais s'il y va spontanément ? Il est libre, il décide d'aller discuter avec son complice pour libérer sa conscience, il réussit à enregistrer des déclarations utiles, et il nous les rapporte. Nous, nous n'apprenons le rôle de Savicchio qu'à ce moment-là, et nous arrêtons ce fils de pute – excusez le vocabulaire.

— Fils de pute me semble le minimum. Combien de temps croyez-vous que Ruotolo résisterait, contre-interrogé par un bon avocat ? Qui avalerait cette histoire d'initiative spontanée ? Et surtout, vous croyez que Savicchio tomberait dans le panneau ? Vous pensez que si Ruotolo réapparaissait soudain, après deux mois de silence, il ne soupçonnerait rien, et se mettrait à raconter en long et en large ses péchés dans le micro ?

On pourrait le descendre.

Ou plutôt, on pourrait *le faire descendre*. On pourrait faire courir le bruit dans le milieu, afin que tout le monde soit au courant. C'est eux qui s'en occuperaient. Un des hommes de Grimaldi encore en liberté, ou un membre d'un autre clan. Quelqu'un. Ils feraient à qui mieux mieux. Aucune perte de temps, pas de preuves, de recoupements ni de procès. Tu as tué un enfant, voilà ce que tu récoltes. *Pan, pan, pan !*

Ces pensées traversèrent l'esprit de Fenoglio sous forme de phrases complètes, presque écrites. Des énoncés qui dissipaient la frustration dans une idée de justice élémentaire et parfaite. Qu'ils aillent se faire foutre, les recoupements, les droits de la défense, les interdictions de ceci ou de cela. Qu'ils aillent se faire foutre.

— On perquisitionne, dit Fenoglio, émergeant difficilement de ce tourbillon de pensées empoisonnées.

— Comme ça, juste pour voir ?

— Je ne sais pas si c'est juste pour voir. Bien sûr, il a pu mettre l'argent n'importe où, mais il est impossible qu'il ait déjà tout dépensé. Et puis, il est sûrement très prudent chez lui. Mais bon, oui, autant tenter le coup. On pourrait tomber sur quelque chose, un document qui nous conduirait à ses comptes bancaires ou à un prête-nom. Ou bien quelque chose qui nous mènerait autre part, un endroit où il conserverait des trucs. Je ne sais pas.

Bon, oui, une perquisition comme ça, juste pour voir, conclut-il avec un geste d'irritation.

Comme cela lui arrivait dans ces cas-là, il entendit sa voix de l'extérieur, comme si c'était celle d'un autre, qui ne disait que des conneries. La perquisition ne servait à rien.

— D'accord, dit D'Angelo.

— D'accord quoi ? demanda Fenoglio en secouant la tête, comme quelqu'un qui se réveille brusquement.

— La perquisition. On essaye. De toute façon, pour le moment nous n'avons pas d'autres options. Nous attendons uniquement le résultat des enquêtes patrimoniales, et là, on ne risque pas qu'il fasse disparaître les preuves. Alors, allons voir ce qu'il a chez lui. Je viens avec vous.

17

L'article 247 du code de procédure pénale est intitulé « Conditions de forme et de fond des perquisitions », et le dernier alinéa prévoit que « l'autorité judiciaire peut procéder personnellement à la perquisition, ou bien faire en sorte que l'acte soit accompli par des officiers de police judiciaire délégués par la même ordonnance ».

L'expression « autorité judiciaire » englobe tous ceux qui exercent des fonctions judiciaires. Il ne s'agit pas d'une personne, et donc il est impossible que cette autorité fasse quelque chose *personnellement*, s'était dit Fenoglio quand il avait étudié le nouveau code de procédure. Celui qui avait rédigé cet article maniait la grammaire et les concepts de façon plutôt bancale. Cette règle mal écrite signifie que le procureur de la République ou le juge – qui sont des personnes physiques – peuvent procéder *personnellement*, ou bien déléguer à la police judiciaire.

De fait, les magistrats ne vont presque jamais personnellement faire les perquisitions. Pour de nombreuses raisons, la pratique veut qu'ils délèguent le travail à la police judiciaire. Le juge décide d'intervenir dans des cas rares et exceptionnels. Quand il n'a pas confiance en la police judiciaire, par exemple ; ou bien, au contraire, quand il veut assumer la responsabilité directe d'un acte délicat.

Tout le monde savait que perquisitionner Savicchio était une initiative qui avait très peu de chance d'être couronnée de succès. Il était fort improbable qu'un homme comme lui conserve du matériel compromettant dans son appartement ou son bureau. Y aller en personne, de la part de D'Angelo, avait une signification précise : si quelque chose tourne mal, si on ne trouve rien, si l'enquête finit sur une voie de garage – ce qui sera certainement le cas –, c'est moi qui en porterai la responsabilité, et pas les carabiniers qui travaillent avec moi.

La vérité des personnes se lit dans les nuances. Fenoglio se dit qu'il n'avait jamais éprouvé autant d'estime envers un magistrat.

18

La veille au soir, Pellecchia avait demandé à Fenoglio de participer à la perquisition : « S'il te plaît, Pietro, laisse-moi venir. » Fenoglio avait secoué la tête. « S'il te plaît, avait-il répété. J'ai un compte à régler avec ce fils de pute, tu le sais. Tu es le seul à le savoir. »

Fenoglio avait à nouveau remué la tête : « C'est impossible, Tonino. Précisément parce que tu as un compte à régler avec lui. On ne peut pas se le permettre. Même si c'est improbable, imagine qu'en présence du capitaine et de la *dottoressa* il dise quelque chose sur… sur ce que vous avez fait ensemble. Laisse-nous faire. »

Pellecchia s'était éclairci la gorge, comme pour répliquer, mais il était resté silencieux. Au bout d'un instant, il avait juste acquiescé lentement, lèvres serrées – une sorte de prise de conscience, douloureuse mais inévitable.

«D'accord. Tu m'appelles si tu trouves quelque chose? Tu as mon numéro de portable?»

Oui, avait répondu Fenoglio, il avait noté le numéro de Pellecchia dans son agenda, il l'appellerait aussitôt.

S'il trouvait quelque chose.

Éventualité à laquelle, si on lui avait posé la question, il aurait répondu qu'il croyait très peu.

Ils décidèrent de mener la perquisition en commençant par le bureau de Savicchio, avant de continuer par son domicile, en y allant avec lui. Cela paraissait la stratégie la plus efficace, avec un homme comme lui. S'il entendait frapper à sa porte tôt le matin, il comprendrait ce qui se passait, et s'il y avait quelque chose de compromettant chez lui, il tenterait de s'en débarrasser. S'il avait de la drogue, il pouvait la jeter dans les toilettes, des documents, les déchirer et les brûler. Au moins, on évitait ce risque en entrant dans l'appartement avec lui.

Le colonel se souvint que, ce jour-là, il avait un engagement quelque part ailleurs. Il ne l'aurait jamais avoué, mais l'idée qu'un magistrat perquisitionne *son* bureau – alors que le Centre de commandement, c'était comme chez lui – le mettait très mal à l'aise, comme une espèce d'affront personnel.

«Salut, Savicchio», dit Fenoglio en entrant dans son bureau. L'autre se retourna. Il s'apprêtait à répondre quelque chose quand il vit D'Angelo et le capitaine Valente apparaître aussitôt derrière. Il se leva presque d'un bond.

— Bonjour, *dottoressa*. À vos ordres, mon capitaine.

— Nous devons procéder à une perquisition, maréchal Savicchio, dit D'Angelo en lui tendant une copie de l'ordonnance.

Il prit le document et l'examina quelques minutes, avec calme et attention.

— Vous avez droit à l'assistance d'un avocat, reprit D'Angelo. Vous voulez appeler quelqu'un ?

— Non merci, *dottoressa*. Il n'y a aucun problème, j'ai entièrement confiance en votre action. Et puis, j'ai lu sur quoi se fonde cette initiative...

Il avait prononcé ces derniers mots avec un air navré et une note calculée de commisération.

— Que voulez-vous dire ?

— Ruotolo. C'était un brave garçon, malheureusement il a eu un tas de problèmes personnels, et il a complètement perdu les pédales. Il est gravement déséquilibré. Je suis désolé de dire ça, mais il ne devrait pas être carabinier. Nous étions amis et, pendant des années, j'ai essayé de l'aider, mais sa situation ne faisait qu'empirer. Il était suivi par un neurologue, vous savez ? À un moment donné, j'ai dû interrompre nos relations, il tenait des propos de plus en plus bizarres, il disait avoir commis des péchés qu'il devait expier, et il avait des espèces d'hallucinations. Cela me fait de la peine de dire ces choses-là, mais malheureusement tout est vrai et, si vous le souhaitez, vous pouvez le mettre dans le procès-verbal.

La juge le fixa longuement, droit dans les yeux. Il soutint son regard.

« Bien, si vous n'avez pas besoin d'un avocat, alors nous pouvons commencer. Ensuite, nous nous rendrons à votre domicile. »

Perquisitionner la pièce fut chose rapide et, comme on pouvait facilement s'y attendre, ils n'y trouvèrent rien, à part deux balles calibre .38 au fond d'un tiroir du bureau.

— Et ça, qu'est-ce que c'est ? demanda Fenoglio en prenant ces munitions.

— Deux calibres .38 *wad cutter*. Je vais parfois au polygone avec des amis, on fait du tir dynamique.

— Tu as des pistolets, en dehors de ton arme de service ?

— Non. J'utilise l'arme de mes amis. Uniquement au polygone, bien entendu.

— Et comment se fait-il que tu aies ça ?

Savicchio haussa les épaules, en esquissant un sourire narquois.

— Tu sais comment c'est, Fenoglio. Quand tu as fini de tirer, il te reste toujours quelques balles dans les poches de ton blouson. Au lieu de les jeter dans la rue, tu les ramènes au bureau et puis tu les laisses là, pour les utiliser une prochaine fois.

— Évidemment, elles ne sont pas déclarées.

En prononçant ces mots, Fenoglio se sentit pathétique. La détention de munitions d'armes civiles non déclarées est un délit mineur, pour lequel on encourt une légère peine pécuniaire. Le sourire de Savicchio se fit plus ouvertement moqueur. Il en fallait bien davantage pour l'inquiéter, et ce fut à ce moment-là que Fenoglio éprouva une nette et pénible sensation d'inutilité. Savicchio était trop décontracté. Ils ne trouveraient rien, l'enquête allait s'enliser, et lui, il allait s'en tirer.

« C'est bon, on va chez vous », décida D'Angelo au bout de quelques minutes, lorsqu'il fut évident qu'il n'y avait rien à chercher ni rien à trouver dans ce bureau.

Savicchio habitait à Poggiofranco – le quartier dont rêvait la bourgeoisie de Bari en quête de promotion sociale dans les années soixante-dix. Le bien-être à peine atteint, qui demeure fragile et a besoin de confirmation.

L'immeuble se trouvait dans une résidence composée de quatre bâtiments entourant un jardin commun, dans lequel il y avait un toboggan, un petit tourniquet et quelques autres jeux pour enfants. Une très jolie fillette blonde grimpait sur le toboggan, se laissait glisser, puis remontait et glissait à nouveau. Elle jouait avec sérieux, avec méthode, comme exécutant une tâche qui lui aurait été confiée.

En plus du capitaine et de Fenoglio, D'Angelo était accompagnée de Grandolfo et de Montemurro.

L'appartement était un loft, avec vue sur une bonne partie de la ville. Il était constitué d'un salon, d'une cuisine-séjour et d'une chambre. Bien meublé, rangé, il contenait un téléviseur coûteux, une chaîne stéréo coûteuse (celle d'où provenait le *heavy metal*, pensa Fenoglio), et des meubles de qualité. Il y avait aussi dans le salon des affiches de cinéma encadrées : des films d'action, des westerns ou des polars. On remarquait sur une étagère une encyclopédie, quelques codes, et un certain nombre de livres du Club degli Editori. L'ensemble suggérait un appartement au-dessus du niveau de vie normal d'un maréchal des carabiniers, mais pas d'une manière criante, et sans que cela puisse constituer la preuve de quelconques délits.

— Il y a un coffre-fort ? demanda Fenoglio.

— Oui, bien sûr, répondit Savicchio.

— Tu nous le montres ?

Savicchio s'approcha d'une des affiches, *The French Connection* : l'air furibard, Gene Hackman pointait son calibre .38 vers quelqu'un. Savicchio ôta le cadre du clou, dévoilant un coffre-fort encastré dans le mur. Il manipula les poignées pour composer la combinaison ; l'engin émit le déclic typique des engrenages qui s'enclenchent, et la porte s'ouvrit.

Il y avait un million en billets de cinquante mille, des bijoux et quelques livres sterling en or – ça lui venait de sa mère, expliqua-t-il –, un livret de caisse d'épargne contenant quelques millions, et deux carnets de chèques. Rien de significatif, rien d'incompatible avec la vie normale d'un célibataire disposant d'un salaire décent sans avoir de charges familiales particulières.

— Ça t'ennuie de décrocher les autres posters ? demanda Fenoglio après avoir refermé le coffre-fort.

— Aucun problème, répondit l'autre.

Il enleva une à une les affiches des *Affranchis*, de *La Horde sauvage*, de *Magnum Force*, du *Parrain*, de *New York 1997* et de *Pour une poignée de dollars*. À la fin, les murs restèrent nus et blancs, avec la trace des cadres à peine visible. Il n'y avait rien derrière ces posters.

À partir de là, afin de procéder à la perquisition avec ordre, ils déplacèrent les miroirs et le mobilier de toutes les pièces. Il n'y avait pas d'autres coffres-forts ni de cachettes. Puis ils se mirent à fouiller tous les meubles, en commençant par le salon, où les trouvailles les plus intéressantes furent une collection de cassettes de films policiers, de westerns et de films d'action, et une autre de films pornos d'importation. En observant les titres des pornos et les photos des pochettes, on devinait une certaine prédilection de Savicchio pour les jeux impliquant fouets, menottes et masques de latex.

La cuisine était typiquement celle d'un célibataire qui ne mange pas beaucoup chez lui. Dans le réfrigérateur : des bières, du vin, du champagne, de l'eau minérale et du Coca-Cola, quelques yaourts, du fromage et du jambon cru. Dans le placard : des boîtes de crackers, des chips, des sauces prêtes à l'emploi et quelques conserves de tomates. Les casseroles et assiettes du buffet avaient l'air de ne pas être utilisées très souvent. Savicchio était à l'aise, à l'évidence cette perquisition ne l'inquiétait pas le moins du monde. Personne ne parlait, Fenoglio sentait croître en lui un insupportable sentiment de frustration, et il imaginait déjà le moment où ils s'en iraient après avoir rempli un inutile procès-verbal de perquisition avec un résultat négatif.

Les meubles de la chambre étaient noirs et laqués, à mi-chemin entre le kitch et le louche, et un grand miroir était accroché au plafond. Cet accessoire, à l'instar de la collection de films pornos, fournissait quelques indications sur les goûts de l'homme Savicchio, mais malheureusement rien d'utile concernant le suspect Savicchio.

Ils fourragèrent parmi chemises, tee-shirts, slips, chaussettes, cravates, serviettes, draps et vêtements de marque, uniquement pour découvrir qu'ils ne dissimulaient rien. Ils déplacèrent le lit, cherchant en vain une trappe ou autre cachette de ce genre. Ils fouillèrent toute la salle de bains, où ils ne parvinrent à découvrir rien d'autre qu'une certaine prédilection de Savicchio pour les parfums coûteux, les crèmes antirides, les huiles pour le corps et, en général, pour les produits cosmétiques que l'on ne s'attendrait pas à trouver chez un carabinier. À nouveau, il s'agissait là d'éléments utiles pour se faire une idée du personnage, mais totalement inutiles pour l'enquête.

Il n'y a rien. Dans ce maudit appartement, il n'y a rien, se dit Fenoglio tandis que Montemurro et Grandolfo remettaient en vrac dans les armoires de la salle de bains médicaments, cosmétiques, parfums et après-rasage. Ou bien, dans l'hypothèse très lointaine qu'il y ait quelque chose, cette chose est trop bien cachée pour qu'on puisse la trouver. On a fait une connerie, avec cette perquisition, et maintenant l'enquête est finie. Il pensa à Pellecchia, qui certainement l'attendait sur des charbons ardents. Il se dit qu'il était juste de le tenir immédiatement au courant de ce qui se passait.

— Je peux passer un coup de fil, Savicchio?

— Bien entendu, fit l'autre avec une courtoisie excessive teintée de sarcasme, en lui indiquant un téléphone sans fil sur la commode.

Fenoglio prit l'appareil et se rendit sur le balcon ombragé, d'où il appela Pellecchia. Celui-ci répondit après une seule sonnerie.

— Oui?

— C'est Pietro.

— Qu'est-ce que vous avez trouvé?

— Rien.

— Merde. C'est comment, chez lui?

— Tu n'es jamais venu?

— Je ne suis jamais allé chez lui, et lui n'est jamais venu chez moi. Je sais que ça peut te paraître bizarre, mais nous n'étions pas *amis*.

— En gros, l'appart est plutôt normal. Il a une collection de films pornos dans le style sadomaso, de l'argent et des bijoux dans un coffre-fort, mais rien d'exceptionnel.

— Pas de trappes, de tiroirs secrets ?

— S'il y en a, on n'a pas été capables de les trouver.

— Il a une cave, un box, un parking ?

— On va vérifier. Mais je vais te dire un truc : même s'il en a, d'après moi, on ne trouvera rien. Il est trop décontracté, trop sûr de lui, on dirait presque qu'il s'amuse.

Un long soupir de frustration lui parvint de l'autre bout du fil. Fenoglio imagina Pellecchia les yeux mi-clos, dans un effort pour maîtriser sa colère. « Laisse-moi jeter un œil, rien qu'un œil. On ne sait jamais, je pourrais avoir une idée. Si ça ne donne rien, je m'en vais tout de suite, sans dire un mot et sans faire de bordel. »

Fenoglio était sur le point de lui répéter que non, ce n'était pas opportun, il ne pouvait rien faire qu'eux n'aient déjà fait. Et puis, quelque chose le retint. Au fond, la perquisition était déjà finie, Pellecchia pouvait bien passer tandis qu'ils remplissaient le procès-verbal, à ce stade, le risque d'incident était à peu près nul.

— D'accord, viens, mais promets-moi de ne rien toucher. Tu jettes juste un coup d'œil, et puis on repart tous ensemble. Tu as besoin de combien de temps, pour arriver ?

— Cinq minutes.

— Cinq minutes ? Où es-tu ?

— Au Bar Moderno, juste à côté de vous.

19

Pellecchia et Fenoglio se saluèrent d'un mouvement de tête. Pour la première fois depuis que la perquisition avait débuté, Savicchio parut hésiter sur la façon de se comporter. Jusque-là, il avait tout maîtrisé. Il comprenait parfaitement ce qui se passait et ne percevait pas le moindre danger. Mais l'arrivée de l'adjudant, alors que tout était presque terminé, échappait au modèle.

— Tu lui as demandé s'il y avait des caves ou des box autos ? demanda Pellecchia à Fenoglio en entrant dans le salon.

— Il dit que non. Mais dès que nous aurons fini ici, nous irons jeter un œil en bas pour vérifier, juste par scrupule.

Grandolfo et Montemurro remettaient les affiches en place. Le capitaine était parti depuis peu. La juge lui avait dit qu'il n'avait pas besoin de s'attarder davantage. C'était un acte d'enquête qu'elle suivait directement, et trois militaires étaient plus que suffisants pour l'assister, étant donné qu'il s'agissait simplement de rédiger et signer un procès-verbal de perquisition vaine.

« Bonjour, *dottoressa* », dit Pellecchia. Elle leva les yeux de sa feuille.

— Bonjour, adjudant. Je me demandais justement pourquoi vous n'étiez pas venu vous aussi.

— J'ai eu un petit contretemps, je suis venu dès que possible.

— Un peu tard, je le crains. Nous avons pratiquement fini.

Pellecchia regarda autour de lui, comme pour s'orienter. À un moment donné, il s'immobilisa longuement, la tête tournée vers la droite : il fixait une des affiches sur le mur. Puis il détacha brusquement les yeux.

— On peut parler ? demanda-t-il aussitôt après à Fenoglio, le regard soudain enfiévré.

— Allons sur le balcon.

— Tu as regardé derrière cette affiche, celle de *La Horde sauvage* ?

— On a vérifié derrière *tous* les posters, derrière les miroirs et les meubles. Il n'y a rien. Pourquoi tu me parles de celui-là ?

Pellecchia renifla.

— C'est son nom.

— Hein?

— *La Horde sauvage. Il Mucchio selvaggio*, en italien. C'est l'anagramme de Guglielmo Savicchio. Tu te rappelles, je t'en avais parlé? Ce connard est obsédé par les anagrammes et par les mots lus à l'envers.

— Je m'en souviens.

— Ça lui plaisait vachement que l'anagramme de son nom soit le titre de ce putain de film, même si je ne sais plus trop pourquoi.

— Tu penses que le mur serait assez épais pour contenir une planque?

— Oui. C'est le mur extérieur, à vue de nez il fait au moins trente-cinq ou quarante centimètres d'épaisseur.

— Il faut qu'on regarde à nouveau derrière, dit Fenoglio, parlant lentement et détachant ses mots, comme pour compenser l'accélération des battements de son cœur.

Ils retournèrent à l'intérieur. La scène semblait étrangement immobile, presque métaphysique. La juge était assise à la table du séjour. Debout, mains derrière le dos, Savicchio paraissait menotté. Grandolfo et Montemurro finissaient de raccrocher la dernière affiche et ils étaient là, comme figés dans une attitude en suspens.

— Comment se fait-il que tu aies ça? demanda Fenoglio à Savicchio, en s'approchant du mur où était accroché le poster de *La Horde sauvage*.

— J'aime ce film. C'est une affiche originale, je l'ai trouvée dans une brocante.

Fenoglio crut saisir un éclair de peur dans ses yeux, et une imperceptible inflexion dans sa voix. *Peut-être n'est-ce que le fruit de mon imagination*, se dit-il. Mais peut-être pas. Peut-être allait-il se produire un de ces moments, si rares dans les enquêtes, où un ensemble d'éléments inutiles et chaotiques se mettent d'un seul coup à fonctionner tous ensemble, en ordre, comme un mécanisme parfait.

Il prit l'affiche, la posa sur le canapé et commença à frapper le mur avec son doigt. La *dottoressa* cessa d'écrire, les autres militaires se retournèrent pour regarder. Savicchio était immobile, comme pétrifié. Après quatre ou cinq tapotements, le mur rendit un son creux, une fois, puis une autre et une autre encore, pile au milieu de l'espace auparavant occupé par le poster.

— Qu'est-ce qu'il y a, là ? demanda D'Angelo.

— On dirait une petite planque, très bien dissimulée, répondit Fenoglio en détachant bien ses mots.

Elle se leva, s'approcha et frappa à son tour, le mur sonna creux à nouveau, c'était net.

— Faites apporter une pioche.

— Qu'est-ce que vous voulez faire ? demanda Savicchio – et maintenant, l'inflexion de sa voix était sans équivoque, comme du verre ébréché sur le point de se briser.

— Je crains que nous ne devions endommager ton mur, sauf s'il y a un moyen moins brutal de voir ce qu'il y a là derrière.

— Vous ne pouvez pas... il n'est pas prévu... vous ne pouvez pas défoncer un mur. Qui va payer pour les dégâts?

D'Angelo le fixa quelques instants, comme si elle voulait imprimer ce visage dans sa mémoire et ne plus jamais l'oublier. Quand elle répliqua, il y avait quelque chose de féroce et d'inéluctable dans les plis de sa bouche. «Vous n'avez qu'à porter plainte.»

Toute une série d'événements s'enchaînèrent alors, comme les différentes étapes d'un destin qui s'accomplit de manière ordonnée – parfois, cela arrive.

Fenoglio demanda à Savicchio de lui remettre son arme parce que, comme l'avait rappelé Lopez, faire confiance c'est bien, mais ne pas faire confiance c'est mieux. D'autres carabiniers arrivèrent, munis de pioches, marteaux et poinçons. Le capitaine revint avec eux. Quelques coups de pioche bien assénés fendirent une plaque de plâtre, découvrant un petit espace cubique. À l'intérieur, trois paquets recouverts de tissu et un sac plastique.

Ils posèrent le tout sur la table et vérifièrent, y compris avec des torches, qu'il n'y avait plus rien dans la niche. Les trois paquets révélèrent trois pistolets parfaitement huilés, chacun avec sa boîte de munitions: un Colt 38, un Sig Sauer calibre 9 et un Beretta 6.35.

Savicchio était livide. Il avait les lèvres bleuâtres, comme celles d'un mort ou de quelqu'un qui n'arrive plus à respirer. Ce qui, selon toute probabilité, était exactement son cas.

Fenoglio examina les armes pour vérifier qu'elles n'étaient pas chargées. Puis il chercha les numéros de série qui, comme c'était facilement prévisible, avaient été limés. Détention illégale d'armes prohibées et de leurs munitions : arrestation obligatoire en cas de flagrant délit. Il récita ces phrases dans sa tête, telles des formules secrètes permettant de déchiffrer la brusque tournure prise par les événements.

Le sac plastique contenait de l'argent – beaucoup d'argent – et une pochette transparente avec des brillants. D'Angelo, qui n'avait pas dit un mot depuis qu'ils avaient commencé à défoncer le mur, prit un des diamants entre le pouce et le majeur et le souleva vers la lumière, pour l'examiner.

« Très bien taillé, limpide, il doit peser au moins deux carats. Peut-être plus », dit-elle d'un ton lointain, parlant toute seule. Il y avait quelque chose d'ingénu, presque d'enfantin, dans son geste et dans le ton de sa voix. La manifestation soudaine d'un trait féminin qui ne lui était pas coutumier.

— Je crois qu'il va falloir refaire le procès-verbal, dit-elle ensuite, remettant en place avec précaution le brillant.

— Combien il y a ? demanda Fenoglio en indiquant l'argent.

Savicchio secoua la tête, comme quelqu'un qui ne comprend pas la langue.

— C'est à moi, ce sont mes économies...

— Ça, c'est sûr que ce n'est pas à moi. J'aimerais connaître ton conseiller financier, il a l'air doué.

— Peut-être vaudrait-il mieux poursuivre à la caserne, dit D'Angelo en faisant une boule du procès-verbal de perquisition vaine, presque complet et prêt à être signé.

— Tu as les menottes ? demanda Fenoglio à Pellecchia.

Celui-ci le regarda, comme pour être certain d'avoir bien compris ; puis il hocha lentement la tête et sortit les menottes d'un étui accroché à sa ceinture.

« Pourquoi les menottes ? Je suis un collègue », dit Savicchio.

Collègue. Fenoglio scanda mentalement ce mot, comme s'il l'entendait pour la première fois.

— *Dottoressa*, pourquoi les menottes ? répéta Savicchio, dont le ton implorant avait quelque chose d'obscène.

— L'arrestation en flagrant délit et ses modalités d'exécution sont de la compétence exclusive de la police judiciaire. Je ne peux donner aucune disposition sur ce point, monsieur Savicchio.

Elle le dit en appuyant sur le mot « monsieur ». Monsieur Savicchio, non pas maréchal Savicchio. Fini, maréchal Savicchio.

Pellecchia s'approcha. « Mets les mains derrière le dos », dit-il simplement.

20

Quelques heures plus tard, une Alfetta quittait la caserne en direction de la prison militaire de Gaeta. Ils avaient dit à Savicchio qu'il pouvait choisir entre cette structure et une prison ordinaire – c'était expressément prévu par la loi. Il n'avait eu aucune hésitation. Dans un centre de détention classique – à Bari ou ailleurs –, cela n'aurait été qu'une question de temps avant que quelqu'un ne lui enfonce un manche de cuillère aiguisé entre les omoplates, ou ne lui tranche la gorge avec le couvercle d'une boîte de tomates pelées.

La *dottoressa*, le capitaine et les autres carabiniers ayant participé à la perquisition et à l'arrestation étaient partis aussi, une fois toute la paperasse remplie. Le procès-verbal de mise sous séquestre indiquait que « dans une cavité creusée dans le mur extérieur et dissimulée derrière une plaque de plâtre, avaient été trouvés : cinquante-sept millions trois cent mille lires en billets de cinquante mille et de cent mille, onze brillants d'un poids total de 26 carats et d'une valeur approximative d'une centaine de millions », en plus des trois pistolets et des cent cinquante balles de différents calibres.

Fenoglio et Pellecchia étaient restés seuls. Sur le bureau, il y avait les restes d'un déjeuner à base de vilains sandwichs, de pizza à la coupe et de canettes de bière.

« Et maintenant ? Ce qu'on a trouvé suffira aussi pour l'accuser d'enlèvement ? Qu'est-ce que la *dottoressa* t'a dit ? », demanda Pellecchia. Fenoglio remarqua une nuance nouvelle dans la manière dont l'adjudant parlait de la magistrate. Pas mal de choses semblaient avoir changé.

« Pour le moment, il est sous les verrous pour détention illégale d'armes prohibées. La *dottoressa* dit que ça lui vaudra un jugement direct, et qu'il n'y a aucun risque qu'il sorte. En plus du délit en soi, les circonstances de la découverte – la planque, l'argent et les diamants – ne vont pas plaire aux juges. Après quoi, elle a dit qu'il faudra faire le point sur l'ensemble des preuves concernant l'enlèvement. Ou plutôt les enlèvements, puisque Ruotolo a mentionné aussi ces deux autres épisodes. L'argent, les brillants et les relevés des téléphones portables permettent peut-être déjà de parler de recoupement suffisant pour une détention préventive. Ensuite, il faudra approfondir. Nous devons trouver le concessionnaire qui lui a prêté la voiture et continuer les enquêtes bancaires. Mais, pour résumer, la *dottoressa* m'a paru confiante. »

Pellecchia vérifia s'il restait quelque résidu de bière dans les canettes, en les secouant une à une. Elles étaient toutes vides. Il avait l'air de ruminer quelque chose.

— On ne risque pas de le retrouver libre dans quelques mois, par hasard ?

— Non. Il est écroué pour détention de trois armes prohibées, qui plus est cachées dans un mur, comme le font les criminels, les gens en cavale. Rien que pour ça, il ne va pas prendre moins de six ou sept ans. Et puis, il y a l'argent et les pierres précieuses, qu'il ne pourra jamais justifier. Allez, on va dire qu'il est certainement en prison pour un bon moment, et qu'il sera sans aucun doute chassé de l'armée. Quant au reste, nous pouvons maintenant travailler tranquillement. Même Al Capone, il a fini par tomber pour fraude fiscale.

— Il est mort de syphilis en taule, c'est ça ?

— Oui.

— Des fois, je me dis que la justice est bizarre.

— Ça, tu peux le dire.

— Demain, je sors le hors-bord et je vais pêcher.

— Excellente idée.

— Tu n'as pas envie de venir ? Un tour en hors-bord, quelques heures de mer et de pêche, et puis une belle assiette de spaghettis aux palourdes avec une bouteille de blanc bien frais.

— Une autre fois peut-être. Le dimanche, j'aime prendre mon temps. Traînasser, me balader un peu, lire tranquillement.

— Je comprends. Et maintenant, qu'est-ce qu'on fait ? On s'en va, nous aussi ?

— Oui, je dirais que c'est l'heure.

Ils jetèrent les restes du déjeuner dans la poubelle. Fenoglio referma la fenêtre, et ils quittèrent la pièce.

— Pietro ?

— Oui ?

— Merci.

Épilogue

Tu viens d'atteindre un objectif qui t'avait obsédé pendant des semaines, des mois. Il est normal d'avoir envie de te détendre, de lire peinard, d'écouter de la musique. De dormir longtemps, sans mettre le réveil.

Et pourtant, ce n'est pas ce qui se produisit. Après s'être promené, avoir dîné et avoir lu pendant une heure, Fenoglio éteignit la lumière et essaya de trouver le sommeil. Il n'y parvint pas. Il se tourna et retourna dans son lit pendant au moins deux heures : il avait chaud, et pourtant il ne faisait pas chaud. Il releva le store pour laisser entrer l'air de la nuit et tenta à nouveau de s'endormir. Rien à faire. Alors il se leva, alluma la télévision et regarda un bout d'un vieux film en noir et blanc avec William Powell et Myrna Loy. Il se recoucha, éteignit la lumière et essaya encore une fois de dormir. Sans succès. Il resta allongé, parfaitement éveillé, jusqu'à ce que la lumière du jour entre avec une douce obstination par la fenêtre entrouverte.

Il se sentait reposé, alors qu'il n'avait pas dormi une minute. On était le 19 juillet, un dimanche, et il se dit que le moment était peut-être venu de prendre le premier bain de mer de la saison. Quand il se leva, son radio-réveil indiquait cinq heures cinquante-huit. Il se prépara un café, puis dénicha un maillot de bain et une serviette de plage dans le placard d'été, s'efforçant d'ignorer toutes les affaires de Serena qui se trouvaient encore dedans. À six heures quarante, il mettait la voiture en marche, et à sept heures vingt-cinq, il ôtait ses chaussures sur la très longue plage de Capitolo, pratiquement déserte. Le sable était frais, la mer calme et transparente, le ciel couleur bleuet. Seules quelques personnes se promenaient le long du rivage, de rares chiens couraient, nul encore ne se baignait, et l'horizon était tacheté de petites embarcations immobiles.

Fenoglio étendit sa serviette tout près de l'eau, se déshabilla, puis observa son ombre en se disant – qui sait pourquoi ? – qu'elle avait quelque chose à la fois d'étranger et d'amical. Il pénétra dans la mer et avança, humant la brise, il regarda les bancs de poissons glisser entre ses pieds avec des mouvements parfaitement synchronisés. Puis il plongea et nagea longuement, peut-être une demi-heure, peut-être plus, tout seul, unique propriétaire de toute cette mer.

Quand il sortit, le soleil chauffait déjà. Il alla s'asseoir sur sa serviette et observa la plage qui se remplissait : des familles avec de jeunes enfants, des couples de personnes âgées équipées de chaises longues, parasols et sacs isothermes, et les premiers jeunes gens – ceux qui n'avaient pas passé la nuit en discothèque – avec ballons, raquettes et radios.

Il s'en alla avant que cet endroit en devienne un autre, et avant que le soleil de juillet commence à lui mordre la peau. Il s'arrêta à Monopoli pour y faire une promenade, et acheta dans une fromagerie un sachet de mozzarelles toutes fraîches, encore tièdes. La route le ramenant à Bari était pratiquement déserte alors que, dans l'autre sens, les voitures avançaient à la queue leu leu vers les plages. Dans une totale inversion des rythmes de la journée, il arriva chez lui alors que la ville était dépeuplée et silencieuse. Paisible.

Il déjeuna devant le journal télévisé régional, plein d'informations insipides : la nouvelle de l'arrestation de Savicchio n'y figurait pas, la conférence de presse avait été fixée pour le lundi matin. Une bonne raison pour se tenir loin de la caserne le lendemain.

La nuit d'insomnie, la longue baignade et les deux bières fraîches qui avaient accompagné son déjeuner commencèrent à se faire sentir. Il décida de s'allonger une demi-heure. Une demi-heure, pas plus, autrement ce soir tout serait à recommencer, se dit-il à haute voix.

Il se réveilla à six heures et demie, vaseux, en sueur, et avec cette désagréable sensation d'anxiété voire de culpabilité qui suit parfois les réveils de l'après-midi. Il était encore allongé sur son lit quand le téléphone sonna. Il s'était sûrement passé quelque chose, et on l'appelait de la caserne pour lui demander de revenir. Il fut tenté de ne pas répondre. Puis il s'éclaircit la voix, encore empâtée par le sommeil, tendit la main vers la table de chevet et prit l'appareil.

— Allô.

— Pietro...

Il se redressa brusquement et s'assit sur le bord du lit.

— Serena – il reconnaissait à peine sa voix.

— Tu as vu les infos ?

— Les infos ?

Il pensa qu'il y avait peut-être eu une fuite, et que la télévision avait dû parler de l'arrestation de Savicchio et de tout le reste.

Mais pourquoi Serena l'appelait-elle pour ça ? Et pourquoi cette voix qui paraissait du cristal sur le point de se briser ?

— Ils ont tué Borsellino aussi.

— Borsellino ? Qu'est-ce que tu racontes ?

— Ils l'ont fait sauter avec son escorte, devant chez sa mère.

Enfant, Fenoglio fréquentait le cinéma de sa paroisse. On y projetait de vieilles pellicules en mauvais état et, presque à chaque fois, il y avait un problème. La bande sonore du film était brusquement remplacée par le bruit frénétique du projecteur qui se coinçait ; l'image se déformait jusqu'à la liquéfaction ; la machine se bloquait et il ne restait plus sur l'écran qu'un trou béant aux bords brûlés. Cette séquence se déroula tout entière dans sa tête, comme sous l'effet d'un hallucinogène.

« Il n'y a pas d'espoir », murmura Serena.

Mais après, le projectionniste rallumait la lumière, remettait la pellicule en place – il était très rapide – et le film reprenait. Il reprenait toujours.

« Non, répondit Fenoglio, ce n'est pas vrai. »

Ensuite, ils discutèrent longuement. Elle lui raconta les examens, les collègues, les élèves. Lui, il écouta, surtout. C'était ce qu'il faisait le mieux. Dans sa chambre, le calme et la pénombre régnaient et, maintenant, les paroles étaient légères.

« Tu m'attends ? », demanda Serena à la fin.

Il répondit que oui, il l'attendrait.

Le 23 mai 1992, dans l'attentat de Capaci, furent tués Giovanni Falcone, Francesca Morvillo (son épouse, magistrate elle aussi) et les membres de son escorte, représentants de la police nationale : Vito Schifani, Rocco Dicillo et Antonio Montinaro.

Le 19 juillet 1992, dans l'attentat de la via D'Amelio, à Palerme, furent tués le magistrat Paolo Borsellino et les membres de son escorte, représentants de la police nationale : Agostino Catalano, Emanuela Loi, Vincenzo Li Muli, Walter Eddie Cosina et Claudio Traina.

Les responsables de ces massacres – les membres de la *cupola* de Cosa Nostra et les exécutants matériels – ont été identifiés, jugés et condamnés avec des sentences irrévocables. Nombre d'entre eux purgent leur peine dans des établissements pénitentiaires de haute sécurité, d'autres sont morts en prison.

L'année 1992 a marqué le début de la fin pour la mafia des Corleonesi.

Note sur le texte

L'article d'Italo Calvino intitulé « L'antilingua » cité p. 151 a été publié pour la première fois dans *Il Giorno* le 3 février 1965, avant de figurer dans *Una pietra sopra. Discorsi di letteratura e società*, Milan, Mondadori, 2001.

La citation de la page 271 est extraite de C. E. Gadda, *Quer pasticciaccio brutto de via Merulana*, Milan, Garzanti, 2011.

La citation de la page 323 est tirée de B. Russell, *Scienza e religione*, traduite par P. Vittorelli, Milan, Longanesi, 1974.

CET OUVRAGE EST PUBLIÉ PAR SLATKINE & CIE
LE TEXTE EST COMPOSÉ EN CARACTÈRE SLATKINE,
DESSINÉ PAR MATTHIEU CORTAT À LYON.
IL A ÉTÉ ACHEVÉ D'IMPRIMER EN JUIN 2021
SUR PAPIER MUNKEN 70 GRAMMES
ISSU DE LA GESTION DURABLE DES FORÊTS
SUR LES PRESSES DE L'IMPRIMERIE FLOCH
IMPRIMÉ EN FRANCE
IMPRIMEUR NUMÉRO 98557